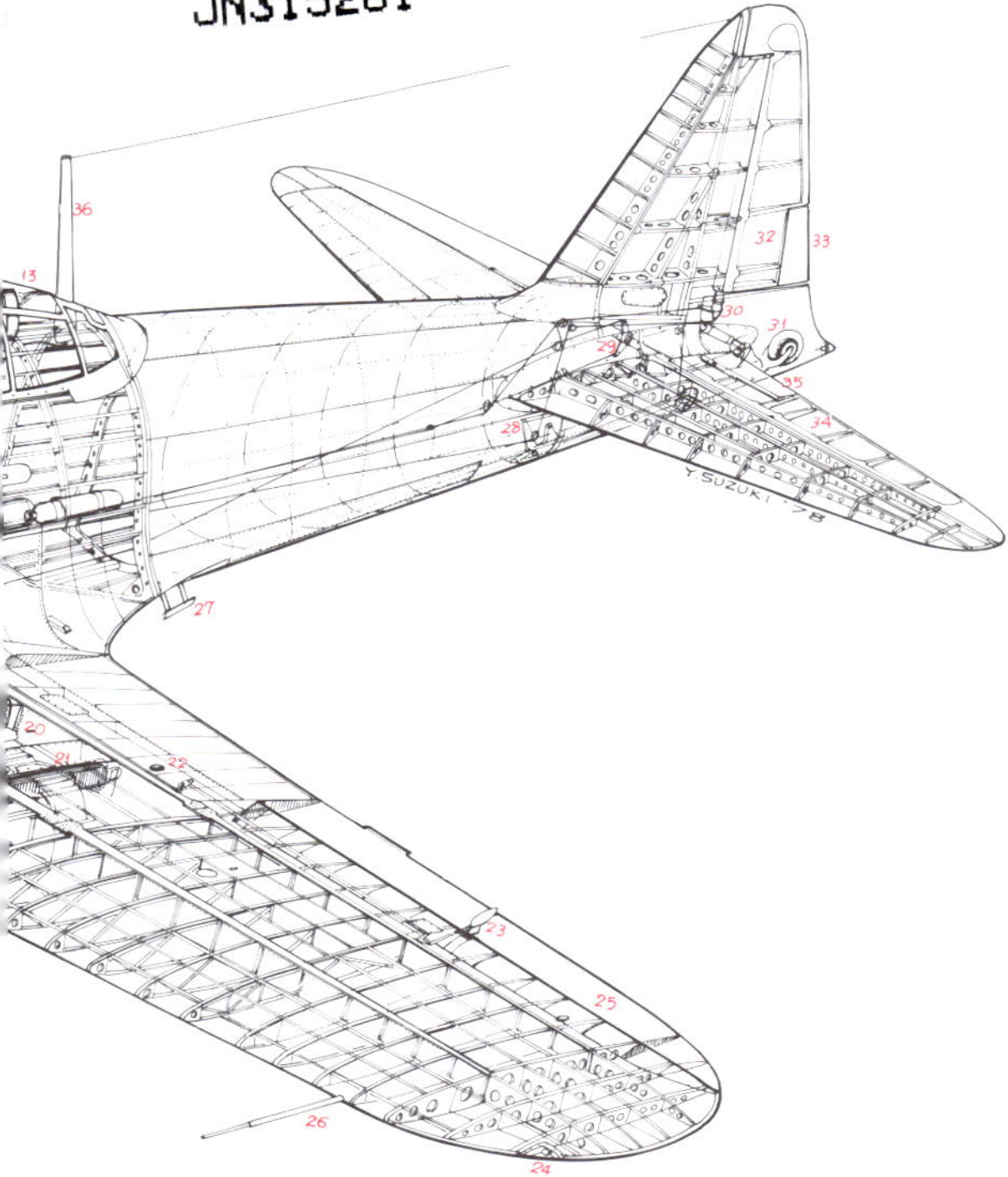

19　燃料補給口
20　20㎜弾倉
21　99式2号3型20㎜機銃
22　編　隊　灯
23　補助翼マスバランス
24　翼端航法灯
25　補　助　翼
26　ピトー管
27　引込式足掛け
28　着艦拘捉鉤
29　昇降舵作動連結アーム
30　方向舵回転軸
31　尾　輪
32　方　向　舵
33　方向舵修正タブ
34　昇降舵
35　昇降舵修正タブ
36　アンテナ支柱

三菱A6M5 海軍零

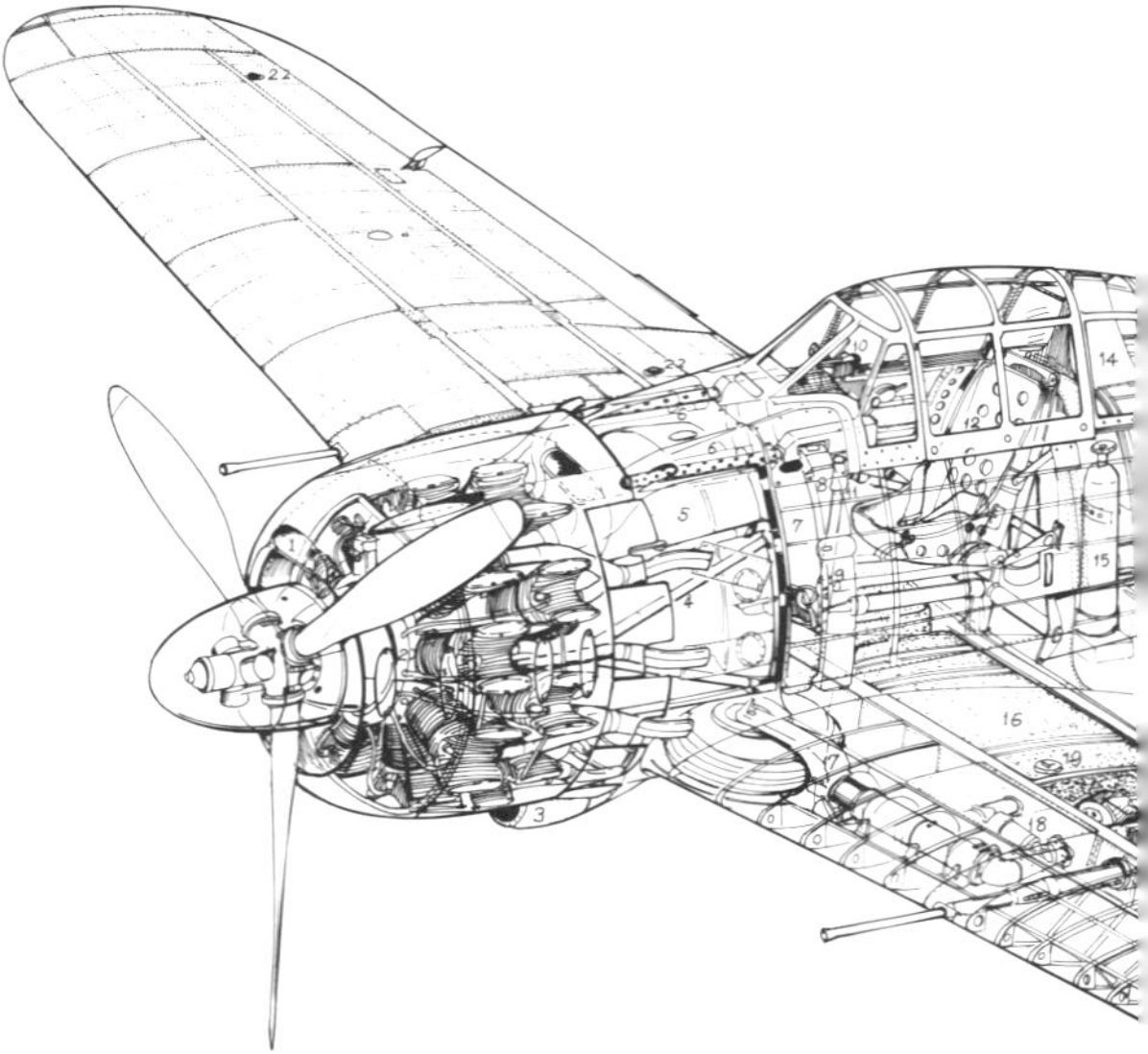

作図・鈴木幸雄

1 気化器空気取入口
2 「栄」21型空冷星型エンジン
3 滑油冷却器空気取入口
4 エンジン支持架
5 滑油タンク
6 7.7mm機銃
7 胴体前部燃料タンク
8 7.7mm弾倉
9 操 縦 桿
10 98式射爆照準器
11 座席上下調節ハンドル
12 座 席
13 ク式ループアンテナ
14 保 護 柱
15 酸素ビン
16 主翼内燃料タンク
17 主 脚
18 主脚引上げ作動筒

新潮文庫

零式戦闘機

吉村　昭著

新潮社版

2456

零《れい》式《しき》戦闘機

一

昭和十二年七月七日、北平《ペーピン》郊外の蘆溝橋《ろこうきょう》北方地区で端を発した中国大陸の戦火は、南京《ナンキン》、徐州《じょしゅう》、漢口《かんこう》、広東《カントン》をおおった後もその勢いを弱めず、果てしない長期消耗戦の様相を帯びはじめていた。

昭和十四年三月二十三日午後七時すぎ、名古屋市港区大江町の海岸埋立地区にある三菱《みつびし》重工業株式会社名古屋航空機製作所の門から、シートで厳重におおわれた大きな荷を積んだ二台の牛車が静かにひき出された。

牛車は、門を出ると、市電のレールの埋めこまれた大通りをゆっくりと北の方角に向って進みはじめた。

牛車は、名古屋航空機製作所の荷役を請負う大西組所属のもので、牛の手綱をとる挽子《ひきこ》は、三菱のマークの下に大西組と太々と書かれた提灯《ちょうちん》を手にしていた。

大西組の者は、二人の挽子以外に四人の仲仕《なかし》が、二人ずつ牛車の側面にしたがって積荷を守り、さらに製作所側からは、資材課運輸係長の田村誠一郎と保安係所属の守警が、牛の歩みにしたがって車の前後を歩いていた。

挽子も仲仕も、前を行く牛車の積荷が航空機の主翼と前部胴体、後方の牛車のものが水平尾翼のついた胴体後半とエンジン部であることは知っていた。完成された機は、大西組をはじめ村瀬、東山、柘《つえ》、加藤の各荷役の組の手で、胴体、翼に分離されて例外なく四十八キロへだたった岐阜《ぎふ》県各務原《かかみがはら》飛行場に牛車ではこばれるのが常だった。

しかし、挽子も仲仕も、常とはことなって運輸係長の田村が同行していることから、その夜の積荷がなにか重要な意味をもつ機であることを、漠然《ばくぜん》とはしていたが気づいていた。

かれらの中で、積荷が試作機であることを知っているのは、田村だけであった。

かれは、その機が海軍機専用の第一工作部機体工場で試作されたことを知っていたし、またその形状からまちがいなく海軍の戦闘機であることにも気づいていた。しかし、むろん田村にも、その機がどのような性能をもつものかは全くわからなかった。ただかれは、係員を督励してクレーンで牛車に積みこむ折に、その機の外観を一瞥《いちべつ》しただけであったのだ。

牛車は、市電通りを緩慢な動きで進んでゆく。鉄の輪のはまった車輪は、石の多い路面に音高く反響し、車体も左右に揺れつづける。

速度のはやい航空機を牛車で運ぶ……ということには、当然社内に批判的な意見はあった。牛車の歩みは遅々としていて、途中小牧《こまき》での数時間の休息時間を入れると、各務原飛行場までの四十八キロの道程を二十四時間も費やさねばならない。それは、名古屋航空機製作所が隣接地に所属の飛行場をもたないことが原因だったが、飛行場は広大な敷地を必要としたし、中島飛行機太田工場、愛知飛行機名古屋工場、川西《かわにし》航空機姫路《ひめじ》工場をはじめほとんどの飛行機工場が近くに飛行場をもたなかったことを考えると、それは三菱名古屋航空機製作所だけの特殊な問題ではなかったのだ。

牛車以外の運搬方法は、むろん試みられた。トラックでは約二時間、馬車では十二時間でそれぞれ運搬はできたが、名古屋市内をはずれると道は極端に悪くなる。その凹凸《おうとつ》の多い悪路をトラックで走らせると、そのはげしい震動で積まれていた機体は、すっかり傷ついてしまう。

馬車の使用も考えられたが、馬は時に暴走する危険もあるという意見もあって、その使用は断念しなければならなかった。

途中の道幅はせまく、殊《こと》に小牧の町に入ると家庇《やびさし》すれすれに通らなければならないし、大型の爆撃機を運搬中に軒や看板に接触して機体を傷つけてしまったこともある。まず貴重な機体を傷つけずに運搬することが優先するかぎり、時間が長くかかることもやむを得ないことであったのだ。

平安朝時代に、上層階級の者たちが牛車に乗って往《ゆ》き来したのは、その乗物が悪路を進むのに最も震動が少なかったからだし、薄い軽合金で形づくられた機体を慎重に運ぶために牛車を使用したのも、一応理にかなったことではあった。

牛車が工場を出発するのは、日が没してからであった。

夜を徹して牛車は進みつづけ、夜明けには丁度中間地点の小牧に達するが、日没後に出発する理由は、交通量の少ない夜の間に名古屋市内を通りぬけてしまおうという運搬上の目的と、なるべく機体を人の眼にふれさせまいとする機密保持上の配慮からであった。

殊に各務原飛行場に送られる機体が試作機である場合には、名古屋航空機製作所常駐の海軍監督官から、運搬途中の各地区警察署に警戒要求の指令が発せられ、警察官が要所要所に配置される。そしてその夜も、かれらは、物陰に立って牛車の進む姿を無言で見送っていた。

二台の牛車は、熱田《あつた》神宮《じんぐう》の東門の前を通りすぎた。田村たちは、境内入口の前にくると足をとめて一礼し、さらに牛車の前後を守って歩きつづけた。金山橋を渡り、市電の線路を横切って轍《わだち》の音をひびかせながら右へ曲る。後方から、市電がポールに閃《せん》光《こう》を放って通りすぎてゆく。

鶴舞《つるまい》公園を右手に、牛車は車輪をきしませて進んだ。田村は、汗ばんだ額を手拭《てぬぐい》でぬぐうと、提灯の淡い光に腕時計をすかしてみた。針は、九時をまわりかけている。

新栄町の交差点を渡ると、布池町《ぬのいけ》が近づいてきた。田村の眼も守警の眼も、道の前方の右側に立っている洋風の建物に注がれた。

いつの頃《ころ》からか、製作所内には、不穏な噂《うわさ》が流されていた。その布池町に立っているアメリカ領事館の窓が、機体を積んだ牛車の通過する時刻に必ずといっていいほど細目にひらかれているというのだ。日本との外交関係も悪化の一途をたどっているアメリカは、日本の軍事力に大きな関心をもち、領事館もその情報収集に全力を注いでいるにちがいなかった。

そうした事情を考慮にいれると、領事館の前を通過することは危険きわまりないし、当然道筋を変更すべきだという強い意見もあった。そして、一時は別の道を通ったりしたが、夜間とはいえどの道にも通行人の姿はあって、従来通っていた道を急に変更することは、逆に領事館関係者の注意をひくおそれがあるとも考えられた。その結果、機体運搬のルート変更はおこなわれないことになったのだ。

道路に面した窓の扉《とびら》は、開かれてはいなかった。

田村は、暗い窓の列を注意深く見上げながらその前をこわばった表情で通りすぎた。

午前零時すぎ、大曾根《おおぞね》町をはずれると名古屋市外に出た。そこからは、道幅のせまいひどい悪路がはじまった。

矢田川にかかった三階橋を渡り、水分橋の橋桁《はしげた》を鳴らして通り過ぎた。牛車は、大きくゆれながら進んでゆく。

夜空には細い月が出、うすれた星がひろがっている。

前方からトラックや馬車が、車体をゆらせて頻繁《ひんぱん》にやってきた。

その度に田村は、提灯をまわし、

「軍のものを運んでいるから、優先的に通させてくれ」

と、相手側を後退させてすれちがう。

夜が白々と明け、提灯の灯《ひ》が吹き消された。

小牧の町はずれで、牛車はとまった。牛に飼料があたえられ、契約をむすんである小さな食堂で一行は丼飯《どんぶりめし》を食べた。そして、三時間ほど牛を休ませると、再び犬山《いぬやま》街道を進みはじめた。

田村は、赤旗を手に前方からやってくるトラックや馬車をとめる。すれちがいが何度もおこなわれた。

やがて、日が傾いた。

犬山で再び休息と食事をとり、西日のあふれた道をゆっくりと進む。

目的の各務原飛行場が見えてきたのは、すでに夜の闇《やみ》がひろがりはじめた頃であった。

広大な各務原飛行場は、三区分されていて東側の木曾川《きそがわ》に面した地区を陸軍飛行第二連隊、西側の岐阜市方向の地区を飛行第一連隊、そしてその中間を陸軍航空本部補給部各務原支部のそれぞれ管轄《かんかつ》する飛行場が設けられていた。

牛車は、提灯の灯にかこまれながら連なって補給部の門柱の間を通りぬけ、その一角に建てられた名古屋航空機専用の格納庫の前にとまった。

格納庫には、汽車や車でやってきていた試作工場の技師、工員が待機し、格納庫所属の整備員とともに庫内で胴体、翼の積下ろし作業がはじめられた。

後を追ってきたトラックがヘッドライトをひらめかし、部品をつんで大江工場から到着した。荷台から荷がおろされると、牛車は解体され、牛も運搬人もトラックにのせられた。

かれらが闇の中を去ると、煌々《こうこう》と電燈《でんとう》のともった格納庫の内部で、試作機の組立てが急速にはじめられた。

格納庫所属の整備員たちは、技師や工員たちの作業を手伝いながらも、シートのおおいから現われてくるまばゆく光ったジュラルミンの胴体や翼を好奇心にあふれた眼で見つめていた。

かれらは無言のままだったが、その機体に今まで眼にしたことのない多くの特徴を見出《みいだ》していた。

従来のものより大型になっていること、胴体がほっそりと美しい線をえがいていること、翼の厚さがうすいこと、そして車輪のついた降着装置が、引込み脚になっていることなど、整備士たちは、全く新しい生き物をながめるような驚きをいだきながら組立て作業をつづけていた。

二

この新しい試作機は、三菱《みつびし》重工業株式会社の航空機部門の長い歳月にわたってつみ重ねられた研究の結晶とも言えるものであった。そしてそれは、日本の航空機製作の歴史の浅さを確実に克服したものと言ってもよかった。

明治四十三年十二月十九日東京代々木練兵場で陸軍大尉徳川好敏がフランス製アンリー・ファルマン複葉機を操縦して約四分間、距離三、〇〇〇メートルをとび、陸軍大尉日野熊蔵《くまぞう》がドイツ製グラーデ単葉機によって一分二十秒、距離約一、二〇〇メートルの日本における初飛行に成功した。が、それ以後大正五、六年頃までの期間は、機体、発動機とも外国製航空機を輸入してその操縦、取扱いに習熟するにとどまっただけであった。そしてそれから昭和六、七年に至る約十五年間も、外国機の製作権を入手し、外人技師を招聘《しょうへい》してその技術指導のもとに機体、発動機の設計製作に従事していたにすぎなかった。

三菱の名古屋航空機製作所で初めて艦上戦闘機が製作されたのは、大正十年十月であった。

この機は、翌々年三月十六日、航空母艦「鳳翔《ほうしょう》」の甲板上で、海軍大尉吉良《きら》俊一によって日本海軍初の着艦飛行に成功したが、この機もイギリスから招聘したソーピース会社元技師スミスの設計になるもので、発動機も外国のライセンスを購入して製作した三菱発動機を装備したものにすぎなかった。

その頃、すでに日本の造艦技術が海軍の八・八艦隊案（戦艦八・巡洋艦八を基幹とする大艦隊案）を受け入れるだけの世界的な技術水準を維持していたことと比較すると、航空機製作技術の水準は、欧米先進国の水準に大きな遅れをとっていたのだ。

名古屋航空機製作所でも、スミス等の設計製作指導によって一〇式艦上戦闘機、同艦上偵察《ていさつ》機、同艦上雷撃《らいげき》機についで、陸軍の要請によるフランスのニューポール練習機、フランスのアンリオ会社から製作権を購入した初歩練習機の製作などに従事したりしていたが、その後昭和五、六年頃までは、いずれも外国航空機製作技術の模倣《もほう》にもとづくものばかりであった。

日本で全金属製の航空機製造の機運がきざしたのは、大正七年第一次世界大戦が終結してからであった。

それまでは、木製又は木と金属の組合せによる機体が常識的なものであったが、ドイツではすでに開発されたジュラルミンを使用してツェッペリン飛行船や無支柱単葉機を完成させ、世界の航空関係者の関心をあつめていた。そして、ドイツの降伏後ジュラルミンの製造権が、戦勝国側である日本をふくめた連合国に譲渡されたことによって、全金属製飛行機が一層注目されることになったのである。

そうした情勢の中で日本でも航空学界の権威田中館愛橘《たなかだてあいきつ》博士が、全金属製機の将来性を高く評価し、海軍航空技術関係者も田中館博士の主張に同調した。その結果、海軍ではドイツ人ロールバッハ技師のドイツに於《お》ける全金属製機製作技術に注目し、デンマークのコペンハーゲンに新工場を建設させて全金属飛行艇の設計試作を委嘱《いしょく》、さらに大正十一年五月には、東京帝国大学工学部で航空工学の研究をつづけてきた和田操大尉に命じて、野田哲夫、長畑順一郎両技師のほか技手二名、工員十六名とともに技術習得のためドイツへ派遣した。その折、陸軍からも佐藤技師ほか一名、三菱からは大塚敬輔《けいすけ》、服部《はっとり》譲次（後に荘田泰蔵技師と交替）の両技師も参加、またジュラルミンの製法研究のために、海軍の石川造機大佐を長とする陸海軍三名の技術関係者に住友金属藤井技師らを加えた一行が、同じ頃ドイツに出発した。

和田操は、この渡独によってドイツ人ロールバッハ技師に依頼し、大正十三年コペンハーゲンの新工場で全金属製双発単葉のR式飛行艇を試作後つづいて四機製作し、昭和二年にはロールバッハの指導のもとにR式飛行艇一機を三菱で完成した。

帰国後、中佐に昇進していた和田は、海軍造兵少佐岡村純等とともにR艇の構造を学び、平賀譲《ゆずる》造船少将の意見も参考にして、昭和五年に自らの設計になる全金属製九〇式一号飛行艇を広《ひろ》海軍工廠《こうしょう》内で完成、制式機として六機製作された。

この前後から、漸《ようや》く海軍機も機体、発動機ともに日本人の手によって設計製作されるものが生れるようになり、三式二号陸上初歩練習機（横須賀《よこすか》海軍工廠）、八九式飛行艇（広海軍工廠）、九〇式機上作業練習機（三菱）、九〇式艦上戦闘機（中島）がそれぞれ制式機として採用された。

しかし、その反面では、外国の航空技術の著しい進歩に追いつけず、依然として外国航空技術に依存する傾向は残されていた。

そして、それは、大正十五年から翌昭和二年にかけて海軍から愛知、中島、三菱の三航空機会社に艦上戦闘機の競争試作が命じられた折に、はっきりとした形となってあらわれた。

三社の所属技師たちは、その激烈な試作競争に打ち勝つために必死になって設計に没頭し、殊《こと》に三菱は、自社創立以来海軍の艦上機を独占してきた自負もあって、型式・構造は一〇式を踏襲はしていたが、自らの設計をもってそれにのぞんだ。

しかし結果的には、中島飛行機の提出した設計が最もすぐれたものと判定され、それが昭和三年に三式艦上戦闘機として海軍に制式に採用された。その主な理由は、イギリスのグロスター社製のガシベット艦上戦闘機を模倣した設計をおこなったからであった。

さらに昭和三年、海軍から三菱、中島、愛知、川西の四社に艦上攻撃機の競争試作が命じられたが、その折にも外国航空技術に対する依存が露骨な形であらわれた。その折の競争試作の勝利者は、三菱であった。

三菱では、同社製の一三式艦上攻撃機以来艦上攻撃機製作を独占してきた面目からもそれを他社にゆずるまいとして、三式艦上戦闘機競争試作の折の中島のとった態度にならって、自社設計を断念、イギリスのブラックバーン社、ハンドレベージ社それにイギリス人スミスにそれぞれ基礎設計を依頼、海軍に提出した結果ブラックバーン社の設計が採用されて試作機を完成させた。それが、後に制式機として採用された八九式艦上攻撃機であった。

海軍では、日本人の設計になる軍用機を熱望してはいたが、実戦に使用する軍用機を採用する側としては、より性能の勝ったものを採用する以外にはなく、しかしそれは、漸くきざしはじめていた各社独自の設計気運を、それらの競争試作と海軍側の採用によって低下させる結果をもたらしてしまった。

こうした外国航空技術の模倣傾向は、海軍側も航空機会社側も日本航空技術の将来にとって決して好ましいことではないと判断していたが、そうした不安をさらに深刻なものにさせたのは、昭和七年に勃発《ぼっぱつ》した上海《シャンハイ》事変であった。

海軍では、事変によって航空戦の重要性を再確認し、あくまでも、軍用機は日本独自のものを生み出さなければならぬことを痛感、第二代目の航空本部長安東昌喬中将、同技術部首席部員桜井忠武機関中佐らの強い提唱で、航空機製作技術の自立に全力を注ぐようになった。

その具体的な現われとして、事変終了前の昭和七年四月一日に、横須賀海軍航空隊基地に隣接した地に海軍航空廠《こうくうしょう》を設立、初代廠長に枝原百合一中将を任命、さらに第三代航空本部長松山茂中将、航空本部技術部長山本五十六《いそろく》少将の提案で、民間航空機製造会社を積極的に指導、日本独自の航空機設計製作の樹立をはかった。その結果、各民間会社に発注されたのが、七試（昭和七年度試作）海軍機試製計画であった。

枝原は、その計画が発表された直後、民間各社の代表者と各機種設計担当者を航空廠に招き、航空本部を代表して出席した前原謙治少将とともにこの七試計画が、海軍航空機製作技術の完全自立の第一歩であり、この成否は日本航空機技術の将来を左右するものになることを熱を帯びた口調で説いた。つまり、各社に対して外国機の安易な模倣を禁じ、将来の進歩のために自社設計をおこなうべきだということを強調したのだ。

海軍機を数多く製作してきた三菱では、この七試計画に激しい意欲をもやした。艦上戦闘機の試作競争相手は中島飛行機で、前回の艦上戦闘機競争試作では中島に勝ちを占められていたので、この試作競争には是非とも打ち勝ちたかった。

三菱名古屋製作所の首脳部は、早速これに対処する準備を進め、設計主務者に、設計課所属の堀越二郎技師を任命し、その補佐として佐野栄太郎、中村孝之助、久保富夫、畠中《はたなか》福泉、福永説二等の技師たちを配置した。

堀越は、五年ほど前東京帝国大学工学部航空学科を卒業入社した三十歳にも満たぬ若い技師だったが、航空学に対する研究熱心な態度とわずかな誤りも許さぬ性格が、社内でも特異な存在として高く評価されていた。その上、入社後イギリス、アメリカ、ドイツの航空機会社を視察、殊《こと》にドイツのユンカース、アメリカのカーチス両飛行機製作会社では機体設計研究をした経験もあって、七試艦上戦闘機の設計主任としては恰好《かっこう》の存在であると判断されたのだ。

しかし設計主務者という大任をゆだねられた堀越は、機の試作に従事したことは初めてのことで、どのように手をつけたらよいのかかなりの当惑をおぼえていた。海軍からは、公式に機の型式、構造についての指示もなく、すべてを自分の手で生み出さなければならない。若い堀越は、設計経験の乏しさを痛切に感じると同時に深い孤独感にとらえられた。

しかも、海軍からの七試艦上戦闘機に対する計画要求は、

最高速度　時速三二五キロ〜三七〇キロ

上昇時間　四分以内

……高度はいずれも三、〇〇〇メートル
翼幅制限　一〇・三メートル以内
と、かなり高水準のものが要求されている。
第一線機として活躍している中島製九〇式艦上戦闘機（複葉）の最高速度が時速二八〇キロ、上昇時間五分四十五秒（いずれも高度三、〇〇〇メートル）、陸軍の中島製九一式戦闘機（パラソル型単葉）の最高速度時速三〇〇キロと比較すると、きわめて高度な性能が指示されている。
しかし、かれの設計技術は、やがて独創性にみちた設計となって紙上に展開されていった。最も顕著なあらわれは、翼を無支柱単葉型としたことであった。
それまでは、日本の戦闘機でも外国の戦闘機でも複葉型が最も多く、わずかに有支柱パラソル単葉型がみられはじめた程度で、それらの型式の中からも数多くの優秀機が生れていた。しかし堀越は、これらの型式に間もなく限界がくるにちがいないと判断し、ほとんど成功例もきかない無支柱単葉型の基礎設計にとりくんだ。
堀越に示唆《しさ》をあたえてくれたのは、航空本部技術部員佐波《さば》次郎機関中佐であった。佐波は、逆鷗《ぎゃくかもめ》型単葉翼の最低点を水平の支柱で左右に結ぶ新型式の低翼単葉の検討をすすめた。

堀越は、その意見にしたがって研究をはじめたが、支柱の全くない低翼単葉の型式の方が簡潔でしかも将来性もあると考え、その型式を採用することにきめた。

それは、かれをはじめとした設計陣にとって一つの賭《か》けでもあった。複葉型やパラソル型を採用するならば、多くの資料と具体例にめぐまれているが、無支柱単葉小型機の資料はきわめて乏しい。その危険をおかして敢《あ》えて試作にふみきったのは、かれら設計技師たちの創造的な意欲と、会社側の支持によるものであった。

堀越たちは、機の細部構造にも新たな創意をこらした。そして、七試艦上戦闘機の第一号機は、翌昭和八年三月に完成した。

かれにとって、それは初めて自分の手になる試作機だったが、機の姿は不恰好で全体的にも調和がとれていなかった。しかし、低翼単葉のその機は、見る者の眼にどことなく多くの可能性をふくんだ存在として映った。

やがて三月上旬から、会社の操縦士梶間義孝、中尾純利によって試験飛行が開始された。

その頃《ころ》、試作競争相手の中島飛行機でも試作機が完成、性能が比較検討されたが、操縦性では、九一式戦闘機の改造型である中島機の方がまさり、最高速度では三菱機の方が幾分すぐれてはいたが、両試作機とも諸性能が海軍の要求に達せず不合格となった。

堀越たちは、その結果に落胆したが、かれらの手になった第一号機も不幸な末路をたどった。

各務原《かかみがはら》での急降下飛行試験中、突然垂直安定板の折損事故が発生、テストパイロットの梶間義孝は落下傘《らっかさん》で脱出したが、機は人家や田畑や林を避けるように旋回しながら、木曾川《きそがわ》の河原に滑空姿勢のまま墜落してしまったのだ。

一号機は破壊されてしまったが、海軍では、その独創的な機からなにか将来の教訓を得ようとして、三菱に命じて第二号機を製作し納入させた。そして、海軍航空廠飛行実験部で、主任戦闘機テストパイロット小林淑人大尉によって試験飛行がくり返され、その結果、低翼単葉戦闘機の資料を数多く得ることができた。

しかし、この第二号機も、横須賀海軍航空隊戦闘機分隊長岡村基春大尉の手で特殊飛行実験中、二重横転から水平錐揉《きりもみ》状態にはいり、回復不能となって墜落。幸い岡村は、プロペラで左手の指四本をうしなっただけで落下傘で脱出、危うく死をまぬかれた。

この第一号、二号の試作機は、これらの事故によって完全に無と化したが、堀越らの進取的な設計態度と未熟な設計技術の組合せによって試作されたこの機からは、その後の戦闘機設計の上で重要な示唆を得ることができた。

　この七試計画にもとづいて発注された五大機種のうち、成功したものは川西の三座水上偵察機（複葉在来型）のみで、山本少将、和田大佐の発案といわれた長距離双発陸上攻撃機（単葉全金属）も成功せず、残りの機はすべて不合格となった。

　昭和九年にはいると、すでに外国では低翼単葉、全金属製が双発中型機以上の機の一般化したものとなって、飛行機の性能は急速な発達をしめしはじめていた。

　こうした世界的な趨勢《すうせい》を考慮した海軍では、九試（昭和九年度試作）として、七試で成功しなかった機種をふくむ五機種の試作を発注した。その中で単座戦闘機は、再び三菱と中島両社の競争試作となった。

　九試に限って艦上戦闘機という名称をつかわず単座戦闘機と称したのは、航空母艦上への発着時に要求される諸条件や航続性能、さらに寸度制限などをことさら指示しないことによって、設計者に戦闘機としての性能を発揮させる思いきった設計試作をおこなわせたいという配慮にもとづくものであった。そして、三菱、中島両社に示した要求も、
　一、最高速度　高度三、〇〇〇メートル付近ニテ時速三五〇キロ以上
　一、上昇力　高度五、〇〇〇メートルマデ六分三〇秒以内

一、航続力　燃料搭載《とうさい》量（固定タンク）二〇〇リットル以上（発動機八六〇〇馬力級ヲ想定）
一、兵装　七・七ミリ固定機銃二梃《ちょう》、無線装置ハ受信機ノミ
一、寸度制限　幅一一メートル以内、長サ八メートル以内

といった簡単なものであった。

三菱重工名古屋航空機製作所では、堀越二郎技師を設計主務者に、強度構造を久保富夫、曾根嘉年、吉川義雄、動力装備を水野正吉、清水久光、兵装艤《ぎ》装《そう》を畠中福泉、大橋与一、甲田英雄ら二、三十名の技師たちに担当させ、試作まとめ兼整備主任に広瀬利武を任じた。

堀越たちは、七試艦上戦闘機試作の設計中に得た設計理念と経験を充分に生かして、九試単座戦闘機の設計に熱っぽくとりくんだ。

その設計上の基本的な考え方は、空気抵抗を少なくすることと、それにも増して機の重量をできるだけ軽くすることにあった。

それにもとづいて堀越は、まず機体表面の摩擦抵抗を極力少なくするため、思いきって世界で初めて機体表面に打たれる鋲《びょう》に沈頭鋲という特殊な鋲を採用することを決意した。

それまで使われていた鋲は、当然頭の丸い部分が表面から突き出ていた。その数はきわめて多く、その突出部《とっしゅつ》が機体表面の摩擦抵抗を大きくさせ、それが機の性能に大きな影響をあたえることはあきらかだった。

堀越は、その鋲の突出部のもつ影響に注目し、同じ設計課の本庄《ほんじょう》季郎技師の意見を仰いだ。

たまたま本庄は、ドイツのユンカース社から入手した標準部品資料の中に特殊鋲の頭の形だけをしめした図面を見出《みいだ》し、それを堀越に提供してくれた。それは、突出部のない鋲で、堀越の希望通りのものではあったが、ただそれを機体の外板に使った気配の全くみられないことがかれに一抹《いちまつ》の不安をあたえた。

鋲がぬけてしまうことはないだろうか、機の震動でゆるむことはないだろうか……といった危惧《きぐ》が、堀越の大きなためらいとなったが、表面抵抗を極度に少なくしたいという願いが、敢えて沈頭鋲使用という決断をあたえた。

また堀越たちは、胴体を細く流線型にすることに腐心したが、馬力に比して重い三菱製の発動機を採用してはその目的が達せられないので、中島製の寿《ことぶき》五型（減速装置付）の採用を企てた。が、中島は試作競争の相手会社で、三菱としてはむろん自社製のものを使用したかったが、堀越の希望で中島製の発動機の採用が許可された。

この申出では、三菱の発動機担当者を苦しい立場に立たせたにちがいなかったが、会社側は反対もせずその使用を許可してくれた。

その頃、世界的な風潮として高速機には、引込み式の脚を装備する気運がたかまっていた。

堀越たちは、その採用に関心をいだいていたが、この機にとり入れることは、四、五〇キロの重量増加となってあらわれることはあきらかだった。

戦闘機は、空戦時の運動性能にその生命が賭けられているが、その折のはげしい動きで機の重量は三倍にも四倍にも増加し、それだけに機の重量は少しでも軽くしておかねばならない。しかも、この機に使用できるエンジンは、世界水準より三、四〇パーセント小さい六〇〇馬力程度で、引込み脚装置による重量増加は、小馬力のこの機には到底堪えられるものではなかった。

結局、脚は片持ち式の一本柱固定脚を採用したが、この型式は、今までの固定脚に比して三〇パーセント程度空気抵抗も低く、そしてこの新型式の脚と沈頭鋲の採用によって、引込み脚と同程度の空気抵抗の軽減が果されると推定された。

こうした構想のもとに、堀越を長とする技術陣は、鋭意その試作に没頭した。

三菱の九試単座戦闘機の第一号機が完成したのは、設計開始以来十カ月後の昭和十年一月であった。

完成した機体は、外形も七試艦上戦闘機の試作機とは全く異なった軽捷《けいしょう》そうな美しさにみち、それに初めて採用した沈頭鋲の荒さや外板の合せ目の凹凸《おうとつ》をおおうために表面に塗料をぬって磨《みが》きがかけられていたので、翼や胴体の表面も滑らかな光沢をたたえていた。

その頃、試作競争相手の中島では、アメリカ陸軍に採用されたばかりのボーイング社製P26戦闘機と同じ張線つき羽布ばり低翼単葉、固定脚型式の試作機を完成、社内飛行で軽く時速四〇〇キロを突破したことが伝えられていた。

三菱では、二月三日から梶間操縦士の手で各務原飛行場で社内試験飛行が開始された。

堀越たちは、その試験結果を不安と期待で注目していたが、最高時速が四四〇キロ余を記録、また操縦性も良好なのを知って大きな喜びにつつまれた。

その結果はただちに海軍航空廠に報告されたが、要求時速よりもはるかに高速であるため、航空廠ではその数字を信用しなかった。そして、その報告を実地にたしかめるため飛行実験部の小林淑人少佐によって各務原で試験飛行がおこなわれることになった。

その日、堀越たちの注視の中で、小林は試作機を操縦して飛んだが、会社側の言う通り予想していた以上の最高速度が出たので、小林は速度計の不調ではないかと疑惑をもった。

小林は、いぶかしそうに実際の速度を確認するため、二、〇〇〇メートルの距離にわたって土の上に布を置かせ、僅《わず》か二〇メートルの低空で地上と平行にその上を何度も往復して飛んでみた。

地上すれすれに飛んだのは、速度計測の正確さを期するためだったが、わずかでも操縦をあやまればたちまち地上に激突する危険性のきわめて大きい試みであった。

小林は、機上でストップウォッチによる計測を重ねた結果、速度計には全く誤差がみとめられないことをたしかめた。そしてあらためて速度テストをくり返したが、三、二〇〇メートルの高度で、世界の軍用機にも実例をみない時速約四五〇キロの驚異的な最高速度を記録、設計技師たちは肩を抱いて喜び合った。それは、海軍側の要求よりも一〇〇キロもはやい速度だった。

その年までの日本戦闘機の最高速度の伸びは、一年間に時速一〇キロから二〇キロ程度で、新たに制式機として採用されようとしていた中島の九五式艦上戦闘機（複葉）の最高時速が三五〇キロであったことを考えると、それを一挙に時速を一〇〇キロもたかめたことになる。

また当時の世界新鋭機の最高速度も時速四一〇キロ程度であったことを考えると、最高時速四五〇キロの記録は、設計技師たちを驚喜させるのに充分な成果であったのだ。

ただこの試作第一号機には、着陸時に抵抗が少なすぎてなかなか沈下せず、思う地点に接地しない性質があった。そうした操縦性の欠陥があったので、第一号機は諸試験をすませた後に、強度をしらべるため荷重試験にかけられて破壊された。

つづいて製作された第二号機では、着陸時の難点をおぎなうために、アメリカで実用化されはじめていたスプリット・フラップを採用し、接地しにくい性質も完全に消えた。

この高速戦闘機は、発動機の変更や機体の一部の改良を加えて艦上戦闘機としての実用的な機能もそなえ、翌昭和十一年（紀元二五九六年）の九六を冠して、九六式艦上戦闘機として制式に採用された。この機は、海軍の世界に誇る戦闘機として三菱名古屋航空機製作所で七百八十二機、佐世保《させぼ》海軍工廠と九州飛行機株式会社で約二百機、合計約千機が生産された。

またこの機が採用された年に航続距離の大きな中型陸上攻撃機（九六式陸上攻撃機）が、堀越と同じ課に属する本庄季郎技師を長とする技術陣によって完成され、その諸性能が世界的水準をゆくものと判定されて三菱で六百三十六機が生産された。九六式艦上戦闘機は、九六式陸上攻撃機とともに日本航空自立の悲願を達成しただけではなく、機体設計技術を一躍世界的水準にまでたかめさせた大きな意義をもつものであった。

九六式艦上戦闘機は、試作段階の頃から一大センセーションをまき起していた。それは、従来の戦闘機とは比較できないほどの高性能をしめし、それが海軍航空関係者たちを狂喜させたからであった。

第二号機の官試乗の折、各種の特殊飛行がおこなわれたが、殊《こと》にそれまでの戦闘機にはみられなかったような高速で、急上昇や急降下をしてみせたり、フラップを使って滑空着陸をこころみたりした。

その姿は、見守る海軍航空関係者に強い感動をあたえた。航空技術的に後進国であった日本航空界にとって、それは到底信じがたい光景であったのだ。

凝視していた航空廠長《しょうちょう》前原謙治中将は、官試乗が終ると、

「今日ほど感動したことはない。日本にもこうした飛行機が出現したことを思うとた

だ喜びだけだ。外国の超一流機を眼にしたようだ」

と、感激に声をつまらせながら海軍側会社側の関係者たちに祝いの言葉を述べたほどだった。

堀越たち設計技術者たちは、自分たちの努力が実ったことに満足感をいだいていた。そしてさらに高名な航空関係の技術将校が、九六式艦上戦闘機を見て、身のふるえるような感動にうたれたという話もきこえて、一層大きな歓喜にひたった。

たしかに九六式艦上戦闘機は、海軍側の予期以上のすぐれた戦闘機で、世界の航空先進国で製作された戦闘機をはるかにぬいた数多くの高度な性能をそなえていた。そして、九六式艦上戦闘機の優秀性は、実戦を目ざして猛訓練をつづけていた戦闘機隊関係者たちによって実際に立証されることになった。

かれらは、はじめの頃は、試験段階でつたえられてくる試作機の情報を信じようとはしなかった。日本は依然として航空界の後進国であり、一流航空工業国の戦闘機の水準を大幅にぬいた戦闘機など出現するはずはないと思っていた。

しかしかれらは、実際に搭乗《とうじょう》してみてその戦闘機が驚くべき各種の性能をそなえていることを知ったが、ただ一つ、格闘戦性能には疑惑的であった。

かれらが戦闘機に対して最も重視していたのは、格闘戦性能であり、その他の性能は、第二義的意義しかもっていなかった。かれらが親しみをもっていたのは、複葉の九五式艦上戦闘機で、単葉の九六式艦上戦闘機は、格闘戦性能に於《おい》て劣ると推測されていた。

そのため両機の比較実験が徹底的におこなわれたが、その結果はかれらの予想に反して格闘戦性能の点でも、九六式艦上戦闘機が絶対的な強さをしめしていることがあきらかになった。

つまり、九六式艦上戦闘機は、それまでの戦闘機の概念をはるかに越えた画期的な戦闘機であったのだ。

この新戦闘機の出現は、小・中型機の設計理念の進むべき方向をしめし、また格闘戦性能をそなえながらも速度と航続力を一段とたかめたことに大きな意義があった。そしてそれは、その後の陸海軍機に直接的な影響をあたえることになり、陸海軍の購入したデヴォアチン五一〇（仏）、ホーカー・ニムロッド（英）、ハインケルHe―一一二（独）、セヴァスキーP―2PA（米）などと比較してもかなりの高性能を示した。

その結果、海軍からは海軍駐在武官室へ外国からのサンプル機購入計画の打ち切り指令が出されたほどであった。そして、九六式陸上攻撃機とともに、その存在は、日本の機体設計技術を世界的水準にまでたかめ、その後日本人の手になる新しい構造をそなえた新鋭機が、続々と完成するようになったのだ。

三

昭和十二年が明けた。

この年の四月六日、親善飛行の目的をもつ朝日新聞社の「神風」号が、飯沼正明操縦士、塚越賢機関士によって東京郊外の立川《たちかわ》飛行場を出発、イギリスの首都ロンドンに向った。

この機は純然たる民間機ではあったが、実際は陸軍技術研究所の藤田雄蔵少佐、安藤成雄技師たちの発案のもとに、試作発注を受けた三菱《みつびし》重工業名古屋航空機製作所技術部設計課河野文彦技師を設計主務者に、水野正吉、久保富夫らが完成した陸軍高速偵察《ていさつ》機（後に九七式司令部偵察機として制式採用）の試作第二号機であったのだ。

発動機は、中島飛行機株式会社製ハ—八型五五〇馬力（最大馬力七四〇／高度四、三〇〇メートル）を装備、試験飛行段階ですでに高度四、〇〇〇メートルに於て時速四八〇キロを記録していたが、その期待通り立川ロンドン間一五、三五七キロを九十四時間十七分五十六秒という短時間で翔破《しょうは》、世界新記録を樹立した。

朝日新聞社では、一般読者に飛行時間の予想を懸賞つきで募集して世人の関心をたかめ、さらに世界新記録の発表で国内は沸き立った。

しかし、そうした明るい空気とは逆に国内的にも対外的にもさまざまなことが相ついで起っていた。前年の一月十五日には、アメリカ、イギリスとの間に保たれていた外交関係も日本の軍縮会議正式脱退通告によって破綻《はたん》をきたし、またヨーロッパでもドイツとイタリアの動きが活発化し、イタリアのエチオピア侵攻もあって、国際関係は急速に緊張度を増しはじめていた。

国内でも二月二十六日には陸軍の青年将校らの手によって二・二六事件が発生、内大臣斎藤実《まこと》、大蔵大臣高橋是清《これきよ》、陸軍教育総監渡辺錠太郎《じょうたろう》らが暗殺され、これをきっかけに軍部の政治介入が露骨になっていた。そして、さらに十一月には日独防共協定、十二月には日伊協定と、日本はドイツ、イタリアと意識的に接近し、それに対抗するアメリカ、イギリスとの関係はさらに離反の度を深めるようになっていた。

そうした息苦しい緊張感にみちた背景の中で、五月下旬、名古屋航空機製作所技術部設計課長服部譲次は、突然後藤直太所長から至急所長室にくるように命じられた。

服部が部屋に入ってゆくと、後藤は、机のひき出しから「軍極秘」という印のおされた書類をとり出し、

「今本店からとどいたばかりだが、航空本部からの本年度艦上戦闘機試作の計画書案だ」

と言って、書類を服部に渡した。

服部は、立ったまま十二試（昭和十二年度試作）艦上戦闘機計画要求書案と表書きされた書類に目を落した。

一、最高速度　高度四、〇〇〇メートルニテ時速五〇〇キロ以上

一、上昇力　高度三、〇〇〇メートルマデ三分三〇秒以内

一、航続力　正規状態高度三、〇〇〇メートル、公称馬力ニテ一・二時間乃至《ないし》一・五時間

一、空戦性能　九六式二号艦上戦闘機一型ニ劣ラザルコト

一、兵装　二〇ミリ機銃二梃《ちょう》、七・七ミリ機銃二梃

などといった数字が目にはいってきた。

服部は、表情をこわばらせて書類に眼を据《す》えながら立ちつくしていた。

「驚くような要求だろう。追って詳細事項は正式に示されるらしいが、この試作は、また当社と中島飛行機の競作になるようだ。本店ではなんとしてでも引き受けろと言ってきている」

後藤は、服部を不安そうな眼でみつめた。

服部は、うなずいた。軍からの要求であるかぎりそれを拒否することはむろん出来るわけがない。要求は常に高く、それをどこまで満たすことができるかどうか、それが設計者に負わされた宿命なのだ。

服部は、所長室を辞すと書類を手に設計課の部屋にもどった。

かれの眼は、自然と七試艦上戦闘機、九六式艦上戦闘機の設計主務者をした堀越二郎に注がれた。服部にとって、この高い要求を秘めた戦闘機の試作を担当させるのには、堀越以外には考えられなかった。

服部は、堀越を招くと、無言で書類を手渡した。

堀越は、自分の席にもどって書類をひらいたが、その顔はこわばった。

書類に記された数字は、全く現実性の乏しい絵空事のようにしか感じられない。かれにとっては、海軍の最有力艦上戦闘機として採用されている九六式艦上戦闘機の完成が、自分の設計能力の限界であると思っていた。その九六式艦上戦闘機の性能は、海軍の厳格な機密保持上の配慮から外国に伝えられてはいないが、外国から輸入したサンプル機と比較テストしても、また諸外国から流れてくる資料を検討しても、世界一流戦闘機の中に加えられるに充分な性能をもち、しかも六〇〇馬力という小馬力しかもたないことを考えると、その効率は世界水準を抜いたものと思えた。が、眼の前の書類に記された数字は、その九六式艦上戦闘機の性能をはるかに上廻《うわまわ》るほとんど不可能とも思える数字が並べられている。

最高速度一つを考えてみても、九六式艦上戦闘機の試作機で得られた数字は、高度三、二〇〇メートルに於て時速四五〇キロであったのに、眼の前の書類に記された数字は、高度四、〇〇〇メートルで五〇〇キロ以上が要求されている。その速度を可能とする戦闘機を作り上げるだけでも容易ではないというのに、紙上に並べられる要求事項は、すべて速度を減殺《げんさい》する要因をもつものばかりであった。

速度をはやくすれば、当然、敵機とのすさまじい格闘——空戦性能は劣るものになるのだが、それを九六式艦上戦闘機以下であってはならないというのは、きわめて苛《か》酷《こく》な要求としか思えない。さらに兵装が、九六式艦上戦闘機の七・七ミリ固定機銃二梃に比較して、七・七ミリ機銃二梃以外に新たに二〇ミリ機銃二梃を追加させられている。当然その兵装の強化は、それだけ重量と抵抗の増大を生む結果をもたらすし、そうすれば、それだけでも速力は低下し、空戦性能、上昇力、航続力その他多くの性能に大きな支障となることはあきらかだった。

堀越は、打ちひしがれたようにその書類に眼を据えた。

たしかに各国の航空機の進歩の度合は目まぐるしいほど早く、海軍としては、万が一戦争状態におちいった折のことを想定して、それに充分対応できるだけの性能をもつ戦闘機を欲しているのだろう。

飛行機の新機種が生れ出るまでには、設計から試作までにかなりの月日を要し、さらに試験飛行を頻繁《ひんぱん》におこなって改良に改良を重ね実用機として使用できるまでには、三年以上の歳月を必要とするのである。その間、現状に満足していては、たちまち外国機の進歩に立ちおくれてしまうことは疑えない事実なのだ。

海軍の仮想敵国は、一言にしていえばアメリカである。豊かな経済力と資源を背景にした大工業力をもつアメリカの航空機は、エンジン、装備ともにむろん秀《すぐ》れていて、それと対抗するためには、思いきった高性能の軍用機を手中におくことが当然必要なことにはちがいなかった。

そうした海軍側の意向を、堀越も理解することはできたが、十二試艦上戦闘機の計画要求案は、日本で使える発動機の馬力を考えると、余りにも現状を無視しているとしか思えない。もしもこれらの諸要求がそなわった戦闘機が完成したとすれば、むろん世界一の性能をもつ機になることはあきらかだった。

堀越には、そのような怪物のような戦闘機を試作完成させる自信はなかったが、軍用機の設計者であるかれには、常に新しいものを生み出さねばならぬ宿命が課せられている。航空機の新しい機種は、必ず飛躍的な秀れた性能をもつものでなければならないし、軍の要求は例外なく不可能とも思える苛酷なものであり、それを可能とするのが軍用機を扱う航空機会社の設計技術者たちであるのだ。

たしかに九六式艦上戦闘機も、堀越をリーダーとする技師たちの手で不可能を可能とさせた好例であった。しかし、書類に記された数字は、不可能を可能とさせる要素の全くない数字のように思われてならなかった。

果して自分にそんなものが完成できるだろうか……かれは、うつろな眼を、初夏の日にかがやく部屋の窓ガラスの方に向けていた。

その頃《ころ》、堀越は、十一試（昭和十一年度試作）艦上爆撃機の基礎計画に専念していた。この爆撃機は、中島飛行機、愛知飛行機両社の競争試作とされていたが、後から三菱重工も試作に参加したので、三カ月後の八月までに基礎計画を完了しておかねばならない性格のものであった。

そうした事情から十二試艦上戦闘機の計画要求には、全精力を集中することはできなかったが、それでも堀越は、風洞《ふうどう》試験係松藤竜一郎技師に新型機の翼断面の研究を依頼、六月五日には第一回の風洞試験をおこなった。

昭和十二年七月七日、北平《ペーピン》郊外の蘆溝橋《ろこうきょう》で日本軍と中国軍の間に銃火がまじえられ、日本政府の不拡大方針の発表もあったが、二十八日には北支に駐屯《ちゅうとん》していた日本軍の総攻撃が開始され、八月八日には日本軍の北平入城もあって、局部的な戦闘もたちまち全面戦争に突入した。

新聞紙上に北平入城の写真が掲載されて名古屋市内もその話に沸きかえっていた頃、本店を通じて海軍航空本部から、

「十二試艦上戦闘機計画要求について詳細に説明するから、至急設計担当者を出頭せしめられたい」

という緊急連絡がもたらされた。

すでに新艦上戦闘機の設計主務者を命じられていた堀越二郎は、ただちに服部設計課長の指示を受けて、海軍省の建物の中にある海軍航空本部に単身赴いた。

航空本部戦闘機主務の和田五郎少佐は、中国大陸の戦火が一層拡大する可能性が大きく、海軍としても十二試艦上戦闘機の完成を一日も早く進めなければならぬことを力説し、計画要求事項について具体的な説明をおこなった。

堀越は、率直にこの要求は余りにも厳しすぎることを口にした。

「それは勿論《もちろん》わかっている。しかし、どうしてもこの程度秀れたものを作ってもらわなければならないのだ」

和田は、熱っぽい口調で言った。

堀越は、いったん要求書が示されたかぎりそれを避けることは到底出来ないことを知っていた。要求案は、海軍軍司令部部内の作戦的見地から発し、連合艦隊の意見もとり入れて海軍に提示され、海軍省は、さらにそれを海軍航空本部に具体的な処置を委嘱《いしょく》する。そしてそこでは航空廠《しょう》や横須賀《よこすか》航空基地の実験航空隊や実施部隊の要求を入れて計画要求書案が出来上るのである。つまりその要求書案には、海軍部内の新戦闘機に対する期待が充分すぎるほど盛りこまれ、それが国防上絶対不可欠のものと見なされているのだ。

そして軍の保護を受けて成長してきた民間航空機会社の経営陣は、当然それを受け容《い》れるだろうし、結局、それらの過大な要求は、すべて設計を担当する技師たちの肩に負わされることになるのだ。

名古屋にもどった堀越は、服部に和田少佐との談合内容を報告し、全力をあげてその設計準備に没頭しなければならぬことを告げた。

その意見を容れた服部は、所長と相談して堀越たちが手がけている十一試艦上爆撃機の設計を思いきって放棄し、新戦闘機設計に専念させることに決定した。

八月十五日、堀越たちは日本海軍航空隊が悪天候の中を大村基地から発進、東支那《シナ》海を横断して上海《シャンハイ》、南京《ナンキン》に渡洋爆撃を敢行したことを知った。

この爆撃は、前日中国空軍による上海共同租界《そかい》の爆撃に対する報復行為という意味をもつものだったが、遠く洋上をへだてた地域への爆撃行は、世界の航空戦術史上きわめて稀《まれ》なことであった。しかも、その渡洋爆撃をおこなった爆撃機二十機が、同じ設計課の技師本庄季郎を設計主務者とする技術陣の試作完成させた九六式中型陸上攻撃機であったことを知って、設計課員はむろんのこと、名古屋航空機製作所内は沸き立った。

しかし、その後、渡洋爆撃が回を重ねてゆくにつれて海軍航空隊の被害も増加するようになっていた。それは、戦闘機の掩護《えんご》のない爆撃機隊が、予想以上に優勢な中国空軍の戦闘機によるはげしい迎撃を受けるようになったからで、新田慎一少佐をはじめ多くの将兵が搭乗機《とうじょうき》とともに戦死した。

海軍部内では、その被害の大きさに狼狽《ろうばい》し、航空母艦「加賀《かが》」に九六式艦上戦闘機を搭載させ、また整備の成った上海郊外の公太基地にも送りこんで、中国空軍との空戦に参加させた。

その頃中国空軍は、イギリスのグロスター、グラジェーター、アメリカのカーチス75、ソ連のイ15、イ16等で構成されていたが、九六式艦上戦闘機隊は、飛行士たちの秀れた操縦技術もあって圧倒的な強さを発揮、十二月二日南郷大尉指揮の九六式艦上戦闘機隊によってイ16約十機を撃墜したのを最後に南京上空からそれら外国戦闘機を完全に駆逐してしまった。

堀越たちは、自分の生み出した九六式艦上戦闘機が、実戦でもその性能の優秀さを実証したことに大きな満足感をおぼえていた。外国の一流戦闘機に九六式艦上戦闘機が撃ち勝ったことは、自分たちの設計が外国機の設計者たちのそれにまさっていたという証拠になる。

かれらには、設計技師としての熱っぽい意欲しかなかった。それだけに中国大陸での九六式艦上戦闘機の圧倒的な成果は、技師としてのかれらに大きな愉悦感を与えたのだ。

昭和十二年十月五日、正式の十二試艦上戦闘機計画要求書が、海軍航空本部から三菱重工業株式会社、中島飛行機株式会社に交付された。

堀越は、服部課長から手渡された「軍極秘」という印のおされた書類をひそかにひらいた。かれは、主要要目をみつめながら書類を一枚一枚繰っていた。

一、用途
掩護戦闘機トシテ敵ノ軽戦闘機ヨリモ優秀ナル空戦性能ヲ備へ、邀撃《ようげき》戦闘機トシテ敵ノ攻撃機ヲ捕捉《ほそく》撃滅シ得ルモノ
二、最大速度
高度四、〇〇〇米《メートル》ニテ二七〇節《ノット》（五〇〇粁《キロ》／時）以上
三、上昇力
高度三、〇〇〇米迄《まで》三分三〇秒以内
四、航続力
正規状態
高度三、〇〇〇米、公称馬力デ一・二時間乃至《ないし》一・五時間
過荷重状態
高度三、〇〇〇米、公称馬力デ一・五時間乃至二・〇時間、巡航ニテ六時間以上
五、離陸滑走距離
風速一二米／秒ノトキ七〇米以下
六、着陸速度

五八節（一〇七粁／時）以下

七、滑空降下率

三・五米／秒乃至四・〇米／秒

八、空戦性能

九六式二号艦上戦闘機一型ニ劣ラザルコト

九、機銃

二〇粍《ミリ》機銃　二梃《ちょう》

七・七粍機銃　二梃

十、爆弾（過荷重）

六〇瓩《キロ》爆弾二箇《こ》、又ハ三〇瓩爆弾二箇

十一、無線機

九六式空一号無線電話機　一組

ク式空三号無線帰投方位測定機　一組

十二、其《その》他ノ艤装《ぎそう》

酸素吸入装置

消火装置

夜間照明装置
一般計器

十三、強度
A状態（急引起シノ後期）
荷重倍数七・〇　安全率一・八
B状態（急引起シノ初期）
荷重倍数七・〇　安全率一・八
C状態（急降下制限速度ニテ）
荷重倍数二・〇　安全率一・八
D状態（背面飛行ヨリノ引起シ）
荷重倍数三・五　安全率一・八

かれは、眉《まゆ》をしかめた。

計画要求書に記されている数字は、五月に内示された要求案よりもさらにその内容が苛酷なものとなっている。殊《こと》に航続力の性能要求がさらにたかめられ、外国の戦闘機にも実例のないクルーシ式無線帰投方位測定機さえ装備するように要求されている。

それはおそらく中国大陸での航空作戦の経験から、遠距離飛行の可能な戦闘機の必要性を考えたあらわれにちがいなかった。

最大速度も、九六式艦上戦闘機の試作に要求された数字は、高度三、〇〇〇メートルで時速三五〇キロであったのに、新戦闘機には、高度四、〇〇〇メートルで五〇〇キロが要求されている。

かれにとって最大の苦痛は、使用できるエンジンの馬力が、要求されている性能をみたすためには余りにも小さいことであった。

日本の発動機は、欧米先進国のそれよりかなり劣っていて、小馬力のエンジンしか生産されていない。そうした根本的な制約があるのに、要求性能は外国一流機以上のものが求められている。

さらに二〇ミリ機銃の搭載も、かれの気分を重くした。その翼内装備の大口径機銃は、命中率も芳《かんば》しくないことから、外国でも実験的に装備した戦闘機が数機種あるだけでむろん日本では初めてのことである。装備したかぎり、命中率も良好でなければならず、第一、その装備によって機の重量と抵抗が増すことがかれにとって最も恐ろしいことであった。

堀越は、自分の眼の前に途方もなく高い峰がそびえ立っているような威圧感に打ちひしがれた。

速度、上昇力、旋回性能、航続力、離着陸性能、それに兵装艤装など、すべての要求項目は、互いにその性能を減殺《げんさい》し合おうとする性格をもち、しかもそれらの項目の一つ一つは、日本はもとより外国の一流戦闘機の水準を越えたもので、それらをすべて小馬力の機に充《み》たすことは至難だった。そしてその中の一項目をみたすだけでも容易ではないし、もしもその項目を強引に実現しようとすると、他の性能が水準以下に転落し、機の性能のもつ均衡もたちまちに崩壊してしまうのだ。

飛行機の設計試作は、こうした相反したものを妥協させて、一つの調和を生み出すことにあるが、そのためには、当然性能のいずれかを幾分犠牲にするゆとりも必要とされていた。しかし、計画要求書の各項目は、そのどれをとり上げても世界的水準またはそれをはるかに越えたものばかりで、それを調和させるための余地は全く見出《みいだ》せない。

ただわずかに一点だけ、余地ともよべるものはあった。それは、操縦者席と燃料タンクに敵弾を防ぐ装置がほとんど無視されていることであった。

その防弾装置の軽視は、戦闘機の場合外国機でも或《あ》る程度共通したものではあったが、殊に日本の場合は、伝統的にそうした考え方が強かった。防弾装置を充分にほどこせば、当然それだけ機の重量は重くなり、空戦能力はむろんのこと速力・航続力など機の機能は低下する。つまり、防弾装置をほどこすことによって、攻撃力は落ちるのである。

軍には、攻撃こそ最大の防禦《ぼうぎょ》……という根強い兵術的考え方が巣くっていて、それが空戦を目的とする戦闘機の場合には一層露骨な形となってあらわれていたのである。

堀越たちは、技術者として防禦力の乏しいことに不安はおぼえていたが、それが軍の意志から発した日本の戦闘機の常例でもあり、第一過大な性能要求をみたさねばならない戦闘機設計技師であるかれらにとって、自ら要求のきびしさを増すそれらの防禦装置をつけ加えようとする精神的なゆとりはなかったのだ。

堀越は、悩みつづけた。設計から完成、そして量産に漕《こ》ぎつけるまでの三年間には、航空技術の進歩を背景に、アメリカをはじめ諸外国でも続々と優秀機が生み出されるだろう。

むろん計画要求書通りの性能をもつ機を完成することができれば、三年たった後でも世界に類のない卓越した戦闘機となるだろうが、それはあくまで理想であって、使用可能の小馬力のエンジンと現在の機体技術水準からみるとそれを実現させることはきわめて困難なことと思われた。

眠れぬ夜がつづき、たかぶったかれの頭の中には、さまざまな線と数字がからみ合った。

そうした精神的な疲労がたたったのか、かれは、或る夜胸部にはげしい痛みをおぼえて寝込んでしまった。激痛の原因は、肺疾患からくるもので、すでに九六式艦上戦闘機の試作完成後医師から肺浸潤《はいしんじゅん》という病名を受けていた。

やがて胸部の激痛も薄らぎ、一カ月後には会社に出勤できるようになったが、病臥《びょうが》中かれには、計画要求に対する或る結論めいたものが生れていた。

計画要求書とは、あくまで要求だ……と、かれは思った。

自分に課せられた責任は、どの程度その要求の線まで近づくことができるかということにかかっている。個々の数字にこだわるよりも新戦闘機の全体的な性能を高め、その実戦力を最大限に発揮させるものをつくることに全精力を注ぐことが、技師としての自分の義務ではないのか。

堀越は、漸《ようや》く前途にかすかな明るみがさすのを感じていた。

しかし、かれのそうした判断は、間もなく完全に打ちくだかれてしまった。

年が明けて間もない昭和十三年一月七日、十二試艦上戦闘機計画要求書に対する海軍側民間航空機会社側合同の研究会が、横須賀の海軍航空廠《こうくうしょう》の会議室でひらかれた。

その日、設計課長服部《はっとり》譲次以下、課員の堀越二郎、加藤定彦、曾根《そね》嘉年が出席したが、会議室に入ってくる海軍側の出席者を眼にしたかれらは、その十二試艦上戦闘機に対する海軍側の期待がきわめて大きなものであることを知らされた。

海軍航空本部関係からは、技術部長和田操少将ほか関係官、海軍航空廠からは廠長の前原謙治中将ほか各部長、それに同廠飛行実験部の戦闘機主務者柴田武雄少佐以下関係部員、さらに中国大陸での実戦に参加している戦闘機関係者として横須賀海軍航空隊戦闘機飛行隊長源田実少佐らが出席、三菱《みつびし》重工とともに計画要求書を交付された中島飛行機株式会社の技師五名も出席していた。

和田技術部長、前原謙治廠長は、中国大陸における戦争の解決が予断を許さぬ状況にあり、国際情勢の緊迫化もあって、空軍力の一層の強化を必要とすることを説いた。そして、そうした要請からも十二試艦上戦闘機のもつ重要性を強調した。

ついで再び計画要求書についての詳細な説明がおこなわれ、研究会の討論が活発にはじまった。

源田少佐が、実戦家としての立場から意見をのべた。

源田は、第二連合航空隊の航空参謀として中支から帰ったばかりでその顔も日焼けしていたが、九六式艦上戦闘機、九五式艦上戦闘機（中島飛行機昭和十年完成）を駆使して航空戦を指導した経験をもとに、十二試艦上戦闘機の殊に空戦性能をさらに秀《すぐ》れたものにしてもらいたいと力説した。

海軍側の発言者は、当然のことながら少しでも秀れた機を完成して欲しいという発言ばかりで、計画要求書をさらに上廻《うわまわ》る提案もいくつか席上に提出された。

民間会社の技師たちは、黙しがちだった。

海軍側の意見は充分理解はできるが、技術的な観点からは、それは実情と程遠いものであったのだ。

民間航空機会社側の意見を求められて、堀越は立ち上った。かれの病み上りの顔は青白く、その表情にはこわばった歪《ゆが》みが浮んでいた。

「貴重な御意見を拝聴いたしました。しかし正直の所を申し上げますと、この計画要求書に記されております各項目は、外国のどの戦闘機のものよりもすべて優秀なものが求められております。航続力、速度、上昇力、搭載《とうさい》量、そして操縦性など、すこぶる高度なものになっております。御要求の趣旨は、充分すぎるほど理解はできますが、こうしたすべての秀れた項目を一つの戦闘機にもりこむことは、きわめて無理な御要求であると思います。航続力、速度、上昇力、そして搭載量、操縦性などは、互いに相反するものでして、しかもそれらを同時に実現させることは、小馬力のエンジンでは技術的に至難といわなければなりません。攻撃機等の機種では外国の第一流機に匹敵すれば満足だという御意見があるときいておりますが、それと比較しましてこの十二試艦上戦闘機に対する御要求は、余りにも高すぎます。幾分でも緩和していただける余地はないのでしょうか」

会議室に、一瞬緊張した空気がひろがった。

が、やがて意見が、出席者の間ではげしく交わされはじめた。そして、結局海軍側から出された回答は、「絶対に緩和の余地なし」というきびしいものであった。

堀越たちは、それ以上言葉をさしはさむこともできず、出来るだけ計画要求にそうよう努力することを約束して会議室を辞した。

名古屋にもどった服部以下堀越たちの表情は暗かった。

海軍側の要求は、一歩もひかぬという強硬なもので、今後交渉の余地はありそうには思えない。会社では、その発注を受けることを決定しているし、設計課としてはそれを是が非でも受け入れなければならぬ立場にある。

そのうちに、中島飛行機では、社内研究の結果、十二試艦上戦闘機の三菱との競争試作には消極的という話が伝えられてきた。その理由についてははっきりとはわからなかったが、おそらく計画要求書の余りの苛《か》酷《こく》さに実現性の薄いことを予測した結果にちがいなかった。

結局十二試艦上戦闘機の試作は、三菱重工業一社だけでおこなわれることになったが、それは同時に、三菱の名古屋航空機製作所設計課員の肩にすべてが負わされることを意味するものだった。

服部たちは、基本的なことについて意見の交換をはじめ、堀越二郎を設計主務者とする堀越グループの編成にとりかかった。その結果、計算関係に東京帝国大学工学部機械工学科出身の曾根嘉年、その補佐として前年同大航空工学科を卒《お》えたばかりの若い東条《とうじょう》輝雄と中村武を配し、構造関係には曾根を兼任者として吉川義雄、土井定雄、楢原《ならはら》敏彦、富田章吉を、また動力艤装《ぎそう》関係には井上伝一郎、田中正太郎、兵装艤装に畠中福泉、大橋与一、甲田英雄、柴山鉦吉、江口三善、降着装置に加藤定彦、森武芳、中尾圭三ら、よりすぐった有能な技師を試作グループに編入させ、試作まとめ兼整備係主任として竹中熊太郎を任じた。

技師たちは、堀越を中心にただちに基礎設計にとりくんだ。

堀越の設計に対する考え方は、欧米先進国の発動機より劣る小馬力のエンジンを使わねばならぬだけに機の重量を出来るかぎり軽くすることと、空気抵抗を極力少なくすることに焦点が置かれていた。航空機試作の上で小馬力のエンジンを使用しながらほとんど不可能ともいえる計画要求をみたすためには、その二つの要素をぎりぎりの線まで推し進める以外に道はない。それに材料のほとんどが外国から輸入される原料をもとにしているため、無駄《むだ》なロスを出さないように、材料の節約を念頭に設計を進めなければならぬという制約も課せられていたのだ。

基礎設計は、まず発動機の選択からはじめられた。

発動機は、機にとって人体の心臓にもたとえられるもので、発動機のもつ力がその機の能力の原動力にもなる。小馬力の発動機しか生産されていない現状の中で出力の大きな発動機を得ようとすれば、常識的にその形も大きなものとなる。

大きな発動機を備えつければ、それだけ機の大きさも増す。が、艦上戦闘機としては、航空母艦内の扱いから機体の大きさは制限を受けているし、それに第一、戦闘機の軽快性を重んずる戦闘機乗りとしてはなるべく機体が小さいものであることを望んでいる。

そうした要求から十二試艦上戦闘機の計画要求書には瑞星《ずいせい》、金星と称する二個の三菱製空冷星型発動機が候補にあげられていた。

堀越は、その二種の中で公称八七五馬力（高度三、六〇〇メートル）の瑞星よりも、一、一〇〇馬力（高度四、二〇〇メートル）の出力をもつ金星を採用したかった。が、かれがえらんだのは小型の方の瑞星で、それは競争試作に勝ちをしめようとする配慮からであったのだ。

空戦性能を重視する海軍のパイロットたちは、軽快な戦闘機を望んでとかく重い戦闘機を敬遠する傾きがある。小馬力の方の瑞星を採用してさえ、九六式艦上戦闘機よりは五〇パーセントは機体が重くなることが推定される。さらに、もしも大型の金星を装備すれば、それだけ機体は大きくなって七〇パーセントから八〇パーセントも重い戦闘機となって、実験飛行段階でかれらの顰蹙《ひんしゅく》をかうおそれが多分にある。

試作機がそれらのパイロットたちの意向で、適否が左右されることを思うと、到底金星を採用する気にはなれなかったのだ。


発動機の決定によって、胴体の形状、翼の大きさや、また機体重量などが予測され、それをもとに幾つかの図面がひかれ、性能計算もおこなわれた。

基礎設計は急速に進行し、早くも主翼断面の風洞《ふうどう》試験が二月十七日に終了した。この主翼の断面の決定には、風洞試験係松藤竜一郎技師の提案で九六式艦上戦闘機、九六式陸上攻撃機、九七式司令部偵《てい》察《さつ》機などの長所が充分にとり入れられた。

翼の面積は、機の重さに比較して思いきって広くした。それは、機の重量を大きくし、速度も落ちるという短所があったが、空戦性能、つまり旋回性能を良くしなければならないということと、離着艦を容易にせよという計画要求からやむを得ず採用したものであった。

翼の幅もまた胴体の形も、二〇ミリ機銃の命中率をたかめるために幾分長めなものに決定した。拳銃《けんじゅう》よりも銃身の長い銃の方が命中率が高いという理由と同じように、それを支える機の胴体を長くしたのだが、同時に大口径機銃の弾丸発射時の強い衝撃に機の安定が乱されぬように工夫したのである。

堀越たちの機の重量を軽くするための努力は、異常なものがあった。一グラムでも軽いものを……という執念が、独創的な設計となってあらわれた。

その一つは、従来の主翼が、胴体に近い部分（中央翼）と先端に近い部分（外翼）に二分されていたのを一枚の翼としたことであった。その理由は、中央翼と外翼を結合させている大きな金具の重さをきらったからで、主翼と胴体との結合にも出来るだけ小さい金具をとりつけることに努力した。

航空機では、「肉落し」と称して、強度に関係のない部分をくりぬく。窓のような形にジュラルミン板をくりぬいている個所もあれば、円形に穴のあけられた部分もある。むろんそれは機の重量を少しでも軽くしようとする配慮からであったが、その肉落しの方法も異様とも思えるほど徹底したものであった。

くりぬき部分を、これ以上は不可能と思えるぎりぎりの線まで広くする。そしてそれは、二、三ミリの直径しかない微小な孔《あな》をあけさせるような設計にまで発展した。そして、そうした「肉落し」を徹底的におこなわせると同時に、それが構造上の強度に影響をおよぼさないように、入念に強度計算もつづけられた。

重量を軽減しようとする意欲は、材料そのものの研究ともなってあらわれた。軽くてしかも強度のすぐれた素材はないか、と探しまわったが、住友金属工業株式会社でそれまでの超ジュラルミンより抗張力の三〇パーセント〜四〇パーセントも高い超々ジュラルミンE・S・D・Tが実用段階に達していることを知った。

早速堀越は、大阪の住友金属工業伸銅所に赴き、開発に成功した理学博士五十嵐《いがらし》勇と小関技師とに会い、その結果、主桁《しゅげた》に超々ジュラルミンの押出型材を使用すべきであるという確信をいだいた。そして、超々ジュラルミンの使用について航空本部の意向を打診した結果、金属材料主務者大谷文太郎博士の承認を得て、その使用が決定された。むろん空気抵抗を少なくするために、その表面に打つ鋲《びょう》も九六式艦上戦闘機の例にならって沈頭鋲を採用することにした。

また脚（降着装置）については、日本の戦闘機で初めての引込み脚を採用した。むろんそれは従来の固定脚より空気抵抗を小さくしようという意図からで、九六式艦上戦闘機の試作設計の折からの懸案であったが、機も大型化したので、脚を翼内に抱くような引込み方法をとったのである。

しかし、海軍側ではその機の完成をひどく急いでいたので、新しい独自の装置を考案する時間的なゆとりはなかった。

堀越は、降着装置担当の加藤定彦技師に、

「新しいメカニズムを考えたのではおそくなるから、モデルがあったらまねてもよい」

と、指示した。

その結果、陸軍がアメリカから購入していたチャンスヴォートV―一四三の引込み脚装置を参考にした降着装置をとりつけることに決定した。

こうした思いきった設計を進める一方、翼幅も航空母艦内の揚げ降ろしに支障のない限度内で一二メートルに定められ、四月六日には、その基本となるべき実際の機と同じ大きさでつくられた木型が完成した。

堀越は、他の技師たちと、その実物大の模型を不安と期待の入りまじった眼で見つめた。

昨年の五月計画要求が内示されてから約一年、萎縮《いしゅく》しかける気持をふるい立たせて設計にとりくんできたが、かれらを支えてきてくれたのは、外国の航空技術者に遅れをとりたくないという技術者としての矜持《きょうじ》だけであった。

軍の要求は、自分たちをもふくめた日本の航空技術水準をはるかに越えたもので、それを満たすために設計については、従来の設計概念を捨てて独自なものを……とその研究に没頭してきた。そしてその結果が、眼の前におかれた実物大の模型なのだ。

堀越たちは、細部の艤装《ぎそう》まで実物通りにとりつけられた模型を点検した。機体は、九六式艦上戦闘機よりも大型で、すこぶるスマートな形状をしている。主翼の翼端を抛物《ほうぶつ》線状としたのも、尾翼との調和がとれていて一種の統一された美が感じられる。しかも、独自の工夫をほどこした各部分の装置も、機の大きさ、形状の中にしっくりととけこんでいるように思えた。

これが自分の設計技術のぎりぎりの限界だ……と堀越は、満足そうな光を眼に浮べた。

が、その木型が実際の軽合金材料で組み立てられ発動機が始動しプロペラが回転し、そして空を要求書通り飛行することができるかどうかは又別の問題である。そこに戦闘機の生命がふきこまれるまでには、当然さまざまな難関がひかえている。

かれは、なめらかな模型の木肌《きはだ》を掌《てのひら》で不安そうにさわっていた。

木型は海軍側の審査を受ける必要があったが、それに先立って三菱重工業の十二試艦上戦闘機に対する計画説明審議会が、四月十三日に海軍航空廠会議室で開かれた。

海軍側からは航空本部、航空廠、横須賀《よこすか》海軍航空隊の関係者約三十名、三菱重工業からは、堀越、加藤、曾根、畠中の四技師が出席した。

堀越たちの手がけている試作機は、まず航空廠で入念な審査と実験がおこなわれ、それから実用実験基地である横須賀海軍航空隊で実用機としての実験がおこなわれるはずになっていた。そしてその日も、航空廠側からは戦闘機主務者柴田武雄少佐、次席榊原《さかきばら》喜与二大尉、そして横須賀海軍航空隊からも戦闘機飛行隊長源田実少佐、分隊長板谷茂大尉、奥宮正武大尉らが出席していた。

会議がはじまると、堀越は、三日前に海軍側に提出した「Ａ６Ｍ１（十二試艦上戦闘機の略符号）計画説明書」にしたがって、試作設計開始以来、機の各部に採用した設計内容について詳細に説明した。そして、それらを備えた実物大の模型――木型も完成したことを告げた。

海軍側からは各項目についての質問が集中し、堀越は、それについて回答したが、一応質問も途絶えた頃《ころ》、

「おたずねしたいことがあります」

と言って、立ち上った。

「御提出いたしましたA6M1計画書にも記しておきましたが、この十二試艦上戦闘機の計画要求は、技術的にみてそのすべてを完全にみたすことはきわめてむずかしい問題であります。それは、もとより私ども航空技術者の責任ではありますが、航空機は、私たち航空関係者の設計技術のみによって維持されているものではなく、素材をはじめ機を構成するもののすべてが、他の産業に仰がねばなりません。つまり、航空機は、日本の工業の技術水準、その生産力の総和の上に立っているものといって差支《さしつか》えないと思います。幸いにしまして超々ジュラルミンのように住友金属ですぐれた開発があり、それを採用することができましたが、航空機を維持する日本の工業力が、欧米一流国のそれを必ずしも越えているとは思えず、或《あ》る部門では大きく立ちおくれていることも疑うことのない事実です。このように他産業からの支持の少ない現状のもとに、十二試艦上戦闘機を御要求通り完成させることは率直にいって至難のわざです。私がこのようなことを申し上げるのは、なんとかして計画要求に近いものを作り上げたいからですが、この試作に於《お》いて性能を平均的に御要求に近づけようとしますと、速力において要求性能より一〇ノットおそくなり、格闘戦性能も要求書に明記された九六式艦上戦闘機より劣ることに計算上なってしまうのであります。

そこでお伺いしたいのですが、そうしたやむを得ない制約の中で、航続力、速力、そして格闘力（空戦性能）の重要性をどのような順序で考えておられるのでしょうか。すべてを平均的にみたすことはできないのですから、どれか一つを御要求以下にしていただきませんと、他の性能を御要求通りに持ってゆくことは不可能なのです。その順序をお教え下さい」

と言って腰を下ろした。

海軍側の出席者は、口をつぐんだ。

海軍の誇る第一線機九六式艦上戦闘機の設計主務者である堀越の存在は、かれらにとっても軽視することはできない。航空機設計者として高く評価されている堀越の言葉だけに、それを黙殺することはできなかった。

海軍側の出席者たちは、不快そうに黙っていたが、やがて、活発な意見が交換され出した。そして、それが一層熱を帯びはじめるにつれて、いつの間にか海軍側出席者の間に思いがけない激烈な論争がひき起された。

一方の強硬な主張者は、横須賀海軍航空隊戦闘機飛行隊長の源田実少佐であった。

源田は、中国大陸での中国空軍機との空戦経過を実例にあげてから、

「結局、戦闘機というものは、敵戦闘機と格闘の上、敵機を撃墜しなければならない

任務をもっている。つまり、戦闘機の生命は、その格闘戦に勝つことができるかどうかにかかっている。十二試艦上戦闘機の計画要求は、三菱《みつびし》でも確実に実現してもらわなければならないのは当然だが、堀越技師の質問に敢《あ》えて答えるとすれば、新戦闘機も、第一に格闘戦性能を考えるべきで、その性能も断じて九六式艦上戦闘機以下であってはならない。そしてこの格闘戦性能を向上するためには、速力、航続力をいくらかは犠牲にしてもやむを得ないと思う」

と、断定的なはげしい語調で言った。

源田の所属する横須賀海軍航空隊は、試作機の実用実験を一任されていた関係で常に空中戦の研究をおこない、その結果戦闘機の価値は、格闘戦性能に劣っているとしたら全く無意味なものだという空気が圧倒的であった。そしてそれは、格闘戦性能のすぐれた九六式艦上戦闘機の中国大陸に於《お》ける華々しい戦果によってさらに強い確信となっていた。

源田の意見に、横須賀海軍航空隊から同行してきていた航空将校たちは、一様に深い同調の意をあらわしていた。

が、航空廠《こうくうしょう》飛行実験部戦闘機主務者柴田少佐は、源田の意見に批判的な意見を提出した。

柴田は、中国大陸の航空戦でも空母「加賀」の戦闘機飛行隊長として実戦経験もある航空将校で、十二試艦上戦闘機の試作結果にも多くの期待をいだいている一人であった。

「源田少佐の御意見は、至極もっともだと思う。たしかに日本の戦闘機は、中国大陸でのアメリカ機、ソ連機などとの空中戦の成果をみてもあきらかなように、格段に格闘戦性能がすぐれている。しかし、それだけでは、戦闘機の任務がすべて達せられたとは思えない。ふり返って考えてみると、渡洋爆撃をおこなっている九六式陸上攻撃機の被害は予想以上に大きい。つまり、たとえ速度がはやく防禦《ぼうぎょ》砲火が強化されている優秀な九六陸攻にも、絶対に戦闘機の掩護《えんご》が必要であることをはっきりと示している。戦闘機の任務に爆撃機の掩護が必要とされるかぎり、当然戦闘機にも、航続力の大きい爆撃機にどこまでもついてゆけるような航続力が要求される。また中国大陸の空戦でもあきらかなように、イ16は、九六式艦上戦闘機よりも速度がやや優れている。そのため、イ16に逃げられてしまうことも多いし、敵戦闘機を捕捉《ほそく》するためには、速力も高度なものが要求されねばならない。とかく日本では格闘戦性能のみを重視する傾きがあるが、将来の戦闘機の趨勢《すうせい》に眼を大きくひらけば、航続力、速度をこそ最も重視する必要があると信ずる」

柴田の反論に、室内の空気は俄《にわ》かに緊迫した。そして、源田をはじめ横須賀航空隊関係者から柴田に激しい反対意見が浴びせかけられた。

元来柴田の所属する航空廠飛行実験部は、その部の性格上理論的な傾向が強く、それに反して横須賀海軍航空隊は、実戦・訓練を基礎にした経験主義的な面を重視していた。

両者の激論は、殺気に似た熱気をはらみ、そしてそれはいつ果てるともなかった。

堀越は、加藤、曾根、畠中の三技師とともに口をとざしてかれらのはげしい意見の交換に耳を傾けていた。かれにしてみれば、苛酷《かこく》な計画要求を幾分でも緩和してもらえる余地を見出すために質問したのだが、それが思わぬ論争に発展してしまった。そしてそれは、ひそかにいだいていた期待が到底実現不可能なものであることをあらためて感じさせられたにすぎなかった。

論争の結末は得られないままに、審議会は終了した。

堀越は、三人の技師と連れ立って外に出た。

計画要求を果さねばならぬ責任が、自分たちの肩に背負いきれない重さになってのしかかってくるのを感じると同時に、それを少しでも要求に近い線まで持ちこまねばならぬ立場に立たされていることを意識した。

かれらは、夕闇《ゆうやみ》の落ちた道を、肩を落して無言のまま歩いていった。

四

昭和十三年四月二十七日、航空本部技術部巌谷《いわや》英一造兵大尉、航空廠飛行実験部長吉良《きら》大佐、横須賀海軍航空隊板谷茂大尉ら多数の戦闘機関係者たちが、自動車をつらねて三菱の名古屋航空機製作所の門をはいった。

かれらは、後藤所長以下の出迎えを受けると、少憩後、第一工作部試作工場に足をふみ入れた。

そこには、十二試艦上戦闘機の実大模型（木型）が、ひっそりと滑らかな木肌を光らせて置かれていた。

かれらは、無言でその実大模型を見つめた。すでに三菱から提出された計画説明書と二週間前におこなわれた計画説明審議会で各要目の内容については知っていたが、実大模型を眼にしたかれらは、あらためて新たな感慨を受けているようにみえた。

「実物をみると、やはりかなりの大きさだな」

関係官の低いつぶやきがもれた。

堀越たちの眼に、幾分不安そうな光が浮んだ。

戦闘機操縦者たちの間には、

「格闘戦を主任務とする戦闘機は、第一に軽快性を重視すべきもの」

という根強い観念がしみつき、そのためにも機体はなるべく軽い小型なものを欲している。そうした観点からみれば、眼の前におかれた十二試艦上戦闘機の木型は、かれらの考える戦闘機の概念からはかなりかけはなれたものにちがいなかった。

試作機が海軍側に採用されるか否かは、かれら海軍航空関係者の意見で左右される。かれらに好感をもたれるためには、当然軽量の小型戦闘機を設計すべき必要があった。

しかし、堀越たちにしてみれば、たしかに九六式艦上戦闘機よりは五〇パーセント近く馬力は大きいが、それにしても宿命的とも言える小馬力の発動機しか使用できないという制約が立ちはだかり、その枠《わく》の中で、海軍側の過大な計画要求を一つの機の中にもりこむためには、自然と機の形状も大型化しなければならなかったのだ。

「それでは、これから十二試艦上戦闘機試作の第一次木型審査をおこなう」

と、官側からの挨拶《あいさつ》があって、審査がはじめられた。

かれらは、模型のまわりにむらがった。

機体の中には、実物または実物大の模型装備品や計器がすべて配置され、七・七ミリ機銃は操縦席前方に、二〇ミリ機銃は左右両翼内におさまっていた。

かれらは、それら各部を計画説明書と照合しながら点検し、堀越たち設計陣に鋭い質問を浴びせかける。

室内には、多くの黒板が運びこまれていた。

海軍側の審査官は、操縦席にはいりこんで操縦者の視界の様子をみたり、備品の位置が適しているかどうかや、操縦席にあがる足掛けの配置などについて討論を交わす。実際に機を操縦する乗組員や整備員の立場を考慮した意見がつづいた。たちまち関係官の手で、黒板につぎつぎと修正部分の指示が記され、各部門の設計者たちは、それらを不安そうな表情で敏速にメモしていった。

修正個所の指摘が一〇〇近くに達した頃、漸《ようや》く審査は一段落した。

木型審査の結果はほぼ良好で、基本的な修正意見は出ず、堀越たちには安堵《あんど》の色が濃かった。

「指摘した修正部分を改めて設計をすすめるように……」

という結果発表があって、第一次木型審査は終了した。

堀越たちは、その審査の成果に自信を深め、鋭意設計をすすめた。

その間に、海軍では、この試作機にアメリカのハミルトン社から製造権を買っていた住友金属製の恒速プロペラを採用することに内定していた。

それまでの飛行機には、固定節プロペラや二段可変節プロペラが多く使われていたが、この種のプロペラでは、機の速度変化に応じて発動機が正規の回転数をたもつことができず、そのため発動機のもつ馬力を発揮できないといううらみがあった。

それは、空戦中速度変化のいちじるしい戦闘機にとってはきわめて不利な条件で、それにくらべて恒速プロペラは、発動機の公称回転をたもつように、速度の変化に敏速に応じて自動的にプロペラのピッチが調節される仕組みになっている。それは日本ではじめて実際の機に採用されるものであったが、苛酷な性能要求をもとめられているこの試作戦闘機には、殊《こと》に必要なものだと思われたのだ。

また、世界で初めて航続力をみたす流線形をした落下式増設タンクを装備することも決定した。

このタンクは、胴体下面に一箇《こ》とりつけられ、敵地への往路にはそのタンク内のガソリンを消費し、敵機と接触すると同時に身を軽くして空戦にそなえるため投下する。

つまり、増設タンクは、航続力を伸ばすために必要な燃料をおさめる容器であったが、それまでは機体の下面に半月形のタンクをとりつけたり、魚雷のような形状をしたものを爆弾投下器に装備したりしていたが、両方とも空気抵抗はきわめて大きく、堀越は、その空気抵抗を少なくするため支持部もタンクも流線形にしたのだ。

このような設計の進捗《しんちょく》の中で、第二次木型審査が七月十一日、航空廠の柴田少佐、横須賀海軍航空隊源田少佐らによってひらかれ、第一次木型審査の折に修正を指示された部分の確認がおこなわれた。

この審査も無事に終了し、細部設計も進んで、いよいよ図面が試作工場と検査課に流れはじめた。

試作工場は、飛行機工場内で最も機密保持のきびしい場所であった。それは海軍部内の計画要求が、設計者たちの設計によって具体化される巨大な密室でもあった。

名古屋航空機製作所内におかれた陸海軍監督官たちの監視は、殊に試作工場にきびしく注がれ、また社の保安係所属の守警たちの眼も、その周辺に比重の多くがかけられていた。

製作所内への出入りは、守警たちの手で各門でチェックされ、門外へ出る折は、身体検査がおこなわれる。従業員は、職員、工員別のバッジで判別され、それ以外の者の出入りには守警の許可を必要とした。

殊に試作工場への出入りは、厳重をきわめた。

その一角に入ることができるのは、特殊なバッジをつけた一部のかぎられた関係者だけで、それ以外の者たちは試作工場の内部をうかがうことも厳禁されている。そして一般従業員は、いたずらな疑惑をうけることをおそれて、その一角に近づくこともしなかった。

図面にもとづいて部品が製作され、検査を経て試作工場に集められてくる。その組立ては、外部からのぞき見られぬように四囲に張られた幕の中で進められた。そして、試作機の部分的な強度テストや機能テストが並行しておこなわれていった。

暑い夏が、やってきた。

同じ設計課内で設計のすすめられていた十二試陸上攻撃機の設計図面も、試作工場内に流れはじめ、ひそかに試作が開始されていた。

この双発攻撃機は、本庄季郎技師を設計主務者に、日下部《くさかべ》信彦、櫛部《くしべ》四郎、尾田弘志、福永説二、今井功等の技師の設計によってすすめられ、これも双発機としての水準を越えた苛酷な要求とたたかっていた。この設計陣には、後になって加藤定彦、井上伝一郎、疋田《ひきた》徹郎技師らが参加した。

堀越たち戦闘機設計グループは、その陸上攻撃機が、斬新《ざんしん》な多くの特徴をそなえているものだということを知っていた。

それは、日華事変の九六式陸上攻撃機の戦闘状況から得た教訓をもとにして、高度な戦闘速度にくわえて偵察《ていさつ》過荷重状態二、六〇〇浬《かいり》（四、八一五キロメートル）、攻撃過荷重状態二、〇〇〇浬（三、七〇〇キロメートル）という大航続力をもち、さらに爆弾又は魚雷搭載《ぎょらいとうさい》量八〇〇キロという高水準の要求をみたすもので、そのため主翼構造の一部をそのまま燃料タンク（造りつけタンク）にして、そこに五、〇〇〇リットルに及ぶ燃料を搭載できるように設計されていた。その造りつけタンクは、旅客機などの民間機では常識的なものとなっていたが、軍用機としてはきわめて思いきった設計手法だった。

また尾部には二〇ミリ機銃を装備、そのため胴体を葉巻状として、銃手をはじめ搭乗員が自由に通行できるような形もとられていた。そして、この機も性能低下をおそれて、燃料タンク、搭乗員の座席周囲には、堀越たちの設計、試作をすすめている十二試艦上戦闘機と同じように、全く防弾というものがほどこされてはいなかった。

その頃、すでにアメリカでは、爆撃機の座席や燃料タンクの周囲に防弾がほどこされていた。攻撃する側である軽快な戦闘機よりも、絶えず受身の立場に立たされる鈍重な大型機である爆撃機には、当然防弾の必要性がもとめられていたのだ。

しかし、この試作機では、造りつけタンクを採用しているためにタンクの周囲には防弾ができない。アメリカの爆撃機と同じように防弾をほどこす必要から造りつけタンクを廃止すれば、搭載できる燃料の容量もへってしまい、要求されている大航続力が出ない。

この問題については、海軍部内やまた海軍側と会社側の間でもはげしい論議がひきおこされていたが、航続力を無視することはできず、結局防弾なしの造りつけタンク案が採用されたのだ。

その間にも艦上戦闘機の設計試作に専念していた堀越は、連絡のためしばしば航空本部や航空廠におもむいていたが、そのうちになんとなく海軍側に奇妙な空気が漂いはじめているのに気づくようになった。

それは、はっきりとした形をとったものではなかったが、海軍部内の一部に、堀越たちの手で設計試作のすすめられている新戦闘機の性能に、それほどの期待をもっていないような気配が感じられるような気がしてならなくなったのだ。

それは、堀越が計画要求の苛酷さをしばしば口にしたことから、海軍航空関係者たちの間に、十二試艦上戦闘機の性能が要求通りに実現することはあるまい……、という空気がきざしはじめているためかも知れなかった。

そして、そうした気配は、堀越たち技術者にも敏感に反応した。一応計算的には、計画要求に近いものが試作できる見込みはあったが、機が実際に完成してからでなくては、具体的なデータはあらわれない。

堀越たちの自信も、わずかではあったが動揺しはじめた。そして、それは、海軍側と堀越たちの解釈の食いちがいともなってあらわれたりした。

その一つの例として、来襲する敵機を迎え撃つ局地戦闘機問題があった。

それは、海軍側から三菱《みつびし》に対してそれについての質問が何度か発せられていたらしいが、それをひそかにききつたえた堀越は、試作中の戦闘機に対する計画変更となるのではないかと思ったりした。

現在設計試作をすすめている新戦闘機は、進撃と迎撃を兼ねそなえたものだが、局地戦闘機に変更するなら、進撃に必要な航続力は当然軽んじてもさしつかえない。あらゆる諸性能を高度なものとして設計された新戦闘機の均衡は、もしもその一性能の変更が実現すると、新たに設計をし直さなければならなくなるのだ。

八月八日、堀越は、単身航空本部におもむいたが、その折航空本部部員から海軍と会社との間で、局地戦闘機問題について意見の交換が活発におこなわれていることを知らされた。

堀越は、不安が実際の形となってあらわれたことに気分の沈むのをおぼえた。そして、自分たちの手ですすめられている試作機の計画が変更されるのかとたずねた。

「そんなことを言っておるのではない」

と、部員は苦笑した。

「どうも質問に対する三菱の回答は、ピントが狂っている。なにも試作機を、局地戦闘機に計画変更したいなどと言っておるのではない。もしも試作機を局地戦闘に使うとしたら、どういうデータが出るかということをきいておるだけなのだ。なにを勘ちがいしておるのか」

「そうですか。その件は、よくわかりました。しかし、そのような質問がいろいろありますと、どうも部下たちの士気が沮喪《そそう》するおそれもありますので……」

と、堀越は、率直に不満を述べた。

「それはおかしいじゃないか。質問をするのは当然で、それについて動揺する必要はない。三菱では、自分勝手に幻影をえがいて悲観しているのだ」

と、部員は揶揄《やゆ》するように言った。

そして、さらに、

「試作機の完成は、各方面で非常に期待しておる。海軍側には悲観材料はみじんもない。もしもあるとしたなら、それは君たち三菱側の内部にあるのだろう。つまり試作機にとりつけられる三菱製の発動機瑞星《ずいせい》の性能いかんにあるのだ」

と、表情をこわばらせた。部員のいう意味は、よくわかっていた。

中島飛行機製作所には、栄一二型という発動機が完成している。それは三菱の瑞星より、直径もわずか三・二センチ大きく乾燥重量も四キロ重いだけであるのに、瑞星の馬力八七五馬力（高度三、六〇〇メートル）と比較して九五〇馬力（高度四、二〇〇メートル）と出力がかなりすぐれている。

九六式艦上戦闘機の試作機には競争会社の中島製 寿《ことぶき》 五型をやむを得ず採用したが、今度の新戦闘機にも同じ中島製の発動機を使用することは三菱としては堪えられないことであったのだ。

「試作第一号、第二号機の発動機は、成行き上、瑞星でも仕方がない。しかし、第三号、四号機には、われわれのすすめている中島の栄発動機を装着してもらいたい。立派な機をつくるためには、この際素直にわれわれのいうことをきいて栄を選ぶことだ。そうすれば、さすがは三菱だ、フェアープレイだと言われるし、その方が結局はとくではないか」

部員は、堀越の顔をじっとみつめた。

堀越はその発動機換装については、設計者としてむろん異議はなかった。要求に近い機とするためには、会社の面子《メンツ》などを考えているわけにはいかない。好適と思われるものは、貪婪《どんらん》に採り入れる以外にはないのだ。

「ともかく、新戦闘機には絶大な期待をいだいておる。全力をあげて試作機の完成に努力してもらいたい」

部員の言葉に、堀越はうなずいた。

堀越は、自分たちの試作をすすめている新戦闘機に、海軍側が熱意をもっていることを知って、気分の明るくなるのをおぼえた。

が、最後に部員の口からもれた言葉に、かれは一瞬呆気《あっけ》にとられた。

「現在、まだ検討中だが、二〇ミリ機銃を廃止して、その部分に燃料タンクを装着したらどうかという案が出ている。三菱の側の都合もあるだろうから、何号機からそのように実施するかはわからないが、一応試作機もいくつか完成し一段落ついたら、翼や翼内の燃料タンク、それに燃料の流れる系統変更図などの図面を作って、いつでもその変更に応じられるよう充分な準備をしておいてくれ」

「二〇ミリ機銃を廃止するのですか」

堀越は、部員の顔を凝視した。

「そうだ。追って指示するが、戦闘機隊内に二〇ミリ機銃廃止論が出ている。詳細についてはまだ言える段階ではないが、廃止が実現した折のことも考慮に入れて準備だけはすすめておくように……」

部員は、そこまで言うと口をつぐんでしまった。

堀越は、はげしい衝撃をおぼえた。

局地戦闘機に変更されるという危惧《きぐ》は一応うすらいだが、二〇ミリ機銃廃止案はかなり根強いものらしい。

二〇ミリ機銃は、大日本兵器製の九九式一号固定三型を二梃《ちょう》予定しているが、その重量は、二梃で四六・四キログラムもあり、さらに翼内装備に必要な構造や百二十発の弾丸、弾倉の重量などをふくめるとかなりの重みとなる。それを計算に入れて設計しているのに、二〇ミリ機銃の廃止は、かなりの設計変更を余儀なくされる。慎重に設計を重ねてきたかれにとってその変更案は、強い不安となった。

かれは、気落ちした表情で本店に赴くと、八島課長にその旨《むね》を報告し、名古屋へもどった。

が、やがて二〇ミリ機銃廃止論の源が、堀越たちにも薄々察しられるようになった。

それは、実戦に従事する航空隊からの意見が、海軍航空関係者の間に強い動揺となってあらわれていることに気づくようになったのだ。

そして、秋風の立ちはじめるようになった頃《ころ》、堀越は、その実態をはっきりと知ることができた。

或《あ》る日、堀越は、所長室に呼ばれた。

「航空本部から、こんなものを渡されたよ」

所長の後藤は、机の上の書類をしめした。

後藤の顔には、暗い表情がかげっていた。堀越は、その書類を手にとった。

十二空機密第一六九号という文字の傍《わき》に「今次事変ノ経験ニ鑑《かんが》ミ試作戦闘機ニ対スル要求性能ニ関スル所見」と書かれているのが眼に映った。

それは、中国大陸で実戦に従事する戦闘機を主に編成された第十二航空隊からの意見書で、あきらかに堀越たちの手で設計、試作の進行中の十二試艦上戦闘機に対する不満を述べたものであった。

その所見の冒頭には、
一、南京《ナンキン》陥落後ノ漢口南昌《かんこうなんしょう》等空襲ニ於《お》ケル戦闘機隊ノ掩護《えんご》戦闘ニ鑑ミ、掩護戦闘機ノ性能ハ空戦性能ヲ第一トスベキハ必然ノコトニシテ、中国側ガ数ニ於テモ其《そ》ノ性能ニ於テモ我ニ劣ラザル機材ヲ有シ乍《なが》ラ常ニ撃破サレタルハ、主トシテ搭乗員ノ技倆並《ぎりょうならび》ニ精神力ノ劣弱ニ因《よ》ルモノト認ムベク、若《も》シ我ト同等ノ技倆ヲ有スル敵ニ対シテハ空戦性能優秀ナラザレバ、現状ノ如《ごと》ク長駆中攻隊ヲ掩護シテ其ノ目的ヲ達成スルコトハ到底望ムベカラズ。

数次ノ空襲ニ於テモ技倆優秀ナル敵機ト遭遇シテ其ノ撃墜ニ長時間ヲ要シ、或ハ燃料不足ヲ来《きた》シテ遂ニ之《これ》ヲ逸シ、或ハ優態勢ノ多数ノ敵機ノ包囲ヲ受ケ苦戦セル例少カラズ。斯《かく》ノ如キ際若シ空戦性能劣弱ナラバ殆《ほとん》ド敵ノ好餌《こうじ》ニ終ルベシ。故《ゆえ》ニ掩護戦闘機ハ空戦性能ニ於テハ如何《いか》ナル国ニモ劣ラザルモノタルヲ要ス。航続距離ヲ延伸スル為《ため》ニ空戦性能ヲ犠牲トスルガ如キハ厳ニ戒ムベキナリ

……


としるされ、単座戦闘機はまず空戦性能を最も必要なものとし、それをみたすためには航続力を犠牲にしてもやむを得ないと結論し、遠距離に進出する爆撃行には、それら戦闘機に掩護させるよりは、爆弾を搭載する数をへらして防禦《ぼうぎょ》銃砲火を針ネズミのように装備した航続力の長い機種と、攻撃専門の機種によって、編隊を組んで行動させるべきだとしるされている。またそのほかに、上昇力と速度を第一とする局地防空用陸上戦闘機の必要性をも主張していた。

また機銃は、一〇ミリ乃至《ないし》一三ミリの口径をもつものは必要とは認めるが、発射時の初速のおそい二〇ミリ機銃などは、「百害アッテ一利ナシ」とはげしい語調できめ

つけていた。

「これは、決定的な計画変更を要求しているものなのでしょうか」

堀越の顔に、不安な表情がうかんだ。

「いや、そうでもないらしい。参考までに見せておく……といって渡されたものだ。しかし、十二空は、有力な実戦部隊だし、戦地からのこうした強い意見を、海軍部内でも無視はできないだろう。君たちのやっている試作機が大型で軽快性に欠けているというのが、十二空の不満なのだが、会社としては海軍の意向にさからうこともできないし……」

後藤は、困惑したような表情で堀越の顔を見つめていた。

堀越は、海軍部内の動揺がかなり大きなものであることを知った。

計画要求にそって苦しみながら設計、試作をつづけてきたかれにとっては、計画変更の気配がきざしていることは堪えがたいことであった。しかし、軍用機製造会社の設計技師であるかれは、軍の作戦的な意図から発した計画変更にはしたがわなければならない立場にある。

かれは、板ばさみに合ったような苦しみをおぼえ、不快でならなかった。

しかし、かれは、すぐに気分をとりなおした。

戦闘機の設計技師としては、実戦部隊の要望を素直に受けいれて、科学的に検討してみるべきではないのだろうか。

「わかりました。とりあえず十二空の意見にしたがって、軽快性を主とする戦闘機について考えてみます」

堀越は、所長にいうと部屋を出た。

かれは、早速十二空から提出された所見を入念に検討して、基礎設計計算をこころみた。

むろんそれは、小型の軽快な艦上戦闘機を目標としたもので、引込み脚にしたものと重量軽減のために固定脚にしたものを二種類計算してみた。

二〇ミリ機銃も「百害アッテ一利ナシ」という意見どおり廃止し、航続性能も低くして、もっぱら運動性に重点を置くことにつとめた。

やがて、結論は出た。

その基礎設計から計算された小型機の重量は、現在進行中の十二試艦上戦闘機よりも一五パーセントも軽く、たしかにそれは軽快な空戦能力をそなえたものとなった。

しかし、どのように計算してみても、固定脚型の速力は十二試艦上戦闘機よりもかなり劣ったものとなってしまい、引込み脚型にしたものもただ速力がわずかにまさるだけでとりえは少なかった。堀越は、それだけでも十二空の要求する小型戦闘機の評価はさだまった、と思った。

かれは、世界の飛行機、殊《こと》に戦闘機では、速力を一キロでもはやいものを……という考え方が大勢を占めていることを充分すぎるほど知っていた。そして事実、各国では高速戦闘機の試作、完成を急ぎ、有利な大馬力の発動機を採用してそれは実用化の方向にむかっている。

しかも、試作開始から実用機として生産段階に到達するまでの歳月を思うと、小馬力の発動機しかつかえぬという不利な条件をのりこえてもかなり速度のはやい戦闘機の試作にとりくまなければ、世界の水準から大きく取りのこされてしまうことはあきらかだった。

横須賀航空隊の所見によると、爆撃機の掩護には、航続力の高い機銃を多数装備した中型機を使用すべきだというが、防禦のみを主としたその中型機が、むらがる敵戦闘機と互角に戦えるかどうかははなはだ可能性がうすい。

やはり艦上戦闘機には、十二試艦上戦闘機のように航続力も大きいものでなければならないにちがいない。

かれは、軽快な小型戦闘機の設計計算をくりかえしたが、結局は、十二試艦上戦闘機よりも特にすぐれたものを見出《みいだ》すことはできなかった。

かれは、そうした比較対照をしてみたことによって、十二試艦上戦闘機に対する自信を一層深めた。

そして、会社を通じて航空本部に、基礎設計計算の結果を回答してもらった。

しかし、計画変更は、至上命令として会社にもたらされる。その折には、堀越たち設計技師たちもそれにしたがわなければならない。かれは、海軍側の反応を不安な気持でうかがっていた。

しかし、幸い航空本部では、十二試艦上戦闘機の計画を変更する気配はみられなかった。

堀越は、漸《ようや》く不安からとき放たれた。そして予定通り十二試艦上戦闘機の試作をいそいだ。

しかし、十月に入ると、再び新たな不安が堀越をおそった。

それは、海軍の十四試（昭和十四年試作発令）、十五試（昭和十五年試作）戦闘機計画の発表内容と関連をもつものであった。

その十四試、十五試に企画されている戦闘機は各一種あって、その原案が三菱側にもしめされた。

一、艦上戦闘機（九六式艦上戦闘機ノ後任トシテ）
目的……九六式艦上戦闘機ト同ジク、敵戦闘機ノ撃破、攻撃機ノ撃破、味方攻撃隊掩護
寸度……全幅一一メートル、全長八メートル
性能……運動性、上昇、速力、航続力、離昇性、降着性トイフ順序ニ重キヲ置ク
最高速……時速五一八キロ、戦闘高度二、〇〇〇メートル乃至《ないし》六、〇〇〇メートル
兵装備装…九六式艦上戦闘機現状ノホカニ一三ミリ機銃二梃及ビ無線帰投装置ヲ積ム

二、局地防空戦闘機
目的……敵攻撃機ノ阻止撃破ヲ主トシ、敵掩護戦闘機トノ空戦ニ優勢ナルコト
性能……速力（仮想敵攻撃機ヨリ時速七二キロ以上ハヤキコト）、上昇、運動性、航続力トイフ順序
兵装備装…七・七ミリ機銃二梃・一三ミリ機銃二梃

この内容は、あきらかに第十二航空隊の所見を重要視したもので、その底流には十二試艦上戦闘機に対する強い批判がふくまれているように感じられた。

その最も顕著なあらわれは、両機種とも二〇ミリ機銃を全く廃止し、艦上戦闘機も、軽量小型で九六式艦上戦闘機を向上させたものを目標としている。機銃については、世界各国の戦闘機が口径の大きなものを採用する方向にむかう趨勢《すうせい》にあり、十二試艦上戦闘機に従来の七・七ミリ機銃以外に二〇ミリの大口径機銃を採用したのも、世界の大勢にしたがったものであったのだ。

それが、十四試、十五試案では、逆に二〇ミリ口径の機銃から一三ミリ、七・七ミリ口径の機銃に後退しているのは、海軍部内に二〇ミリ機銃に対する強い批判のある証拠にちがいなかった。

二〇ミリ機銃に対する不信感は、初速のおそいこと以外にも翼内に搭載《とうさい》した折の命中率、そして、一梃分六十発しか携行できない弾丸数の少なさに対する不安から生れたものであることはあきらかだった。

堀越は、腹立たしかった。

はじめ十二試艦上戦闘機試作計画について打合せをくりかえしたとき、二〇ミリ機銃を搭載することについては、あらゆる角度から検討され、堀越たちから海軍に、

「この新しい大口径機銃を装備しても、戦闘機の実用性にさしつかえはありませんね」

と何度も念を押し、それに対して海軍側も、

「充分自信がある」

と、その都度断言し、決定したことなのである。

その言葉どおり、十二試艦上戦闘機に対しては二〇ミリ機銃搭載について海軍側から変更指示はきていないものの、十四試、十五試の戦闘機試作案で二〇ミリ機銃が姿を消していることは、海軍部内の二〇ミリ機銃に対する強い不信感が大勢を占めているあらわれと言ってさしつかえない。そしてそれは、十二試艦上戦闘機の二〇ミリ機銃を廃止するという計画変更にも発展しかねないおそれがあった。

堀越は、部下の動揺をおそれて、曾根、畠中以外にはなにも知らせなかった。

すでに矢は弦《つる》をはなれている……、と、かれは思った。自分たちの心血をそそいだ試作機は、設計どおり一歩一歩形をととのえてきている。自分たち設計者は、ただこの機の完成に全力をあげればそれでよいのではないか。

この機は、自分たちの設計技術のすべてがたたきこまれている結晶物だ。雑音にまどわされずに熱意をもってやりぬく以外にはない。

堀越は、胸の熱くなるのをおぼえた。

かれは、はっきりと自分たちの設計している機が、海軍の殊に実戦パイロットたちから大した期待ももたれていないことを知った。しかし、かれには、もはや引返すことはできなかった。

二〇ミリ機銃の件については、その後幸いにも海軍側から変更指示はもたらされなかった。

設計は、順調にすすみ、遂《つい》に十二月にはいると試作工場の幕の中で、ジュラルミンで組み立てられた実機の構造部が出来あがった。

それは、外板をはらないだけの機体で、十二月二十六日から三日間にわたって第一次実物構造審査が航空本部・航空廠《こうくうしょう》の海軍技術関係者立合いのもとにおこなわれた。

その一部は、皮膚のない骨格と臓器だけの人体を連想させるもので、しかもジュラルミンの機体はまばゆい光をはなっていた。

試作工場の幕の内部には、全く同じ構造をもった機体の製作がすすめられていた。

それは供試機と称するもので、各部の強度試験その他のテストをこころみるため海軍側におさめられ、結局は、強度テストの荷重をかけられて破壊される性質のものであった。

審査がはじまると、木型審査の場合と同じように、海軍側からの指摘事項が黒板に記されてゆく。

その間にも堀越たちは、まばゆく光る実機の構造部に、一つの生命が誕生しつつあることに胸のうずくような感動を感じつづけていた。

かれらにとって、すでにそれは「物」ではなく、生命のやどりはじめた一つの生き物として感じられていた。しかもその姿態は優美で、内部には、精密な機能が豊かにひめられている。それは、未完成ながら気品のある生命とも感じられた。

審査は終り、指摘された改造部分の製造図面の訂正、改造工事がはじめられ、未完成部分の工事もすすんだ。そして、会社から航空廠にはこびこまれた供試機による強度試験、振動試験の準備もはじめられ、錐揉風洞《きりもみふうどう》試験についての官民の打合せもおこなわれた。

強度試験は、旋回や急降下からの急引起しなどはげしい運動の折に発生するすさまじい空気力と機体各部の慣性力に、機体が堪えられるかどうか、その最大許容限度を機の重量の七倍とし、これにさらに一・八倍の安全率をかけた荷重を供試機にくわえてテストしたりする。

また振動試験は、発動機、プロペラ、主翼、尾翼、舵面《かじめん》などに外から振動をあたえ、それが機体の各部分に波及して、各構造特有の振動の型（くせ）をしめすかどうかをしらべる。そして、それによって実際に発動機とプロペラが回転した時、発動機、プロペラ自体の振動や、飛行中に空気力によって主翼、尾翼、舵面の振動が、機体の各部にどのような振動を誘発するかを知ることができる。

このテストの結果によって、乗員に不快な振動をあたえることはないかということや、強度上危険な振動（フラッター）を起す可能性の有無、そしてその危険部分を察知するのだ。

これらの改修と各種の実験も最終段階にはいり、漸く十二試艦上戦闘機の試作機完成も、間近にせまった。

五

昭和十四年が、明けた。

中国大陸では、日本軍の広東《カントン》・武漢三鎮《ぶかんさんちん》の占領はあったが、戦争終結の気配は全くみられず、さらにソ満国境では、日本軍とソ連軍との間に張鼓峰《ちょうこほう》事件が発生、はげしい戦火が交わされた。

やがてそれは停戦協定の締結によっておさめられたが、ソ満国境の緊張感は一層息苦しいほどのたかまりをみせていた。

日本政府では、長期化した中国との戦争に解決の糸口を見出《みいだ》そうと、中国に対する和平工作もひそかにはじめていた。しかし、その努力は容易には実をむすばず、また対日抗戦をつづける蔣介石《しょうかいせき》の重慶《じゅうけい》政府に対するアメリカ、イギリス、ソ連の軍需物資の援助も活発化し、それら各国の対日圧迫も漸《よう》やく強められてきていた。

そうした情勢の中で、十二試艦上戦闘機の試作も、最後の段階をむかえていた。

海軍航空廠《しょう》でおこなわれた各種テストの結果は、好ましいもので、錐揉風洞試験では、尾翼関係にわずかな改造を指示されたが、振動試験では予期以上の好結果が出た。

殊に主翼のフラッターの限界速度は、三菱《みつびし》の提出した実験報告よりもはるかに高いものと推定され、その安全度はきわめてすぐれたものだと評価された。

これに勢いを得て、試作機の製作は急速にすすめられ、二月下旬には、兵装艤装《ぎそう》を主とする第二次実物構造審査がおこなわれ、これも好結果に終ったため、海軍の完成審査は省略されることになった。

試作工場では、試作機の最後の仕上げに専念した。

昭和十四年三月十六日、遂に十二試艦上戦闘機第一号機は名古屋航空機製作所試作工場に於《お》いて完成した。

堀越たち技師の眼には、光るものが湧《わ》いた。

かれらが海軍側に計画説明書を提出してからすでに十一カ月余、苛酷《かこく》な計画要求とたたかいながら設計にとりくみ、しかもその間には、海軍側内部にきざした計画変更に不安をおぼえながら漸く生み出すことのできた第一号機だった。

かれらは、まばゆく光る機体や翼に手をふれ、恍惚《こうこつ》としたように優美な機の姿をながめていた。

翌日、第一号機の完成検査が実施された。

まず完成機体の外形寸度の測定、つづいて可動部分の計測検査がおこなわれ、台バカリで、機の重量が測定された。

この機が、単座戦闘機として世界に比類のないほどの長い航続距離をもつと同時に、重装備でしかも軽戦闘機に対しても優勢な空戦を交えられるような運動性をそなえさせるために、堀越たちは、その重量を一グラムでも軽くすることに最大の苦心をはらったのだ。

その結果は充分計算され予測されていたが、それが実際にハカリの目盛りにどのようにしめされるか、かれらは息をのんでその針を見つめた。

針は、停止した。機の空虚重量は、一、五六五・九キロで、堀越たちの顔には喜びの色が一瞬ひろがった。

すでに測定ずみの受入れ部品では、発動機が五六五キロで四〇キロ、三翼プロペラは一四四・五キロで予定していた二翼プロペラより三七・五キロ、車輪が四四キロで六キロと、それぞれ予定重量より超過していた。そして、これら受入れ部品の実測重量を飛行機の空虚重量から差引いた機体だけの重量は、予定していた重量の一パーセント余のわずか二〇キロほどしか越えていないものであった。

しかし、全体としてこの程度ならそれほどの支障となるほどの超過ではなかった。

この搭載量《とうさいりょう》の数字は、一年ほど前にサンプル機として、海軍、陸軍がそれぞれ購入したドイツのハインケルHe—一一二型戦闘機の三七二・五キロ、アメリカのヴォートV—一四三型戦闘機の四三七キロにくらべると倍近い重装備であったが、機の自重が、ハインケルHe—一一二では一、六八六キロ、ヴォートV—一四三では一、五七八キロとそれぞれ十二試艦上戦闘機第一号機よりも重いことを考えると、第一号機の機体が、驚くほど軽いものとなっていることがあきらかだった。

重装備をもつきわめて軽い戦闘機……、それは、はじめから大きな矛盾をふくんだものではあったが、その堀越たちのねがいが、奇跡的にも眼前の第一号機となって具体化されていたのだ。

翌日、早速初めての地上運転がおこなわれた。

機は、工員たちの手に押されて幕の内部から、ゆっくりと試作工場の中を入口の扉《とびら》の方へ動いていった。

扉がひらかれ、機は、外へ出た。その機体に、早春の陽光がまばゆく反射した。

密室のような試作工場の幕の中でひそかに形づくられていた機は、初めて太陽の光の下にその姿をあらわしたのだ。

機は、試作工場前のコンクリート舗装された広場の中央でとまり、車輪どめがとりつけられた。

あらかじめ守警たちによって一般工員の近づくことは禁じられ、機の地上運転は、海軍の今田監督官、後藤所長以下かぎられた者たちの注視する中ではじめられた。

竹中工師が、操縦席に入り手で合図すると、二人の工員が、イナーシャスターター（慣性始動機）を孔《あな》にさしこみ、レバーを手でまわしはじめた。

スターターがうなりはじめ、それにつれて工員の手の動きもはやくなり、やがてエンジンが始動した。

プロペラが回転し、風が走り、そして砂埃《すなぼこり》がまいあがった。爆音があたりにひろがった。

軽金属で組み立てられた人工物が、遂に鼓動をはじめたのだ。

竹中は、油温があがるのを待って静かにスロットルレバーをひらき、動力関係諸計器の動きを入念にしらべた。そして、恒速プロペラのピッチレバーを動かして作動させてみたり、油圧作動のフラップを動かしてみたりした。

機は、その場に停止したままプロペラを回転しつづけた。

しばらくして、プロペラの回転はやんだ。

竹中は、満足そうな表情で地上に降り立った。テストは、すべて順調だったのだ。

地上運転は、終了した。

機は、ふたたび工員たちの手で、身をひそめるように薄暗い試作工場の中へ静かにはいりこんでいった。

——牛車二台に分載されて、夜ひそかに各務原《かかみがはら》飛行場へはこばれていったのは、それから五日後であったのだ。

六

昭和十四年三月三十一日、堀越たち十二試艦上戦闘機の設計技師は、岐阜《ぎふ》市内の玉井屋旅館に投宿した。竹中工師以下整備担当者たちは、一週間前から犬山《いぬやま》に宿をとり、試作第一号機の点検・調整をいそいでいた。

その夜、堀越は、宿の窓から空を見上げた。気象台に問い合せた天気予報では、明四月一日は、風も弱く快晴とのことであった。そして、それを裏づけるように、宿屋の窓からみえる夜空は満天の星で、白々と銀河がながれていた。

朝が、やってきた。

かれらは、早目に朝食をとると、連れ立って各務原線の岐阜駅にむかった。

車体をきしませながらすすむ貧弱な電車にのると、三柿野《みかきの》駅で下車し、近道をたどって竹藪《たけやぶ》と畠《はたけ》の中を通じている道を陸軍補給部の飛行場へと歩いていった。

空は、美しく晴れ、風も予報どおりほとんどない。

「絶好の飛行日和《びより》だ」

技師たちは、不安を打ち消すように何度もくり返し言った。

すでに格納庫の前方には、純白のテントがはられ、傍《かたわ》らのポールには吹流しが静かにそよいでいる。

かれらは、格納庫にはいると整備中の第一号機をとりかこんだ。かれらは無言だったが、その眼には不安と期待がいりまじって浮んでいた。

格納庫の裏手にある事務所内の操縦士室には、パイロットの新谷春水と岐阜市内の下宿からやってきていた主務テストパイロットの志摩勝三が待機していた。

新谷は、東京工業大学電気科卒業後、海軍で操縦訓練を受けてテストパイロットの資格を得たという異色の経歴をもつ二十七歳の青年で、志摩は、元三等航空兵曹《へいそう》として新谷より操縦歴の長い三菱所属のきわめて老練なテストパイロットであった。

関係者が、集まってきた。

テスト飛行の立合いには、名古屋航空機常駐の飛行専任監督官西沢少佐があたり、また会社の浅田飛行課長も姿を見せていた。

かれらの顔には、息苦しいような緊張感がただよっていた。

第一号機のテスト飛行は、飛行方案どおり軽荷状態でおこなわれることになっていた。機銃はむろんのこと通信機類もとりのぞかれ、またガソリンや潤滑油の量も少なく、引込み脚も外に突き出した状態で、なるべく身軽に安全な方法でテストがこころみられる予定が組まれていた。

整備も完全におわり、左右の車輪と尾輪の下に台バカリがさしこまれ、機の重さと重心がはかられた。

重量は、一、九二八キロ。そして、尾部をもち上げて胴体を水平状態にした計量をおこない、さらに脚の下に台バカリがさしこまれて重量をはかった。機が正しく飛行できるためには、平均翼弦《よくげん》の前端より二〇パーセントから三〇パーセントの位置に、前後の重心位置をおかなければならない。

その計量の結果では尾部が軽く、そのため尾部と後部に、布に包まれた鉛（バラスト）六一・五キログラムが固着された。

準備は、すべて完了した。

両側の陸軍飛行部隊の訓練がおこなわれている間は、初飛行その他の特殊飛行はおこなわれない。

かれらは、飛行部隊の訓練が終るのを待った。

やがて、その時はやってきた。訓練はすべて終り、上空に機影はみられなくなった。

浅田飛行課長は、試験飛行の準備がととのったことを西沢監督官に報告した。

格納庫の扉が、重々しい音をたててひらかれ、整備員たちが、機にとりついて力をこめて押した。

真新しい脚の車輪が徐々にまわりはじめ、機は、ゆっくりと動いて格納庫から静かに姿をあらわした。

堀越たちは、西沢監督官の後から、テントの方へ歩きながら機の動きを見つめていた。

機体には、明るい陽光が反射し、やがてそれは準備線の上で停止し車輪どめがかけられた。

人々の視線は、機にそそがれた。それは、あきらかに人工物ではあったが、神秘的な美しさと気品をもった空想上の大きな鳥を連想させた。

風向は西、風速は三メートルと測定された。テスト飛行には、絶好の気象状態だった。

「これより、十二試艦上戦闘機第一号試作機の第一回社内試験飛行をおこないます」

浅田飛行課長が、姿勢を正して西沢監督官に報告、竹中工師に、

「試験飛行開始」

を告げた。時刻は、記録係の手で午後四時三〇分とメモされた。

竹中は、操縦席に身を入れた。二人の工員が慣性始動機を手にし、力をこめて手でまわしはじめた。

発動機がかすかにうなり出し、それはたちまち音高くなって、やがてエンジンは始

動した。

たちまち二翼のプロペラが、まわりはじめた。

堀越は、体の熱くなるのをおぼえた。自分の手がけた試作機に予期どおり新たな生命がやどったのだ。

しばらくしてエンジン部があたたまったらしく、プロペラは中速に、そして高速回転へと移行し、爆音が飛行場一帯にひろがった。整備員たちの作業衣がはためき、その中を飛行服に身をかためた志摩操縦士が機に近づいてゆく。

竹中工師が降り、それといれかわりに落下傘《らっかさん》を腰にさげた志摩が操縦席に身を入れた。

志摩は、操縦装置やブレーキの状態をしらべ、舵《かじ》やフラップの動きぐあいをしらべている。そして、左手をあげると左右にふった。

車輪をおさえていた車輪どめのロープが、整備員の手で勢いよく両側へひっぱられ、車輪どめがとりのぞかれた。

機が、ゆっくりと動きはじめた。

堀越は、胸の急にしめつけられるような感動をおぼえた。自分たちの設計し製作した機が、プロペラを回転させて草の生えた地上を生き物のように動いている。

機は、左に機首をむけると、滑走路に出、その東端に向って動いていった。

第一回目のテストは、地上滑走だった。機はブレーキをかけて停止してから再び動き出すと、滑走路を走りはじめた。機は、二〇〇メートルほど行くと速度をゆるめて左に向きを変えたり右に向きを変えたりした。そしてまた速度をはやめると滑走路を走った。

十分後、機は、滑走路から出ると、テントの近くの準備線にもどってきた。

堀越たちは、走り寄った。

志摩は機から降りると、

「飛行機の左右、縦、横の釣合《つりあ》いも三舵《だ》の効きも良好です。しかし、ブレーキの効きがよくない」

と言った。

堀越たちは、肩に食いこんでいた重荷が一時にとりのぞかれるような安堵《あんど》を感じた。基本的な点で、操縦に好ましい結果があらわれたことを知ったのだ。

ブレーキの効きが不良なのは左脚だった。またエンジン内を通過する潤滑油の温度が高く、冷却器の能力が不足していることをしめしていた。しかし、これらは飛行にも支障がないと推測されたので、油冷却器の改修は後日おこなうことにしてブレーキの調整だけをおこなった。

午後五時、志摩操縦士は、再び機に乗り、同じような地上滑走をこころみ、飛行可能となった。

その日の予定では、第一回目のことでもあり安全も考えて、地上ジャンプ飛行だけにとどめることになっていた。

午後五時三〇分、

「ジャンプ飛行開始」

の合図が、発せられた。

機は、滑走路に出、東の方向の滑走路に遠くなってゆく。そして反転すると、機首をこちらに向けた。

堀越たちの顔には、緊張の色があふれた。設計には万全を期したはずであり、試作機はまちがいなく地上をはなれて飛行してくれるはずであった。しかし、約二トンの人工物が操縦者をものせて実際に地上をはなれることが可能かどうか、堀越たち技師の胸には、一様に期待と同時に不安がひろがっていた。

人々は、身をかたくしてプロペラを回転させている機に視線を集中した。

吹流しは、機の前方から微風が吹いていることをはっきりとしめしている。機は、風向にむかって浮び上るのだ。

機が、走りはじめた。

堀越は、胸の鼓動が音高く鳴るのを意識した。

機の速度がはやまり、すさまじい速さで東端から西の方に向って滑走路を一直線に近づいてくる。

爆音が飛行場にひろがり、翼が光った。と同時に、車輪が滑走路をはなれ、機は軽く浮き上った。

かれは、手をかたくにぎりしめた。しかし、機は、端正な姿勢をたもちながら一〇メートルほどの高度で眼の前をかすめ過ぎ、五〇〇メートルほどの地点に達すると着陸した。

堀越の胸に不意に熱いものがふき上げ、眼に光るものがはらんだ。

かれは、口もきけず、顔をゆがめて涙のあふれるのをこらえている技師たちと無言のままうなずき合っていた。

その日の飛行試験の結果、左車輪のブレーキの効きが思わしくないこと、油温が高すぎること、しかし三舵の効きと三方向（左右、縦、横）の釣合いが飛行に適することがあきらかになった。

が、具合の悪い点は、どれも局部的なもので、試作機としては好ましい試験飛行成績であった。

機は、それから三日間、各務原三菱《みつびし》格納庫内で改修をおこない、四月五日には第二回社内テスト飛行がおこなわれた。

天候はその日もよく、風は南西の風二メートルで監督官の今田中佐と西沢少佐が立合い、堀越は、曾根、田中技師らとテスト飛行を見守った。

一〇時二五分、運転を開始、一分間飛んだだけで機は着陸した。そして午後にも一分間飛んだが、両回とも発動機が息をつくという不調さで、慣熟飛行は不調に終った。

堀越たちは、早速検討をはじめ、竹中工師や三菱名古屋発動機製作所泉一鑑技師らの手で、発動機関係の調整をおこなった。

翌四月六日、午前八時すぎから志摩操縦士によって、初めて数百メートルの高度を三十二分間飛行しつづけた。堀越たちは、上空を飛ぶ機影を追った。機は、飛行場上空を旋回し、やがて無事に着陸した。

志摩の報告によると三舵の効きは、九六式艦上戦闘機とひどくよく似ていてきわめて好調である。ただ上昇中も水平飛行中も、そしてエンジンをしぼって滑空中も機がかなり振動すると言う。翌日、志摩にかわって初めて新谷が搭乗《とうじょう》して飛んでみたが、志摩と同じように飛行中の振動が報告された。

この振動の原因は不明だったが、脚が出されていることがその原因ではないかとも思えた。引込み脚が出ていることは、その部分に当然気流の乱れが生じ、それが尾翼にあたってそれで振動がおこるにちがいなかった。

一応テスト飛行の一段階は終ったので、七日から五日間脚の緩衝装置（オレオ）をはじめ、油冷却器等の改修を徹底的におこなった。

四月十四日午後、今までおこなわれなかった脚の引込め飛行を、初めて実施することになった。

堀越たちは、不安を感じながら離陸する機の姿を凝視した。機は、滑走路をはなれると、まず右脚、そうしてそれを追うように左脚が両側から抱き合うように機体の下部に吸いこまれた。脚は姿を消し、機体は恍惚《こうこつ》とさせるような流線形をしめした。

かれは、美しい、と思った。脚を引込めた折の形はむろんよくわかってはいたが、陽光の下を流れるように空を行くまばゆい機の姿は、かれに新たな感慨をあたえたのだ。

機は、約二時間三十分、飛行場近くの上空をとびつづけ、午後五時二一分、脚を機体の下部から両側にひらくように引き出すと無事滑走路に着陸した。

機上からおり立った志摩の報告では、左右とも脚の出はなめらかだが、入れる折には左脚の入りがやや悪いということだった。また高速で飛行すると、昇降舵がやや重く感じられ、そして脚を引込めても振動はやまないと報告した。

その振動の原因は、脚を出したまま飛行するからだろうと推測されていたのだが、振動は、この脚引込め飛行によって脚とは全く関係のないことが判明した。

堀越たちは、鋭意この振動原因をつかむことにとりくみ、また急上昇、旋回、急降下等の特殊飛行の折にも、万全の安定操縦性を維持できるようにその対策に専念した。振動原因については不明だったが、プロペラにその因がひそんでいるようにも思えた。そして、二翼のプロペラを思いきって三翼プロペラにとりかえてみることを思いついた。

その試みは、四月十七日、三翼プロペラに換装したテスト飛行によって具体化された。その結果、堀越たちの予想は見事適中して振動は半減し、実用に適することがはっきりとした。

堀越たちは、安堵をおぼえた。二翼プロペラを三翼プロペラにすることは、三七・五キロの重量増加になるが、振動が消えたことは、大きな喜びだったのだ。

堀越たちの自信は、深まった。そして四月二十五日からは、機銃、通信機等に相当するバラストをのせて二、三三一キロの正規満載状態にし、性能および操縦性テストを開始した。

その日のテスト飛行では、最高時速約四九〇キロ（ピトー管位置誤差を過小に見込んでいたため実際は約一八キロ速力がはやかった）を記録、海軍側から要求された十二試艦上戦闘機に対する最大時速五〇〇キロに早くも一〇キロに接近したすばらしいスピードを出した。

設計者や整備員たちは、満足そうだった。

試作第一号機は、苛酷《かこく》な要求をはっきりとした数字によって克服したことをしめしたのだ。後に残された難点は、昇降舵《しょうこうだ》と補助翼の重さや効きのテストと改良だけになった。

堀越は、テスト飛行を重ねる都度改修もおこない、ほぼ満足すべき状態となったので、五月一日、単身航空本部におもむいた。そして和田技術部長、佐波第一課長、巌《いわ》谷《や》部員その他と面会、さらに航空廠《こうくうしょう》で杉本飛行機部長、酒巻飛行実験部長以下十数名に、それぞれ社内テスト飛行の経過を報告した。

海軍航空関係者たちは、その報告に満足そうだった。そして、結論として、社内テスト飛行試験をさらにつづけて改修をかさね、それが一応終了した後、海軍側で官試乗をおこない、成績がよければ試作機を領収することになった。

つまり安定操縦性の仕上げを会社は一任されたわけだが、それは異例のことで、技術陣と会社所属のテストパイロットに対する信頼感のあらわれにちがいなかった。

五月十九日、飛行試験を視察のため航空本部から和田技術部長、塚原造兵大佐が、各務原《かかみがはら》を訪れ、会社からも後藤直太所長が参加して、新谷操縦士の操縦によって機の飛行がおこなわれた。

また六月五日には、花島航空廠長が関係者を随行させて、同じように第一号機を視察、最終的な打合せもすすみ、官試乗の日はせまった。

六月十二日と十三日、航空本部、航空廠から関係者が各務原に集まり初の官試乗をおこなうことになったが、発動機の調子が悪くとりやめとなった。そして、官試乗は延期され、七月六日をむかえた。

その頃《ころ》残された懸案は、高速から低速までの間に操縦桿《そうじゅうかん》の所要動き量が変化しすぎて、正確な特殊飛行ができにくいということであった。それは、高速による特殊飛行をすると、パイロットが疲れてしまうという結果を招くのだ。

その問題と昇降舵の重さと効きの点については、昇降舵操縦系統の剛性を低下させれば解決されるという妙案を得て、第一次の剛性低下をはかり、昇降舵の問題も漸《ようや》く解決の光明を見出《みいだ》していた。

飛行機の舵《かじ》は、リンクやケーブルから成る操縦系統によって舵の角度を変え、そのとき舵面に起る風圧の変化を利用して飛行機の向きを変える仕かけになっている。その折飛行機の向きが変ると同時に、外方に向って遠心力が生じ、そして、風圧は、速度の二乗に比例して自然に変化する。昇降舵は、操縦桿を前後にうごかす（倒す）ことによって上下にうごくが、その角度は、むろん操縦桿の動きに比例して変るのである。そして、それは自動車の操縦と同じように、飛行機でも高速になるにつれ操縦桿の動きに対して昇降舵の効きと必要な操縦桿の力は、急に増してゆく。フルスピードの自動車が、わずかにハンドルをきっただけでも大きく向きを変えるのと同じ理屈であった。しかし、操縦者の感覚としては、速度がどのようになろうとも、舵の効きも力も、操縦桿の動きと比例することが望ましい。殊《こと》に速度範囲の大きい飛行機では、高速になればなるほど、操縦桿の動きに対して舵の角度も大きくなるが、しかしその角度はできるだけ小さいことが要求される。それも、速度変化によって自動的に調整されて欲しいのだ。

十二試艦上戦闘機の試験飛行中、志摩操縦士は、高速になった折昇降舵の効き・重さが鋭敏すぎると訴えたが、堀越は、それを解決するために自動可変化操縦系統の妙案はないかと模索していた。そして、堀越がふと思いついたのは、操縦系統に適度に弾性のある部分を設ければ、高速になるにつれ自然と一定の操縦桿の動きに対して舵の角度変化が小さくなり、反対に低速になれば、舵角が大きくなるということであった。つまり、操縦系統全体の剛性を適度に下げれば、最も簡単に目的が達せられることを知ったのだ。

しかし、一つの障害が立ちふさがった。それは、「飛行機計画要領書」の強度規定中、操縦系統の剛性の最小限が正式にきめられていたことであった。この規則は、外国の航空規則にならったもので、日本の陸海軍及び逓信《ていしん》省航空局がそのまま採用していたものであった。

しかし、堀越の考えをそのまま適用すると、その規則許容値の三割以下の剛性にしかならない。

堀越は、操縦系統の剛性についての規定が前時代的なものと判断し、それに対する反証をおこなった。その結果、幸い海軍側では、規定そのものの撤廃にはふみきらなかったが、剛性についての規定は無視してもよいということを指示してくれた。

それによって堀越は、試作機の操縦系統に対して第二次剛性低下をはかり、さらに第三次の低下によって完全に解決できる自信をもつにいたった。

そうした探求を執拗《しつよう》につづけた後、官試乗の日をむかえたわけだが、堀越たちはむろんのこと、会社にとってもその官試乗の成果は、機の領収か否《いな》かを左右するきわめて重大な意味をもつものだった。

官試乗は、海軍の練達したパイロットの中からえらばれた航空廠飛行実験部の戦闘機担当パイロットによっておこなわれるものだが、かれらの搭乗後の感想が試作機の運命を決定する。しかも、それらの感想は、かれらパイロットたちの勘にたよるもので、数字などにはあらわれないきわめて微妙なものであった。

その上、かれらには、当然それまで乗りなれた機に対する親密感があり、新しい機にはなかなかなじめない傾向がある。そうしたハンディキャップを負わされながらも、かれらの勘を満足させるような試作機をつくらなければ、好ましい評価は受けず領収もされないのだ。

午前九時すぎからまず地上運転がおこなわれ、一〇時二九分、航空廠の真木成一大尉が第一号機に搭乗して三十分間テスト飛行をつづけ、一一時三二分には、同廠の中野忠二郎少佐が四十二分間の試乗をおこなった。

その試乗は、第二次剛性低下をほどこした操縦系統でおこなわれたものだった。

堀越たちは、二人の試乗者の述べる感想を緊張した表情できいた。

試乗した真木大尉は、言った。

「九六式艦上戦闘機とくらべてみると、最高速度は相当増しているのに、着陸が容易なのは大いに良いと思う。着陸視界のよいことも一因だろうな。私は、ハインケルHe一一二、セヴァスキーP―2PAなどにも乗ったこともあるが、それらにくらべてもはるかに操縦性はいい。ただ低速のときに補助翼の効きがよくないな。それにさらに問題なのは、昇降舵だよ。効きが敏感すぎるようだから、今まで乗った飛行機のつもりで急に舵をひくと、目まいがしてしまう」

真木の感想に中野少佐も、同調した。

堀越たちは、安堵《あんど》の表情をうかべた。海軍側の試乗者たちの感想は、かなりの好意をあらわしている。昇降舵の件については、すでに剛性低下という新方法を発見していて、それをほどこせばその問題解決にも自信はあった。

堀越には、真木や中野の昇降舵に対する指摘は予期していたとおりなので、かれは、ただちに昇降舵操縦装置の剛性低下をおこなわせ、たちまち改修を終らせた。

午後三時すぎ、まず会社の志摩操縦士によって飛行がおこなわれ、その後、真木大尉、中野少佐、新谷操縦士の順に試乗をつづけた。

その結果、堀越の予想は、見事に適中し、試乗者四人は、異口同音に昇降舵の状態が完全に満足すべきものだという意見を述べた。

そうした好成績のもとに翌日、会社からは野田副長も姿をみせ、つづいて官試乗が実施された。それは、振動とプロペラについて実際に比較検討をこころみる目的をもっていたもので、まず二翼プロペラがとりつけられ、真木大尉、中野少佐が飛行をこころみた。

かれらは、試乗後ともに振動が大きすぎることをみとめ、ここに三翼プロペラの採用が確定した。これによって、第一回官試乗は、順調な成績をもって終了し、ただ補助翼の問題がのこされるだけになった。

第一次試験飛行の成績もほぼ満足すべき状態で終ったが、三菱では、さらに一カ月半を要して第一号機の改修をおこない、それも終了したので、海軍にその旨《むね》を報告した。

それを待ち兼ねていたように、海軍では第二回目の官試乗を八月二十三日に各務原でおこなうと伝えてきた。

当日は、航空本部から小林淑人中佐、航空廠から吉武少佐、中野少佐、真木大尉ほか五名が参集、会社側からは、荘田工作部長をはじめ堀越ら技師たち多数が参加した。

午後三時すぎ、まず真木大尉が、つづいて志摩操縦士が試乗した。

しかし、発動機の調子が悪くすぐに着陸した。そのためただちに曾我部《そがべ》技師らの手で発動機調整がおこなわれ、復旧後真木大尉、中野少佐の順序で飛行がこころみられた。

堀越たちは、両パイロットの評価を不安と期待で見守ったが、ただ一つ残されていた補助翼の点も充分改良されていて、すべてにわたって難点はないということになった。

堀越たちの顔には、喜びの色があふれた。……十二試艦上戦闘機は、苛酷な海軍側の要求にうちかって、遂に実用機としての形をととのえることができたのだ。

翌二十四日、航空廠からあらたに酒巻実験部長が加わり、会社側からも野田副長が参席して各務原格納庫事務所会議室で、合同会議がひらかれた。

その席上、再度にわたっておこなわれた官試乗の結果、第一号機は海軍で領収されることが決定、領収までにさらにおこなわれる改修と試験飛行の予定が打合わされた。そして翌日、さらに中野少佐、真木大尉が試乗、その結果もきわめて好調だった。

第一号機は、試験飛行をすべて終了。さらに各務原格納庫で細部の改修をおこない、九月十日まで十五日間にわたって最後の仕上げをつづけた。

いよいよ第一号機の領収される日が、やってきた。

九月十三日、航空本部・航空廠・三菱《みつびし》の各関係者が各務原に集まり、志摩、真木、中野たちのパイロットによって確認飛行がおこなわれ、総仕上げを終った第一号機は、それらパイロットたちの操縦で各務原飛行場上空で翼を光らせながら飛行をつづけた。

その日までのテスト飛行の結果、第一号機は高度三、六〇〇メートルに於《お》てすでに最高時速五〇九キロを記録、海軍側の要求する時速五〇〇キロを確実に突破していた。

翌九月十四日朝、十二試艦上戦闘機第一号機は、整備員たちに押されて、ゆっくりと格納庫から外へ出た。準備線に停止すると、整備員たちは、名残《なご》り惜しそうに機体から手を離した。

操縦席に真木大尉が搭乗、やがてプロペラが回転すると、機は、動き出して滑走路に出た。

堀越たち技師や整備員たちは、身を寄せ合うようにして、滑走路を速度をあげて走る機体を見守った。

午前九時六分、機は離陸した。

引込み脚が、機体の中になめらかに吸いこまれてゆく。機は、舞い上ると身をかしげて飛行場上空を一周、機首を東に向けた。

技師や整備員たちの眼に、光るものがにじみ出た。

十二試艦上戦闘機第一号機の機影は、澄みきった空に、やがて眩《まばゆ》い一点となって消えていった。

堀越たちが海軍の正式計画要求書を受けてから約二カ年、官試乗をふくめて飛行回数百十九回、飛行時間四十三時間二十六分、地上運転回数二百十五回、地上運転時間七十時間四十九分という異例の多回数、長時間の社内飛行試験を経て、第一号機は完成、領収されたのだ。

その日第一号機は、午前一〇時〇〇分横須賀《よこすか》海軍飛行場に着陸した。

七

九月一日、欧州大陸に大動乱が発生、ドイツの大軍は、二、〇〇〇機にのぼる航空機を駆使してポーランド領になだれこんだ。ポーランドの同盟国であったイギリス、フランスは、三日ドイツに対して宣戦を布告、第二次欧州大戦が、勃発《ぼっぱつ》した。

日本は、大戦に不介入を声明したが、ドイツと同盟を結んでいたため、きわめて微妙な立場に立たされていた。

そうした中で第一号機につづく第二号機も、牛車で各務原にはこばれると、十月十八日に社内飛行試験が開始された。

第二号機は、初めから第一号機の成果を参考にして機体改修をおこなっていたので、一週間後の二十五日には早くも海軍側に領収され、横須賀へむかって各務原を飛び立った。

十月下旬、航空廠に出頭した堀越は、同廠内で第一号機の二〇ミリ機銃の初の空中射撃試験がおこなわれたことを知らされた。

一九メートル四方の布を地上にはって、急降下しながら第一号機の二〇ミリ機銃は火をふいたが、両銃同時射撃の折には、九十発中五十九発が布に弾痕《だんこん》をしるし、また片方の銃のみで射撃した時には、二十発中九発が布に命中したという。それは、むろんパイロットの射撃技術の優秀さに支えられたものだが、予期以上の好成績で、設計技術上の機銃装備方法と機体の安定度がともにすぐれていることを立証していた。

第三号機からは、すでに予定されていた通り、新たに採用された発動機をとりつけることになっていた。第一号、第二号機とも三菱製の瑞星《ずいせい》一三型発動機が装備されていたが、それを中島製の栄一二型に換えるように海軍から指令されていたのだ。

むろんそれは、馬力増大を意図したものだが、瑞星に比して栄は馬力が大きく、しかも性能の大きさの割にはそれ程大きくも重くもならないすぐれた発動機だった。

堀越たち設計陣は、あらかじめ栄一二型を装備した場合変更される部分の設計をおこなっていたので、その年の十二月には、第三号機を完成した。

その新しい発動機を装備した第三号機の実物構造審査は、航空本部・佐伯《さえき》第一課長、航空廠杉本飛行機部長その他海軍側二十名の立合いのもとに試作工場内でおこなわれ、無事審査を終了した。

そして、各務原飛行場にはこばれると、その年もおしつまった十二月二十八日から、社内飛行試験が開始された。

昭和十五年を迎えて第三号機の飛行試験はつづけられたが、新しい発動機を装備した効果はいちじるしく、海軍側計画要求の最高時速五〇〇キロ（高度四、〇〇〇メートル）を大幅に越える五三三キロ強（高度四、五〇〇メートル）という世界の戦闘機の速度水準をはるかに越えるすばらしい高速を記録した。

海軍ではドイツのハインケルHe—一一二型を、陸軍ではアメリカのヴォートV—一四三型をそれぞれ購入、実地に飛行試験をしていたが、その最高速度テストの結果ハインケルHe—一一二型が時速四四四キロ（高度三、六〇〇メートル）、ヴォートV—一四三型が四二六キロ（高度三、〇〇〇メートル）を記録。それら世界一流機の最高速度は、九六式艦上戦闘機にまさることもなく、むろん十二試艦上戦闘機にくらべるべくもなかった。

会社ではむろんのこと、第三号機の飛行試験報告を受けた海軍側も、その好成績に沸き立った。

そのため官試乗は早められ、一月十八、十九日には、航空本部和田技術部長、航空廠《しょう》吉良《きら》実験部長、名古屋監督長三並《みなみ》少将らが立合い、真木大尉らによって第一回の官試乗がおこなわれた。

その結果は、社内試験飛行を裏づけるもので、その他の性能も充分要求をみたし、たちまち第三号機の領収が決定した。そして一月二十四日午前九時三〇分、栄一二型発動機を装備した第三号機は、真木大尉の操縦によって各務原《かかみがはら》飛行場をはなれ、同日午前一〇時三五分、横須賀海軍飛行場に到着した。

さらに第三号機にひきつづき第四号機は、二〇ミリ機銃の丸型弾倉を七十五発入りから百発入りに改め、その後、第五、第六号機とつぎつぎと海軍に領収されていった。

その頃《ころ》、中国大陸の海軍航空実戦部隊には、卓越した性能をもつ十二試艦上戦闘機の存在がすでに伝えられていた。そして、十二試艦上戦闘機を、一日も早く第一線に送れという要望が出はじめていた。

中国大陸では武漢三鎮《ぶかんさんちん》を手中におさめ、漢口《かんこう》の航空基地も確保してはいたが、中国空軍の勢力は、すっかり回復して強化され、日本航空部隊の漢口基地から重慶《じゅうけい》にむかってつづけられていた爆撃行も難航をきわめていた。

九六式艦上戦闘機の活躍は、依然として目ざましいものがあったが、重慶へ長駆おもむく爆撃機には、その航続距離性能の点でついてゆくことができない。そのため爆撃機は、戦闘機の掩護《えんご》もなく重慶爆撃をおこなっていたが、その都度むらがるような中国空軍の戦闘機の迎撃をうけてその被害は続出していた。

中国大陸の現地航空部隊としては、九六式艦上戦闘機と同程度の空戦能力をもち、しかも爆撃機についてゆくほどの航続性能をもつ戦闘機の出現を渇望《かつぼう》していた。そうした事情の中に、要望に充分にこたえるテスト結果をしめす十二試艦上戦闘機の存在が伝えられてきたのだ。

現地の海軍航空部隊の要望は、日に日にたかまった。

しかし、海軍航空本部では、それにすぐに応ずることはできなかった。たしかに十二試艦上戦闘機は、多くの飛行試験で好成績をおさめてはいたが、制式採用機とするにはまだ検討の余地が残されている。つまり依然として実験段階にある機で、それを戦地に送ることはできないのだ。

しかし、中国大陸からの要望もきわめて強いので、関係者たちは鋭意飛行試験と改修を急いでいた。

その頃、海軍航空廠内では、十二試艦上戦闘機に新しく採用した恒速プロペラの戦闘運動中の変節についての研究実験が反復しておこなわれていた。

恒速プロペラは、飛行速度の変化に応じてプロペラの翼角度が自動的に調節され回転数が一定にたもたれるプロペラだったが、急激に速力をはやめるとプロペラの回転が過大になる現象がみられた。

それは、プロペラ翼の角度変化が速度の変化に追従できないことにあることはあきらかだったが、航空廠では、その原因がどこにあるのか、テスト飛行をつづけてその研究に没頭していた。

思いがけない大事故が、追浜《おっぱま》飛行場で発生したのは、その年の三月十一日であった。

その日の朝、恒速プロペラの変節状況をしらべるため、真木大尉が十二試艦上戦闘機第三号機に、海軍航空廠飛行実験部工手奥山益美が第二号機に搭乗《とうじょう》、同飛行場を離陸した。

奥山は、海軍航空一等兵曹から航空廠に移り、テスト飛行も数多くおこなっている飛行時間二千時間という熟練したテストパイロットであった。

その日奥山機は、最初一、五〇〇メートルから五〇〇メートルまでの急降下テストをおこない、再び一、五〇〇メートルから約五〇度の降下角度で急降下を試みることになった。

と、午前一〇時三〇分頃、突然、飛行場上空に異様な音響がおこった。

人々は、そのすさまじい音に視線をあげたが、その瞬間、急降下中の奥山工手操縦の第二号機に、恐るべき現象がおこっているのを発見した。

第二号機の翼と機体が一瞬にして飛散、発動機部が急速に落下、他の部分が上空で眩く開花していたのだ。

飛行場にいた者の間に、狼狽《ろうばい》した叫び声が起った。第二号機は、完全な空中分解をおこしていたのだ。

機体や翼の破片が、舞うように滑走路を中心にした草の上に落ちてくる。それは、太陽の破片のように、きらびやかに光り輝いてみえた。

上空に、落下傘《らっかさん》がひらいた。

上空を見上げていた人々の間に、安堵の叫び声が湧《わ》いた。

飛行実験部の戦闘機主席パイロット中野忠二郎少佐は、飛行場備えつけの三脚双眼鏡にとりつき、奥山工手の姿に焦点をあてていた。奥山は、両手をだらりとさげ、頭を力なく垂れ降下してくる。

中野は、奥山の体をレンズを通してしきりとさぐった。が、体がひき裂かれている様子もなく血の色もみられない。空中分解の衝撃で骨格が粉々にくだかれたのか、それとも幸いに空中分解前に脱出したのか。

ふと、中野は、奥山が失神しているだけかも知れない、と思った。

落下傘は、澄みきった空を背景にゆっくりとおりてくる。

と、地上から三〇〇メートルほどのところに降下してきたとき、奥山の手がかすかに動くのが眼に映った。

「生きている」

中野は、レンズの中をのぞきこみながら喜びの声をあげた。

しかし、一瞬後意外な現象が起った。奥山の体が、落下傘からはなれ、回転するように落下しはじめたのだ。

中野の周囲に、悲痛な叫び声がおこった。

中野たち重だったものは、うろたえたように傍《そば》の自動車にとび乗ると、飛行場の北端に急いだ。

奥山の体は、海岸の浅瀬に突っ伏すようにして横たわっていた。抱き起すと、奥山の眼はうすく閉じられ、その顔には、すでに死相がはりつめていた。

周囲には、駆けつけた操縦士や整備員の体がとりかこんでいた。早春のおだやかな波が、死体の周囲にひろがっていた。

中野たちの手で奥山の体は、海水の中から抱き上げられ、砂浜を運ばれ車にのせられた。そして、同廠の病室に横たえられると軍医官の検死を受けた。死因は、三〇〇メートルほどの上空からの墜落死と判定された。

浅瀬には、奥山の着用していた落下傘が落ちていた。

すぐにそれを収容して検討がおこなわれたが、落下傘には全く異常はなく、ただとめ金具がひらかれ、そのため奥山の体が落下傘から落下したものだということが判明した。しかし、そのとめ金具にも異常はみられず、とめてみるときっちりとはまり、自然にひらくということなどは考えられもしなかった。

事故発生直後、他の双眼鏡で奥山の姿を見守っていた者も多かったが、かれらも奥山が降下途中、手を動かしたのを眼にしていた。その折には、まちがいなく奥山は生きていたのだ。

そんな奥山が、なぜ落下傘からはずれて落ちてしまったのだろうか、かれらにはその理由がどうしてもつかみかねていた。

しかし、やがて一つの結論が生れた。奥山は、たしかに失神していた。手を動かしたのは、その失神状態からぬけ出たことをしめしている。しかし、かれの意識は、充分にさめきってはいなかった。かれは、すでに地上に降り立ったような錯覚を起していたのか、その手は無意識に動いて、落下傘のとめ金具を自らひらいた。

……それは、推測の域を脱しなかったが、意外な奥山の墜落死は、それ以外に原因をつかむことはできなかった。

遺族がかけつけ、廠内で通夜後、火葬にふされた。

奥山の遺骨は、悲しみにくれる家族の胸にいだかれて去っていった。

第二号機の空中分解事故発生は、その日すぐに三菱重工名古屋航空機製作所にもたらされた。

所長以下関係者の驚きは、大きかった。

ただちに堀越は、その日、名古屋を出発した。

翌朝八時半、かれは、航空廠飛行実験部に出頭すると悔みを述べ、事故発生前後の経過をきいた。

すでに多くの飛行試験と改修を経て領収されたその機は三菱側の手をはなれたものではあったが、空中分解事故については、むろん海軍側と協同して事故発生原因の調査にあたる責任があった。

堀越は、午前午後にわたっておこなわれた「事故調査方針打合せ兼経過報告会議」に列席、その日の夕方おこなわれた奥山工手の廠内告別式にも参列した。

堀越は、霊前で頭を垂れた。

かれは、一人の尊い生命が自らの設計した機で失われたことに身のすくむような思いを味わっていた。しかしかれは、航空機技術者として、事故原因を徹底的に究明し、十二試艦上戦闘機を一層完璧《かんぺき》な戦闘機として完成させることが、奥山工手の霊にこたえる残された道だと思った。

その日の会議では、まず事故発生時の状況の究明がおこなわれた。

事故を目撃した者はかなりいたが、それらは破壊音をきいて上空を見上げた者ばかりで、かれらの眼に映じたのは、翼や機体の飛散した直後の光景だけだった。

しかし、ただひとり宮野という同廠の工員だけが、空中分解の瞬間をはっきりと目撃していた。

宮野は、事故発生前からたまたま奥山機の動きをみつめていたが、かれの言によると奥山機は、五〇度から五五度と推定される降下角度で、一、五〇〇メートルほどの上空から降下をこころみたが、高度五〇〇メートルから四〇〇メートルほどまで降下した折、引起しの形跡もないのに妙な音が起り、それにつづいて大音響がふき上った。と同時に、機体がはじけるように四散したという。

しかし、宮野も一瞬のことで、機体のどの部分から初めに破壊したのか、その証言からは正確な状況をつかむことはできなかった。

破壊し落下した破片は、同廠飛行機部第三工場に集められていた。

発動機、発動機架、プロペラは海中から引き上げられ、それ以外のものは、飛行場から拾い集められていた。ただ恒速プロペラ調速器、気化器、計器板は、海中に落下したものらしく発見されてはいなかった。

堀越は、おびただしい破片を見渡した。

それは、目も当てられぬような無残さで破壊され、工場のコンクリートの床一面にひろげられている。

破片の散布状況を示した図もみせられたが、その図からは、空中で機の破壊した順序を推定する手がかりをつかむことは困難のように思えた。

会議は、悲痛な空気の中ですすめられた。空中分解の事故原因が判明し、その対策が発見されなければ、十二試艦上戦闘機は、制式機として採用されない運命にあるのだ。

飛行機部振動関係担当者の松平精技師が、その席上、

「この飛行機は、実物地上振動試験、フラッター模型の風洞《ふうどう》試験などから考えても、時速が一、一一〇キロ以上でなければ決してフラッターの危険はない」

と証言した。

フラッターという現象は、ある速度以上になると空気力が機体の振動にたえる力を越えて主翼、尾翼、舵面、胴体が単独に、あるいは互いに組み合わさって激烈な振動を起す。

そして、フラッターが起るのは、それぞれの部分の形状と剛性、それに質量の分布に関係をもっているのだ。

「しかし、今までのフラッターの実例では、主翼フラッターの場合は主翼のみ、尾翼フラッターの場合は、尾翼と胴体後部のみが破壊されています。それが今度の事故のように、各部ともバラバラになってしまった例を私は知りません。散布状況を手がかりに調査を進めてゆこうと思いますが、結論が出るかどうかは自信がない」

と、言った。

また、機体強度試験担当官の東技師は、

「この飛行機は、胴体前部が静的に最も弱く、第一、第二号機は、許容加速度を六・

八G（要求は七・〇G）に制限していました。しかし、それには、一・八倍の安全率が見積ってありますから、たとえ六・八Gで引起しをしても破壊することはありません」

と、証言した。

しかし、そのうちに、奥山機の昇降舵《しょうこうだ》のマスバランスが飛行をおこなう前にすでに切断され、マスバランスが失われていたことが、事故現場の調査の結果わかってきた。

この事実から松平を中心に、事故原因の研究が積極的にすすめられた。そして模型をつかってフラッター風洞試験が連日のようにつづけられた結果、事故原因についての判定が正式にくだった。

それは、昇降舵のマスバランスが事故発生前に、すでに折損されていたということから発したものだった。

つまり機が急降下をしその速度を増したとき、マスバランスをもたない昇降舵にフラッターが起り、それが全機体に激烈な振動となってつたわって、その結果全機体が破壊されたというのだ。

しかし、そうした判定に対しても多くの疑問が残されていた。

「昇降舵のフラッターだけで、発動機が胴体からもぎとられ、全機体が破壊されることなど、どうも納得できない」

という意見も出ていた。そして、その疑惑から恒速プロペラの各翼の間のピッチ不同、または変節がおくれてピッチ過小のための過回転にもとづくプロペラのはげしい振動がおこり、それによって機体全体のはげしい振動を誘発して全機がバラバラになったのではないか、という疑惑を提示するものもあった。

しかし、結局は、松平技師の判定通りの結論におちついて、早速、領収された機をはじめ製作中の機にもすべて昇降舵のマスバランス腕の補強が実施された。

この空中分解事故の原因探究からは、同時に多くの貴重な資料を得ることができた。

まず機の主桁《しゅげた》が折れていたところから、新採用の超々ジュラルミンが或《あ》る時期を越えるともろくなる時期割れをおこしているのではないか、または、飛行中に繰返しうけた荷重によって超々ジュラルミン主桁材の寿命（疲れ寿命）がきて破壊したのではないかという疑いも出されたが、折れた部分を顕微鏡で精密に検査した結果、主桁が折れたのは、決して時期割れや疲労が原因ではなく、急激におこったフラッターで一度に折れてしまったものだということが判明した。

しかし、この研究によって長時間にわたる繰返し荷重に対する機体構造、とくに主桁の寿命ということがあらためて考究されることになった。

これに対しては、廠内でジュラルミン桁材の疲れ寿命をはかる繰返し荷重試験がおこなわれ、また実機が飛行中にどの程度の加速度や遠心力をどのくらいの頻度《ひんど》で受けるのかということを知ることも必要になった。

そこで、横須賀《よこすか》航空隊戦闘機分隊長下川万兵衛大尉が中心となって、機に自動的に記録されてゆく加速度計をとりつけ、九六式艦上戦闘機や十二試艦上戦闘機相手に、はげしい空中戦を何度もくり返した。

その結果、第二十一号機までの機体には、かなり大きな安全率を見込んで空戦時間五十時間という制限をもうければよいということがわかった。しかし、空中分解を起した第二号機は、空戦実験時間がむろん五十時間よりはるかに少なかったので、それが事故の原因とは全く無関係であることはあきらかだった。

事故の原因とその対策は、はっきりと定まった。そして、十二試艦上戦闘機は、漸《ようや》く名古屋航空機製作所から順調に流れ出るようになっていた。

八

欧州大陸では、ドイツ軍の侵攻がつづき、四月にはデンマーク、ノルウェーを手中におさめ、五月には、オランダ、ベルギーを降伏させた。またドイツ軍は、「難攻不落」をほこる独仏国境線のマジノ線を大量の航空機と戦車の猛攻によって突破、たちまちフランス領内に侵攻、パリは、六月十四日に陥落、フランスはドイツに降伏した。

日本をめぐる周囲の情勢も、ますます複雑な様相をしめしてきていた。

前年には、張鼓峰《ちょうこほう》事件につづいてソ満国境で再びノモンハン事件が勃発《ぼっぱつ》、やがて停戦とはなったが、軍部内には、本格的な対ソ戦の発生を強く予言する声もたかまってきていた。

またドイツ、イタリアと締結されていた日独伊防共協定は、日本の国際的立場を一層孤立化させる結果を招いた。しかも中国大陸の戦火は、予想をこえて広く拡大し、アメリカの重慶《じゅうけい》政府に対する軍事援助も積極的になって、収拾の見こみもない長期戦におちいっていた。

海軍航空部隊は、陸軍の作戦に協力、主として中支、南支に展開していた。

しかし、中国空軍は、九六式艦上戦闘機の行動半径外に後退し、漸くその戦力を回復して日本空軍の攻撃に対していた。

九六式陸上攻撃機は、しばしば重慶を爆撃していたが、味方戦闘機の掩護《えんご》もなく、ただいたずらに中国戦闘機の迎撃を受けて被害は一層増大していた。

六月十八日、長崎県大村海軍航空隊分隊長横山保大尉は、上司から突然部下とともに横須賀航空隊付を命じられた。

横山は、航空母艦「蒼竜《そうりゅう》」に乗りこみ、また中国大陸での実戦経験もある卓越した戦闘機パイロットであった。

しかし、横須賀転属の理由は、

「重要任務につくため」

と言われただけで、その任務がどのようなものか、かれには全くわからなかった。

横山は、上司の指示にしたがって、特に操縦技術に長じた部下をともなって横須賀航空隊に赴任した。

着任後、横山は、横須賀航空隊の上司に挨拶《あいさつ》に行った。

その折、かれは、はじめて自分に課せられた重要任務の内容を知ることができたのだ。

それは、航空廠《こうくうしょう》と横須賀航空隊で実用実験中の十二試艦上戦闘機をもって一個分隊を編成、すみやかに中支戦線に進出せよという内容だった。

横山も、すでに十二試艦上戦闘機の噂《うわさ》はきさつたえていた。

それは、中国大陸で大活躍をしている九六式艦上戦闘機を製作した三菱《みつびし》名古屋航空機製作所が、不可能としか思えぬような海軍側の要求にこたえて生み出した高速空戦性能にくわえて、二〇ミリという大口径の機銃をもそなえ、しかも航続距離の長い万能戦闘機であるということだった。

横山は、その思いがけない任務に歓喜をおぼえると同時に、責任の重さに身のひきしまるような緊張感をおぼえた。

かれは、ただちに部下を集めるとその任務の重大さを告げ、かれらとともに同飛行場の十二試艦上戦闘機を見た。

かれらは、恍惚《こうこつ》とした眼で、その新戦闘機を見つめた。

九六式艦上戦闘機を初めて見た時もそのスマートさに驚いたが、眼前の機は、さらに優美にみえるほどの瀟洒《しょうしゃ》な姿をしている。機体は大きくなってはいるが、その姿態は、敏捷《びんしょう》さにあふれているようにみえた。

かれらは、引込み脚にふれてみた。操縦席には、風防がすっぽりとかぶせられ、プロペラは三翼になっている。

早速横山は、機に搭乗《とうじょう》し、離陸してみた。

たちまちかれは、その機の性能が、途方もなくすぐれたものであることを知った。

スピードはむろんのこと、運動性能もきわめてよく、それは機が、自分の体の一部に化しているような錯覚にとらえられるほどだった。

横山は、ただちに分隊編成にとりかかった。

連れてきた部下以外に、横須賀航空隊戦闘機分隊長下川万兵衛大尉に頼んで優秀な操縦士も分けてもらった。

横山は、実用実験中の機の第一線進出が、今まで前例の全くないことで、海軍航空技術関係者の一部の反対を押しきって意図されたものだということを知った。それは、まだ制式機として採用もされないこの新戦闘機の優秀性を立証するものであり、第一線部隊からの強い要望で海軍が、大英断をくだしたことをさとっていた。

上司は、「出来るだけすみやかに第一線へ……」と言った。横山は、短時日のうちに自分をもふくめて部下たちに、実戦に充分たえられるよう機の操縦に熟練しなければならないことを覚悟した。

実用実験をかねた猛烈な慣熟、練成訓練がはじめられた。そして、その頃《ころ》さらに進藤三郎大尉の指揮する一個分隊が、十二試艦上戦闘機隊として訓練に参加していた。

しかし、横山たちの訓練開始後も、新戦闘機には、まだ解決しない問題がいくつか残されていた。

下川大尉らの手で実戦的な実験がすすめられ、六月二十五日には、高高度飛行実験がおこなわれたが、第六号機は、燃料圧力の低下で発動機が不調となり高度七、八〇〇〇メートルで飛行を中止していた。

しかし、第四号機は、わずかに発動機の不調をおぼえながらも三十四分二十五秒で一〇、三〇〇メートルまで上昇、発動機の不調さえなければさらに上昇可能であると報告した。

この発動機不調と燃料圧力の低下については研究の結果、地上であたためられた燃料が、冷える時間的余裕もなく、高空の低い気圧にふれて気化してしまい、燃料管をふさぐことが判明した。それは、この新戦闘機の上昇速度がすぐれているために起った現象で、試製九二オクタン揮発油という特殊燃料をつかうことによって、この問題もやがて解決されることになった。

また水平飛行中、上昇中、急降下中など各種状態の中で射撃実験が頻繁《ひんぱん》につづけられ、計二千三百九十六発の二〇ミリ固定機銃の実験射撃もおこなわれた。

その折、G（重力の加速度）がかかると弾丸の自動的な供給が不調になることもあったりしたが、二〇ミリ機銃打殻《だかく》放出筒《とう》その他の改修によって解決された。

また世界で初めて採用した流線形の落下燃料タンクが、高速時に落下しないという欠点も報告されていた。が、これも、時速三三〇キロ以下になった場合には、確実に落下することもわかり、また増設タンクをつけたままでも性能のすぐれたこの機では、実戦にそれほどの支障もないことがはっきりとした。

その他エンジンを全開にした空戦時や上昇中に発動機の筩温《とうおん》が上りすぎるという問題も未解決で、依然として十二試艦上戦闘機は、実用実験を必要とする試作機であることに変りはなかった。

横山戦闘機分隊に、第一線進出命令が発せられたのは、かれが赴任してから十日ほど経《た》った頃であった。

横山は、突然の命令に困惑をおぼえて、中国大陸の現地に於《お》いても十二試艦上戦闘機についてひきつづいて実験飛行とその対策を講じてもらうことを要望した。それについては海軍航空技術廠（昭和十五年四月、航空廠は航空技術廠と改称）でも同じ意見であったので、同廠飛行機部高山捷一、発動機部永野治両技術大尉、及び兵器部の卬西外次技師ほか十二試艦上戦闘機専門の十数名の整備員が、新戦闘機とともに漢口《かんこう》へ派遣されることになった。

七月にはいって間もない或る日、横山大尉の指揮する六機の十二試艦上戦闘機は、航空技術廠、横須賀航空隊関係者らの見守る中で翼をつらねて横須賀を離陸した。そして、長崎県大村飛行場に着陸、燃料補給後、海洋を一気に横断、上海《シャンハイ》で再び燃料を補給し離陸した。単座戦闘機として、その長距離移動は、航続性能の優秀性を実証する画期的なものであった。

六機の十二試艦上戦闘機は、上海から航路を揚子江《ようすこう》沿いに、漢口へと針路をとった。その途中、安慶《あんけい》を通過した頃前方に密雲が立ちはだかり、たちまち機ははげしい豪雨の中に突きこんだ。

横山は、方向を見失うことを恐れて全機に密雲の下に出ることを命じ、旋回しながら河の水面近くにさがった。

しかし、旋回したためコンパスがぐるぐるまわってなかなかセットしない。漢口に針路をとるためには、揚子江を上流へ向えばよいのだが、河は広大で、どちらが上流かわからなくなってしまった。

現地部隊の熱望によって進出してきた十二試艦上戦闘機の移動が、もしも不成功に終れば、大きな不祥事となる。

横山は、深い当惑と不安に襲われた。

が、ふと河の中にある小さな島のような洲《す》が、かれの眼にとまった。そして、かれは、その洲の形状によってどちらが上流方向であるかをはっきりと知ることができた。河の流れの影響で洲は一方がまるく、反対側が細くなっている。まるくなっている方向が、上流方向であることはあきらかだった。

編隊は、針路をさだめて水面すれすれに飛びつづけた。

そのうちに漸く漢口飛行場が、眼下に見えてきた。

六機の十二試艦上戦闘機は、脚を引き出すと着陸姿勢に入った。

かなりの人の姿が滑走路の傍《かたわ》らにみえ、それが自分たちの機を見上げ、中には手をふっている者もいる。五、六百名の数にみえた。

機は、つぎつぎと飛行場の滑走路に着陸した。

たちまち、機は、人の体でとりかこまれた。その中には、第一連合航空隊司令官山口多聞《たもん》少将、第二連合航空隊司令官大西滝治郎《たきじろう》少将の姿もみえた。

機の周囲には、感嘆の声と歓声があがっていた。

横山は、現地部隊のこの新戦闘機に対する要望の大きさをあらためて痛感し、その機を無事移動させたことに大きな安堵《あんど》をおぼえていた。

飛行場の興奮は、鎮《しず》まらなかった。操縦士も整備員も、六機の機体を飽きずにながめつづけ、横山たちに質問を浴びせかけていた。

横山たちは、翌日から、実験的な猛訓練を開始した。航空技術廠の技術将校もすでに到着、些細《ささい》ではあるが未解決の問題について研究をつづけていた。

到着してから数日後、横山は、山口、大西両司令官に呼びつけられた。

両少将は、

「なるべくすみやかに六機の十二試艦上戦闘機で、陸攻を掩護して敵地に乗り込め」

と、きびしい口調で命じた。

重慶への爆撃行をつづけている陸攻隊は、依然として戦闘機の掩護もなく、そのため中国空軍の戦闘機のはげしい迎撃を受けている。両司令官も、爆撃機の損害の大きさに苛立《いらだ》っていたのだ。

横山は、答えた。

「お言葉を返すようで申訳ありませんが、まだ十二試艦上戦闘機には、未解決の点がかなり残されております。新しく登場した戦闘機でもありますし、もし初陣で思わしくない結果を招きますと、部下の士気が沮喪《そそう》するだけではなく、逆に敵空軍の士気をたかめる結果ともなります。もうしばらくの御猶予《ゆうよ》をいただきたいのであります。必ず納得のゆく戦闘機として戦闘に参加、一挙に戦果をあげます」

横山の真剣な申出に、両少将は了承した。そして、早く問題点を解決し、一日も早く戦闘に参加するようにと命じた。

漢口の夏は、すさまじい暑さだ。

横山たちは、焼けつくような暑熱の中で実験と訓練をつづけ、技術陣も連日、機の改修に専念した。

筩温《とうおん》過昇問題もやがて技術将校たちの手で解決、横須賀航空隊から進藤三郎大尉の指揮する十二試艦上戦闘機九機も、漢口に到着、十五機の十二試艦上戦闘機が集結した。

その頃、未解決であった問題点もつぎつぎと技術陣の努力ですべて解消、連日の猛訓練で隊員たちの操縦技術にも充分な自信が生れるようになっていた。

——七月末、十二試艦上戦闘機は、すべての問題点が解決したことを認められ、海軍の制式戦闘機として採用された。そして、その年の紀元二六〇〇年を記念して、その末尾の〇をとって、零式《れいしき》艦上戦闘機一一型と命名された。

「零式戦闘機か」

横山たちは、すでに自分たちの血肉のようになった機を、いつくしむように見つめていた。

その頃から横山も進藤も、しばしば司令官室に呼ばれるようになった。

「なにをしとるのか、まだ実戦の自信が生れんのか。陸攻機の損害は続出しているのだ」

司令官は、かれらを悲痛な表情で叱《しか》った。

「もうしばらく御猶予を……」

両大尉の答えは、いつも同じだった。

横山たちにしてみればその新戦闘機に接してから一カ月ほどしか経っていないし、殊《こと》に高性能をもつ機だけに、その性能を充分に発揮するためには、その戦闘機に習熟することが必要とされる。たとえ猛訓練をつづけても、訓練期間一カ月では余りにも短かすぎるのだ。

訓練は、炎天のもとで、一層殺気立ってつづけられた。そして、地上に飛行機と同型同大の布板をおき、これに対して低空銃撃訓練をおこなったりして、機銃操作技倆《ぎりよう》も急速に向上し実戦に対する強い自信も抱くようになった。

横山も進藤も、漸《ようや》く部下たちの技倆が充分満足できる状態になったことを認め、遂に出撃することを決意、司令官にその旨《むね》を確信をもって報告した。

八月十九日、横山保大尉の指揮する零式戦闘機十二機は、陸攻五十四機に呼応、司令官以下多数の見送りをうけて漢口を離陸、重慶にむかって発進した。

陸攻機の搭乗員たちは、初めて掩護戦闘機を得てその表情はきわめて明るく、掩護する横山たちに機上から笑いながら手をふったりしていた。

偵察《ていさつ》機からの事前報告によると、重慶には約三十機の戦闘機が待機しているという し、爆撃機が接近すればたちまちかれらは飛行場をとび立ち迎撃を加えてくるにちがいなかった。そして、横山大尉指揮の零式戦闘機十二機は、これら三十機の中国機と格闘戦に入ることも充分予想された。

三十対十二か、横山は、そんな数字をつぶやいてみたが、機の性能と熟練したパイロットたちの技倆を考えてみると、みじめな敗北を喫することは決してあるまいと思った。

轟々《ごうごう》と爆音をあげて、戦爆連合の編隊は、重慶上空に近づいた。

早くも陸攻機によって爆撃が開始され、眼下に火箭《かせん》がひらめき土煙がひろがってゆく。そして、すさまじい防禦《ぼうぎょ》砲火が周囲に炸裂《さくれつ》しはじめた。

横山たちは、中国空軍戦闘機の迎撃を待ちかまえたが、意外にもその姿はみえず、飛行場に機影も見当らない。

横山たちは、注意深く索敵をつづけたが、中国戦闘機の機影は全く発見できず、戦闘もおこなうこともなく帰路についた。

が、陸攻隊は、今までとは異なって中国空軍戦闘機の迎撃をうけることもなく、余裕をもって爆撃をつづけ全機帰還した。

翌日、進藤大尉指揮による十二機が、再び重慶爆撃に参加。しかし、その日も中国空軍戦闘機を発見することはできずに引返した。

中国空軍は、あらかじめ新鋭戦闘機が掩護《えんご》しているという情報を得て、巧みに身を避けている気配が濃厚だった。しかし、陸攻隊に被害はなく、また往復八一〇浬《かいり》（一、五〇〇キロメートル）の長距離を単座戦闘機が編隊を組んで飛行したことは、全世界航空史上例のない行動だった。

九月十二日、横山大尉の指揮する十二機が、陸攻二十七機を掩護、重慶に向った。重慶には、依然として戦闘機の姿はなく、横山は、燃料の許すかぎり奥地まで進出、戦闘機の発見につとめたが、またも機影を発見することはできず、石馬州飛行場の施設に低空で銃撃を加えただけで帰途についた。

横山たちは、苛立った。

戦闘機の主な使命は、敵戦闘機との格闘戦にある。しかも新採用の零式戦闘機の性能の優秀さは、実際の空戦による以外には立証されることはないのだ。

そのうちに、重慶地区からの情報が意外な事実を伝えてきた。

それによると、中国空軍戦闘機群は、日本海軍航空隊の爆撃開始寸前に全機避退してしまい、爆撃が終了すると、その存在を誇示するように重慶上空を何度も旋回して飛行場に着陸する。

そして、その後には、必ず、

「中国空軍機は、日本航空隊に大損害をあたえ、追い払った」

と報道しているという。

その情報を得た横山は、進藤とそれに対する作戦を練った。その結果、かれらは、中国空軍の裏をかく作戦を思いついた。

まず陸攻隊の爆撃が終ったら、零式戦闘機隊は、爆撃機とともにすぐに帰途につくふりをして重慶をはなれる。

その直後、避退していた中国空軍戦闘機隊は、重慶上空に必ずその姿をあらわすだろう。その頃合いを見はからって、零式戦闘機隊は、急に反転、高速を利して重慶上空に突入する。そうすれば中国空軍戦闘機と接触、予期通りの空戦を展開することができるにちがいない。

横山たちは、早速その作戦を実行することに決定した。

翌九月十三日、進藤大尉、白根斐夫中尉の指揮する十三機の零式戦闘機は、漢口飛行場で発進準備をととのえた。

隊員十三名には、作戦計画が指示され、隊員たちの顔にも緊張した気配がみなぎっていた。

中国空軍戦闘機の重慶上空出現をさぐる陸上偵察機も加わり、陸攻機とともにつぎつぎと離陸していった。

横山大尉は、炎天の下で額に汗をうかべながら零式戦闘機隊の機影を見送っていた。まばゆい機体は、たちまち明るい空の一角に、小さな十三箇《こ》の点となって消えていった。

九

進藤三郎大尉と白根斐夫中尉のひきいる零式戦闘機十三機は、鈴木部隊長を総指揮官とする中村（源）、中井、山県《やまがた》、寺島、灘波の各陸上攻撃隊を掩護、漢水沿いに重慶に向って飛びつづけた。

進藤大尉は、九五式艦上戦闘機、九六式艦上戦闘機などを駆使して、上海《シャンハイ》、南京《ナンキン》、広東《カントン》方面の爆撃行の掩護に数多く参加、実戦経験も豊富な卓越した戦闘機パイロットであった。

かれは、陸上攻撃機と並んで飛びながら、九六式艦上戦闘機を操縦していたころのことを思い起していた。

その九六式艦上戦闘機は、空戦性能のすばらしさ以外にもあらゆる点で高度な性能をそなえている優秀な戦闘機だったが、ただ爆撃行に参加する折、スピードが余りにも出すぎるため、爆撃機と同じ速さで飛ぶのには、エンジンを絶えずしぼって飛行してゆかねばならない。それは、稀《まれ》にエンジンの不調をまねいて、不本意ながら基地に引返さねばならないこともあった。

そうした事故を避けるため、機を蛇行《だこう》させてすすむことも考えたが、その運動は、爆撃機の搭乗員《とうじょういん》たちに「敵機来襲か」という精神的な動揺をあたえるおそれがあった。

しかし、零式戦闘機には、そうした神経をつかう必要はなかった。たしかにエンジンをしぼってはいたが、爆撃機と同速度で飛行できるように改良されていて、今までの実用実験飛行をおこなっている間でもエンジンの不調は起らない。

たしかに、この零式戦闘機はすばらしい戦闘機なのだ……、進藤は、快いエンジンの音に満足感をおぼえていた。

その日は、かれにとって一つの賭《かけ》が試みられる日であった。たとえ度重なるテストで優秀な性能はみとめられていても、この新戦闘機が実際に敵戦闘機と格闘戦を演じてみなければその性能は立証されない。敵機との交戦で思いがけぬ欠陥が暴露されることも、決してないとは言えないのだ。

進藤は、苛立っていた。

横山保大尉指揮の零式戦闘機隊が二度、進藤隊が一度、それぞれ重慶に陸攻隊を掩護して長駆参加したが、三度とも中国空軍戦闘機群の姿はとらえることはできない。漸《ようや》く重慶地区からの情報で、中国空軍戦闘機群は、爆撃開始前に奥地へ避退、進藤たちが帰路につくとやがて重慶上空に姿をあらわし、編隊をくんで誇示飛行をするという。

その情報が正しければ、今日も中国空軍戦闘機隊は爆撃開始前に姿を消し、進藤隊が帰路についた後どこからともなく重慶上空にもどってくるのだろう。

作戦は、中国空軍戦闘機隊の裏をかくことを中心にして組み立てられ、部下たちにもその内容についてはくり返したたきこんだ。

陸攻隊が爆撃を終えて機首をもどしたら、進藤隊も爆撃機とともに帰投するように装って重慶上空をはなれる。そして、避退していた中国空軍戦闘機群が、誇示飛行をおこなう目的で重慶上空に舞いもどってきた頃合《ころあい》をみはからって急速に反転、全機一団となって重慶上空に殺到するのだ。

空は、美しく晴れわたっている。漢水の水の流れは青く、やがて地殻《ちかく》の皺《しわ》のような山なみが、くっきりとした起伏をみせて眼下一帯にひろがった。

情報どおり今日も中国空軍戦闘機群は、重慶上空にもどってくるだろうか。進藤は、作戦が適中することをしきりとねがった。

山なみがきれて平野部がみえ、その彼方《かなた》に重慶の市街がみえてきた。漢口《かんこう》から四〇五浬。時計の針は、すでに午後一時半をさしている。

進藤は、すばやく周囲に視線を走らせた。いつもと同じように空に中国空軍の機影は、全くみられない。

市街地に近づくと、たちまち対空砲火の火箭《かせん》が、豪雨を逆さまにしたようなすさまじさで吹き上げられ、周囲に炸裂《さくれつ》音とともに閃光と煙が充満した。

中村、中井、山県の各陸攻隊の爆撃が開始され、二筋の川にはさまれた重慶市街に、爆弾が撒布《さんぷ》されるようにきらめきながら吸いこまれてゆく。と、市街地の至る所にかすかな火がひらめくと、その中から点状の黒煙が湧《わ》き、それは、またたく間にひろがって上空に壮大な煙となって立ちのぼってくる。

また寺島、灘波両隊は、重慶南岸の海棠渓《かいどうけい》上空に達すると、爆弾を大量に投下した。

そこには、まだ度重なる爆撃でも破壊をまぬがれている軍需工場らしい建物と倉庫の棟《むね》の列がみえた。そして、その建物の群からも火炎とともに黒煙が一斉《いっせい》に噴き上った。

重慶上空は、対空砲火の炸裂する煙と地上から舞い上る黒煙で厚くおおわれた。

零式戦闘機隊は、あらかじめ打合せていた通り、いつもと同じように重慶上空を中国空軍戦闘機の攻撃を警戒する態勢をとりながら旋回しつづけていた。

やがて、爆撃は、終った。

陸上攻撃機が、つぎつぎと機首をもどしはじめたので、進藤は、部下の機を集合させた。そして、帰投する陸上攻撃機にしたがって、匆々《そうそう》に重慶上空をはなれた。

重慶地区からの情報を検討すると、中国空軍戦闘機群が重慶上空にもどってくるのは、爆撃が終了してから十数分後だという。

進藤は、あらかじめ計画していた通り帰路についてから十分後に反転、重慶に引返してみようと思っていた。

戦爆連合編隊は、漢口に針路を定めてとびつづけている。進藤は、時計の針の動きに目を据《す》えていた。そして針が正確に二時二〇分をさした時、列機に反転の合図を送った。

進藤大尉の一番機を先頭に、零式戦闘機十三機は、陸上攻撃機編隊のかたわらをはなれると、一斉に機首をかえした。

高度三、〇〇〇メートル、速度約三〇〇キロ、零式戦闘機隊は、重慶から約五〇キロの地点で急速反転をおこなったのだ。

進藤は、自分たちの企てた試みが成功することを切にねがった。この驚異的な性能をもつといわれる新戦闘機が、果してその評価どおりのものかどうか。それは、中国空軍戦闘機が姿をみせ実際に格闘戦をこころみてみなければ、立証することはできないのだ。

敵機は、情報どおりに重慶へもどって来ているか、どうか。かれは、心臓の鼓動が激しくたかまるのを意識していた。

時計の針が、小刻みに動いてゆく。かれは、列機を誘導しながら、重慶近しと判断して一斉に戦闘隊形をとらせた。そして、東方向からひそかに重慶上空に接近していった。

「いてくれ、いてくれ」

かれは、胸の中でねがいつづけた。そして、晴れた空に視線を走らせていたが、突然、かれの眼に、遠く点々と光る眩《まばゆ》いものがはっきりととらえられた。

その点状のものは、南西の方向から重慶上空にむかってゆっくりと移動している。

「いた」

かれは、思わず叫んだ。

副指揮官の白根機にその方向を指さすと、白根中尉もすでに発見しているらしく、風防の中でしきりとうなずくのがみえた。

進藤は、高度を急に下げさせ、北の方角に列機を誘導した。敵機を南の明るい方向に置き、こちらを暗い北に位置させ、しかもやや下方から見上げる方が、はっきりと敵機の動きをとらえられる。それは、機数の多い戦闘機間同士の空戦では、効果的な戦闘隊形なのだ。

進藤は、重慶上空にむかって飛行している中国空軍戦闘機群の明るい輝きをみつめた。

三機ずつが一団をなして九つのグループが、正確な幾何学模様をしめして編隊をくんで動いている。敵戦闘機二十七機、かれは、すばやく敵兵力を計算した。

十三機対二十七機か。それは、倍以上の敵兵力だったが、かれには、全く不安感はなく、ただはげしい戦闘意欲だけがふき上げていた。

進藤は、高度をあげてまず前面をおさえるようにして後方へまわりこもうと決意した。

進藤機の機首が不意にあげられ、列機もそれにならって急上昇を開始した。たちまち胴体の下面から、増槽《ぞうそう》タンクが捨てられきらめくように落下してゆく。

進藤は、中国空軍機の動きをうかがった。しかし、まだ相手は気づいていないらしく、編隊も整然と組まれたまま移動している。おそらく中国空軍戦闘機隊は、進藤たちがひそかに重慶上空にもどってきていることなど想像もしていないのだろう。

たちまち高度は上って、零式戦闘機群は、中国空軍戦闘機編隊の一、〇〇〇メートルほど高い位置に達した。

いい態勢をとることができた、と進藤は思った。攻撃時には、相手よりも高い所に位置をしめ、のしかかるように殺到して第一撃をくわえるのが、戦闘を有利に展開することになるのだ。

進藤は、列機を誘導しながら下方を飛行しつづける中国空軍戦闘機編隊に接近しはじめた。中国空軍機群との距離八、〇〇〇メートル。進藤は、四〇〇キロに増速し、真横から徐々に突っこみはじめた。余りスピードを出しすぎると、射撃に不正確さが生れることを恐れたのだ。

漸く中国空軍戦闘機隊も急迫してくる零式戦闘機隊の機影に気づいたらしく、たちまち編隊をくずすと高速をあげて一斉に散開した。イ15がいる。イ16がいる。ソ連の誇る戦闘機二十七機なのだ。

進藤は、敵戦闘機隊の指導官が搭乗しているはずの第一番機にむかって突っこむと二〇ミリ機銃の引金をひいた。曳光弾《えいこうだん》が、前方の機体に吸われてゆくのがみえたが、白煙はあがらない。進藤は体勢を立て直そうと試みたが、驚いたことには、自分の機のスピードが余りにもはやいのでのめるように通りすぎてしまい、かれは、多少うろたえ気味に機をすばやく引き起した。

たちまち周囲には、列機と中国空軍戦闘機群とのすさまじい空中戦がはじまった。

進藤は、体勢をととのえると、近くの敵機に突っこみ、機銃弾を浴びせた。たちまち敵機の燃料タンクから白煙がふき出し、機首をさげて降下してゆく。

進藤は、機を引起すと急上昇させ、空戦の輪からはなれた。

かれは、高い位置から戦闘を総合的に監視、指揮する必要があった。むろん部下の機が不利な態勢をとっている時には応援し、また上空に舞いあがってくる敵機を攻撃しようとも思っていたのだ。

下方では、金属製の鋭いエンジンのうなる音が充満し、射撃の閃光《せんこう》が流星のように走っている。

進藤は、上方から入りみだれる戦闘機群の目まぐるしい動きを見守っていたが、眼下にくりひろげられている異様な光景に思わず息をのんでいた。

一直線に、または弧をえがいて機影が走り、それらのえがく線は、もつれ合い交差し合っている。しかし、その動きの速さには、二種類のはっきりと異なった機影の動きがあった。

動きの緩慢なのは、イ15、イ16で、それらの中を閃光のように零式戦闘機の機影がかすめすぎている。それは余りにも対照的で、破壊され落下してゆくのは、イ15、イ16ばかりであった。

そのうちに、奇妙な現象がみられるようになった。すばやく走る零式戦闘機の動きに、中国空軍戦闘機群は、いつの間にか一カ所に寄り集まるようになったのだ。

自然と包囲するような形をとった零式戦闘機群は、周囲から機銃弾を浴びせかけ、一機、二機と中国空軍戦闘機を撃墜してゆく。それは魚群に、投網《とあみ》が放たれているような光景を連想させた。そして、その包囲網からのがれ出た機も、高速を利した部下の機の追撃を浴び、空にパラシュートが三つ、タンポポの冠毛《かんもう》のようにひらいた。

寄りかたまった中国空軍戦闘機群は、自然と高度をさげてゆく。そして、空戦の戦場も、いつの間にか重慶の西へ西へと移動していた。

進藤機も、高度をさげて上方から見守りつづけた。

空戦は、激烈をきわめた。

包囲網からのがれ出た一機が、下方へ逃げ、それを部下の機が猛スピードで追ってゆく。そして地上五、六〇メートル付近まで追撃した時、敵機は、反転できずに機首から地上に突っこみ、散乱するのもみえた。

二〇ミリ機銃を浴びたのか、主翼がふきとび墜落してゆく機。瞬間的に炎につつまれるもの、白煙をひいて錐揉《きりもみ》状に落下してゆく機もあった。

どれほどたった頃か、進藤大尉は、空に残っているのが部下たちの戦闘機だけであることに気づいた。それらは、戦闘の興奮もさめきれぬようにはげしい速さで旋回している。

進藤は、空戦の余りのすさまじさに呆《あき》れた。そして、その空戦が、自分の隊の圧倒的な勝利のうちに終ったことを知った。

部下の機は、残存している敵機をさぐるためか四方に散りはじめた。が、視野の中には、すでに敵機らしい機影は見出《みいだ》すことはできなかった。

進藤は、時計に眼をおとした。針は、二時四〇分を過ぎただけで、わずか十分間ほどで激烈な大空中戦が終ったことに気づいた。

進藤は、胸の熱くなるのをおぼえた。自分の眼前でくりひろげられた空戦は、この零式戦闘機の性能が、予想をはるかに越えたすばらしいものであることをしめしている。そして、その新戦闘機の性能を十二分に発揮したのは、部下たちのパイロットとしての素質であり、猛訓練に堪えた努力の結果であると思った。

進藤大尉は、列機をまとめることにとりかかった。重慶上空に、四機の部下の機が旋回している。

進藤機は、それらを誘導すると、機首をかえした。空戦後の集合場所は、重慶東方五〇キロ、つまり陸攻隊とわかれて反転した場所にさだめられていたのだ。

進藤機を先頭に五機の零式戦闘機は、集合場所に到達した。そして、予定されていた通り三、〇〇〇メートルの高度でゆっくりと旋回をつづけた。

西方の空の一角に、点状の機影が湧《わ》く。一機また一機、そして視界内に、九機の零式戦闘機の機影がみとめられた。

進藤は、残りの三機は、深追いしたのだろうと判断、機をまとめると編隊を組み、中継地の宜昌《ぎしょう》飛行場へと機首をむけた。航続距離の長い性能をもつ零式戦闘機も、空中戦で燃料を大量に消費し、宜昌に着陸して燃料補給をおこなうことになっていたのだ。

進藤機を先頭に、十機の零式戦闘機は、つぎつぎと引込み脚をひらいて宜昌飛行場に着陸した。

基地整備員が、待ちかまえていたように各機にとりつく。

機からおり立ったパイロットたちは、進藤大尉のまわりに駆け寄った。その顔には、上気した興奮が明るい輝きとなってひろがっていた。

進藤は、黙ったまま空の一角をみつめていた。

空戦中、かれの視界内では部下の機が撃墜されるのを眼にはしなかった。しかし、二倍以上の優勢な敵の戦力を思うと、まだ姿を見せない三機の安否が気づかわれた。かれの不安そうな表情は、部下たちにもつたわった。かれらは、視線を空に据えた。

「帰ってきた」

部下のはずんだ声がした。

明るい空に機影が、うかぶ。そして、それを追うように、また二機、まばゆい点となって湧き出た。

進藤は、熱いものが咽喉《のど》もとにつきあげてくるのをおぼえた。

一人の部下も殺さずにすんだことに、かれは、指揮者としての責任を果せたような満足感をおぼえた。

部下たちは、興奮しきっている。進藤は、燃料補給のおこなわれている間を利用して部下たち一人一人からの報告をとりまとめた。

その結果は、おどろくべき数字となってあらわれた。一人一人の口からもれる撃墜機数を合計すると、正確に二十七という数字がはじき出された。

進藤の眼にしたかぎりでも、十数機の中国空軍戦闘機が一機残らず撃墜された。部下の中には、逃げる敵機を追いつめ、その機を山肌《やまはだ》に激突させたものや、白市駅飛行場に着陸していた二機を銃撃で炎上破壊させたものもいた。奇跡的な空中戦の結果ではあったが、進藤は、それを当然のことと思う気持が強かった。

まず好位置から第一撃をしかけることができたこと、それにイ15、イ16とは全くかけはなれた零式戦闘機の速度、空戦性能から考えると、全機撃墜も自然な結果としか思えない。

その話をきいた宜昌飛行場の整備員たちは、歓声をあげ、その眼には光るものがはらんだ。宜昌飛行場の近くには、山肌がせまっていてそこから敵の攻撃をうけたことも多く、整備員たちは、前進基地としての宜昌飛行場を多くの苦しみにたえながら守っていたのだ。

進藤隊の空戦結果は、宜昌基地から漢口航空基地に連絡された。

十三機の零式戦闘機中、大木二空曹の機はガソリンタンクに被弾していたが、漢口までの飛行にも支障はないと判断され、漢口へ全機帰投することとなった。

燃料補給も整備もおわり、進藤機をはじめ各機は、宜昌飛行場を離陸した。

華麗な夕焼けが、漢口上空を染めていた。

飛行場には、第二連合航空隊司令官大西滝治郎少将をはじめ、数百名の者たちがむらがっていた。

「来た」

叫び声が起ると、かれらの眼は、一斉にその方角にそそがれた。きらびやかな夕照にかがやく積乱雲の峰の近くに、その陽光の結晶のような点が湧いている。そしてその点状のものはたちまち数を増して、徐々に降下姿勢をとっている。

機体の下から、両脚が優美な動きでひらかれると、十三機の零式戦闘機は、滑走路につぎつぎと着陸してきた。

整備員が、競い合うように駆けてゆく。そして、機をとりまくと所定の位置に誘導してくる。

進藤大尉をはじめパイロットたちが、機から降り立った。かれらは、たちまち人の群れにかこまれた。

進藤は、部下たちを自分の周囲に集めると、ふたたび空戦結果をとりまとめた。そして、整列すると、航空隊司令長谷川喜一大佐を迎えた。

「戦闘概要の報告をいたします」

かれは、冷静な口調で言った。

重慶爆撃後の反転、中国空軍戦闘機二十七機の発見、そして戦闘。かれは、「敵戦闘機、イ15、イ16二十七機を確実に撃墜または炎上破壊。只今《ただいま》全機帰着いたしました」と報告した。

周囲をとりまく人々の群れは、どよめいた。そして、天幕の方向に進藤たちが一列に歩き出すと、人の群れもかれらをかたくとりかこんで移動した。

天幕の中には、大西司令官が待っていた。

長谷川司令、飛行長時永健之介少佐、第十二航空隊飛行隊長蓑輪《みのわ》三九馬大尉、そして同じ戦闘機分隊長である横山保大尉、伊藤俊隆大尉が、大西の傍《かたわ》らに並んだ。

進藤は、再び戦闘概要を報告すると、大西司令官にむかって一人一人に戦闘報告をおこなわせた。最も多く撃墜したのは、山下小四郎航空兵曹長《へいそうちょう》で、五機を空戦で確実に撃墜、また機のガソリンタンクに被弾した大木二等航空兵曹は、ガソリンにむせながらもイ15一機を追いつめ撃墜、さらに北畠、米田両航空兵曹は、白市駅飛行場に避退着陸していた戦闘機二機に徹底的な銃撃をくわえて破壊した。

大西は、うなずきながらきいていたが、報告が終ると、姿勢を正して並ぶ十三人のパイロットたちを見まわした。

「実に見事である。新鋭戦闘機を駆使し、最初の空戦で優勢な敵戦闘機をしかも全機殲滅《せんめつ》したことは、賞讃《しょうさん》すべき快挙である。すべてみなの努力がみのった結果である。誠《まこと》に御苦労であった」

大西は、甲高い声で言った。そして、一人一人に茶碗《ちゃわん》がくばられ、日本酒がそそがれて乾杯した。

横山が、進藤の肩をつかんだ。同じ零式戦闘機を内地からはこび、しかも奇跡的ともいえる全機撃墜という空戦結果をあげたことに、横山は、熱いものがこみあげるのをおぼえたのだ。

横山もまじえて進藤たちは、空戦時の零式戦闘機について意見を交換した。

スピードがはやすぎてつんのめる、つまり先へ出すぎてしまうことは、だれの口からも洩《も》れた。しかしそれは、むろんイ15、イ16に比して、はるかに零式戦闘機の速度のはやいことをしめすものであった。

空戦性能については、ほとんど九六式艦上戦闘機と同じで、なんの不服もなかった。

また、二〇ミリ機銃の威力のすさまじさも話題になった。敵機の主翼がそれによって飛散したという例も多く述べられた。

ただ引込み脚が空戦中にとび出してしまった機が、一機あった。しかし速度のはやい零式戦闘機には、その脚のとび出しも全く支障とはならず格闘戦をそのままつづけることができた。また他の一機は、攻撃体勢に移ったとき増槽《ぞうそう》タンクが落下せずやむなく空戦にはいったが、これも脚のとび出しと同じようになんの障害ともならなかった。

「なぜあんなに落ちてゆくのか、不思議な気さえした」

一人が、ふとそんなことを口にした。

日が、暮れた。しかし、夜の闇《やみ》が落ちても漢口航空基地の浮き立った空気は薄らぐ気配もなかった。

十

零式《れいしき》戦闘機隊の初戦の空戦結果は、ただちに日本内地へもつたえられ、それはさまざまな反響となってあらわれた。

翌九月十四日、大本営海軍報道部は、
「十四日近藤軍令部次長、豊田海軍次官は左記要旨の祝電を発せられたり
嶋田《しまだ》支那《シナ》方面艦隊司令長官宛《あて》
『巧みに残存敵戦闘機を捕捉《ほそく》し、これを殲滅《せんめつ》せられたるを慶賀す』」
という特別発表をおこなった。
また翌月末には、進藤戦闘機隊に次のような感状が授与された。

感状

進藤海軍大尉ノ指揮セシ第十二航空隊戦闘機隊

昭和十五年九月十三日、長駆四川《しせん》省ノ山岳地帯ヲ突破シテ攻撃機隊ノ重慶爆撃ヲ掩《えん》護《ご》シ、一時行動ヲ韜晦《とうかい》敵機誘出ニ努メタル後、再度重慶上空ニ進撃シ陸上偵察《ていさつ》機ノ協力ニ依《よ》リ敵戦闘機ヲ発見捕捉シ、勇戦奮闘克《よ》ク其《そ》ノ全機ヲ確実ニ撃墜シタルハ武勲顕著ナリ

仍《よっ》テ茲《ここ》ニ感状ヲ授与ス

昭和十五年十月三十日

支那方面艦隊司令長官　嶋田繁太郎《しげたろう》

この空戦結果は、空戦のおこなわれた翌々日の九月十五日、全国の新聞の朝刊に報道された。

「重慶上空で示威飛行中の
敵機二十七機を撃墜
海の荒鷲逆手攻撃《あらわしぎゃくて》の妙を発揮」

などという大きな見出しのもとに、イ15、イ16からなる中国空軍戦闘機隊の全機を撃墜、破壊したことがつたえられた。

その記事には、漢口《かんこう》基地も〇〇基地とし、また空戦をおこなった海軍戦闘機の機数も伏せられ、むろんその機が三菱《みつびし》で設計製作された零式戦闘機であることもしるされてはいなかった。

しかし、三菱の航空機設計製作に関係している者たちは、空戦をおこなった機が零式戦闘機であることをすぐに推察した。重慶への爆撃行についてゆけるのは、航続性能のすぐれた零式戦闘機だけであるし、十五機の零式戦闘機が中国大陸に移送されていることも知っていた。そして、その零式戦闘機の機数から判断すると、二倍にも達する優勢なイ15、イ16と交戦したことも推定できた。

名古屋航空機製作所の内部は、沸きに沸いた。

殊《こと》に零式戦闘機の設計、製作にあたった関係者たちは、興奮していた。苛酷《かこく》な海軍側の計画要求とたたかいながらも、軍の計画変更におびえつづけ、また飛行テスト中に空中分解も発生し、一部の戦闘機パイロットたちからは九六式艦上戦闘機より大型であるという理由でさまざまな苦情も浴びてきた。しかし、戦闘機は、実戦によってその機の能力がはっきりと証明される。中国大陸からの空戦結果の報は、自分たちの製作した零式戦闘機が、恐るべき高性能をもつ戦闘機であることを立証したのだ。

第一に、漢口から重慶まで達した後、五〇キロもどった地点から反転、しかも熾烈《しれつ》な空中戦を展開することができたことは、零式戦闘機の航続力が、世界各国の戦闘機の常識をはるかに越えたものだということをしめしている。また優勢なソ連製機を全機撃墜破したことは、その速力、火力、操縦性能が海軍側の計画要求を充分にみたしたものであることも示したのだ。

堀越は、明るい設計課の空気の中で、ひとり机の前に無言で坐《すわ》っていた。かれの顔には、緊張が一時にゆるんだような疲労の色がうつろに浮んでいた。

その後、三菱には空戦をおこなったのはやはり零式戦闘機で、しかも十三機で二十七機と交戦し全機を撃墜、炎上破壊、零式戦闘機隊は全機帰還という内容が、海軍側からつたえられた。名古屋航空機製作所内は、新たな興奮につつまれた。むろん、海軍部内の喜びは大きかった。零式戦闘機にいだいていた不満は、この空戦結果でたちまち消え、計画要求を満たす戦闘機の出現を認めたのだ。

海軍航空本部は、この機を生んだ製作会社に対して異例の表彰を決定、設計製作をおこなった三菱重工業株式会社、装備発動機を設計製作した中島飛行機株式会社、二〇ミリ機銃を製造した大日本兵器株式会社の三社に、本部長名でそれぞれ感謝状を贈った。

また、零式戦闘機の将来性を認め大量生産に移すため、中島飛行機株式会社にも生産を分担させることになった。そして、九月下旬、名古屋航空機製作所に、海軍側と中島飛行機の技師たちが集まり、三菱側から零式戦闘機の図面が、中島側に渡された。その結果、零式戦闘機の生産は、中島飛行機、三菱重工業二社が担当、今後の設計変更等に関する責任は三菱に課せられることが決定された。

進藤大尉指揮の零式戦闘機隊の戦果は、中国空軍の戦意をいちじるしく喪失させた。ソ連のほこるイ15、イ16が、劣勢の新型日本戦闘機に全機撃墜されたことは、かれらにとって信じがたいことであったのだ。

しかも、その空中戦が、重慶市街上空でおこなわれたことは、かれらの立場を一層悪化させた。そして、中国空軍は、さらに奥地の四川省成都《せいと》付近まで後退、空軍兵力の再建をはかっていた。

重慶への爆撃は、その後もつづけられたが、中国空軍戦闘機の迎撃は全くみられず、日本の爆撃機は、重慶市街に容赦なく爆弾を投下していた。

或《あ》る日、零式戦闘機分隊長横山保大尉は、大西滝治郎司令官から思いもかけない命令を受けた。それは、「単機で重慶に進出、低空をとんでその被害状況を強行偵察してこい」という内容だった。

重慶への爆撃は数十回もつづけられているが、市街地の被害状況は、ただ機上からの写真によって判断されているだけで実情ははっきりとはわからない。大西は、横山に直接肉眼でみてこいというのだ。

中国空軍主力が成都方面に後退したという情報はもたらされているが、戦闘機もひそかに残存しているかも知れないし、単機で敵地に乗りこむことは甚《はなは》だ危険であった。

しかし、横山は、了承すると、翌日漢口基地を離陸した。横山機は、単独でひそかに四〇五浬《かいり》の距離を飛び、重慶に接近すると高度を急に下げ、地上一〇〇メートルほどの低空で市街地に潜入した。

重慶付近の対空砲火はすさまじく、市街地に入ったと同時に中国側の高射砲、高射機関銃が火をふきはじめた。

横山機は、その間を縫いながら飛びつづけたが、高度が低く、しかも高速で飛ぶ横山機に照準がさだまらないのか、中国軍の弾丸は一発もあたらない。横山は、敵機の姿があらわれぬかと上空に視線を走らせながらも重慶市内に眼を向けつづけた。

そこには、悲惨な光景がひろがっていた。川と川との分岐点にある重慶市街は、ただ瓦礫《がれき》のつづく廃墟《はいきょ》であった。市民は、山腹にうがたれた横穴にひそんでもいるらしく、市街地に人の住む気配は全くみられない。

ただ川をへだてたアメリカ、イギリス等の共同租界《そかい》には爆弾の落ちている形跡はなく、横山機を平然と見上げている人の姿も数多い。それは、陸攻隊の爆撃が正確に重慶市街地のみにおこなわれていることを示すものだった。

横山は、偵察任務も終ったと判断し重慶上空をはなれた。

かれは、漢口基地に帰着すると、重慶市街が完全に破壊されていること、そしてこれ以上爆撃しても、なんの効果もないことを、大西司令官に進言した。

この報告によって、一応重慶に対する航空作戦は終了し、航空戦は、重慶よりもさらに遠い成都に向けられることになった。

十月四日、成都への初の攻撃が開始されることになった。

その前日、指揮官横山保大尉は、部下たちを集め戦術会議をひらいた。

戦闘機の空戦は、敵機を撃墜すると同時に敵の熟練したパイロットを機とともに殺《さつ》戮《りく》することにある。つまり空中戦で、機とパイロットを両方とも無に帰させなければならない。

敵飛行場に着陸している機を銃撃することも、機を破壊させることはできるが、パイロットは殺傷できない。しかも着陸している機は、燃料をぬいてある場合が多く銃撃だけでは炎上しないこともある。

そうした状況も想定して、まず空中で敵機を捕捉できない折には、思いきって敵飛行場に強行着陸、敵機を焼きはらうという大胆な戦法をとることに決定した。

翌日、横山大尉、白根中尉指揮の零式戦闘機八機は、第十三航空隊陸上攻撃機二十七機を掩護するため、午前八時三〇分漢口基地を離陸、途中、宜昌《ぎしょう》基地で燃料補給をおこなった後同基地を発進、四〇〇浬奥地の成都へと向った。

晩秋から冬にかけて、成都のある四川省の天候はきわめて悪い。その日も進むにつれて雲が濃く、高度三、〇〇〇メートルまでは一面の密雲で地上は全くみられない。

雲上飛行がつづけられたが、そのうちに白く輝く峰々が左方にみえ、やがて午後二時一〇分成都上空に達し、あらかじめ偵察確認されていた軍事施設に陸上攻撃機の爆撃が開始された。

零式戦闘機隊は、ただちに索敵を開始、羽切一空曹機が、胴体の太いイ16一機を発見、たちまち銃撃で撃墜した。

横山は、このイ16の発見によって、その日は、中国空軍戦闘機が数多く姿をみせるだろうと予測し、その機影を注意深くさぐったが、上空には一機の機影も見出せない。

横山は、前日の戦術会議で得た戦法を実行に移すことを決意、まず温江《おんこう》飛行場を偵察したが機影はなく、機首を転じて大平寺飛行場上空に進入した。

高度を一五〇〇メートルにさげて偵察すると、引込み線に巧みにかくしてある三十機以上の中国空軍機を発見した。

横山は、強行着陸を実行するため、あらかじめ指名していた四機に指示を送った。

零式戦闘機は、一機、また一機と滑走路に機首をむけてゆく。まず大石二空曹機が着陸、つづいて中瀬機、羽切機、東山機がそれぞれ大胆にも中国空軍基地に強行着陸した。

四人のパイロットたちは、機からとび出すと、拳銃《けんじゅう》とマッチ、ボロ切れを手に引込み線にならぶ敵機の方へ走った。

が、その時、飛行場の周囲のトーチカの銃眼から、すさまじい機関銃の銃撃がはじまった。そして、それはたちまち激しさを増して、四囲から集中射撃を浴びるようになった。

上空の零式戦闘機は、トーチカに攻撃を反復したが、防壁は厚く銃撃の効果はない。四人のパイロットは、釘《くぎ》づけになった。このまま飛行場にとどまれば、自分たちの機が危ない。

パイロットたちは、やむなく焼き払い戦法を中止せざるを得なくなり、すばやく機にもどると匆々《そうそう》に離陸した。

横山は、上空から敵機に対する銃撃を命じ、飛行場にならぶ機を次々に炎上大破していった。と、ソ連製ＳＢ中型爆撃機が、なにを錯覚したのか、火炎につつまれている大平寺飛行場に着陸姿勢をとって近づいてくる。

高度五〇〇メートル、零式戦闘機群はただちにこの機を包囲、攻撃に移った。二〇ミリ機銃弾が周囲からエンジン部に吸いこまれるとその部分から炎がふき出し、ＳＢ中型爆撃機は、機首を大きく上方にもたげた。そして次の瞬間には、機首を下にして急速に落下、地上にふれると同時に大爆発を起して炎上した。また羽切機は、三機編隊のイ16とただ一機で交戦、その二機を撃墜していた。

横山は、部下たちの機を集めた。そして、一機の損失もないことを確認した横山は、炎と黒煙におおわれた成都上空をはなれた。

その日の攻撃結果は、ＳＢ爆撃機をふくめて六機を撃墜、地上銃撃で二十九機を炎上大破させた。

この攻撃に対して、嶋田繁太郎司令長官は、再び横山隊に感状を授与した。

その後零式戦闘機隊は、重慶、成都、昆明《こんめい》にそれぞれ脚をのばして中国空軍戦闘機を攻撃、驚異的な成果をしめした。八月十九日の第一回重慶爆撃参加から十二月末までの総合結果は、攻撃参加回数二十二回、中国空軍機を撃墜した数は五十九機（内一機不確実)、撃破機数百一機、そして零式戦闘機は、一機の損失もないという信じがたい数字となってあらわれた。

零式戦闘機の恐るべき性能は、日本海軍を狂喜させていたが、日本をめぐる国際情勢は、急速に悪化の一途をたどっていた。

その年の九月、中国軍に軍需物資を送っていた仏印ルート閉鎖の意図をもって北部仏印に進駐、また数日後には純然たる軍事同盟の性格をもつ日独伊三国同盟が調印成立した。

しかし、この北部仏印進駐と三国同盟の締結は、日本をアメリカ、イギリス両国とはっきり対立関係におく結果を生んだ。

アメリカは、ただちに報復措置として九月二十六日、屑鉄《くずてつ》及び鉄鋼の対日輸出禁止を発表、またイギリスも一時期中止していたビルマルートの中国軍救援物資の輸送再開を通告してきた。資源のとぼしい日本にとって、その対日禁輸は、深刻な経済圧迫となり、またビルマルートの再開通告は、中国大陸での戦争終結の見通しを一層暗いものとさせていた。

この年の末までに、零式戦闘機は三菱で百二十機が生産され、海軍に納入された。

十一

昭和十六年一月、零式戦闘機に対する海軍の信頼感を一層つよめさせる事件が起った。それは、恒例の陸海軍戦闘機性能競技であった。

この競技は、陸海軍戦闘機相互の進歩のためにその年まで数回おこなわれてきたもので、むろん陸海軍ともにその折々の代表的な機種をベテランパイロットの操縦で出場させていた。出場機の性能はあらかじめ公表され、また、それ以外に、ハリケーン(英)、スピットファイアー(英)、P37(米)、P38(米)等の一流外国戦闘機の公表性能も比較参考資料として同時にしめされていた。

陸軍側では、キ—四四（後の二式戦闘機—鍾馗《しょうき》）、キ—四三（後の一式戦闘機—隼《はやぶさ》）、キ—二七（九七戦改）の陸軍の誇る三機種が出場、海軍側では、零式戦闘機一一型一機種を出場させた。

海軍側の参加者は、横須賀《よこすか》航空隊戦闘機隊長吉富少佐、分隊長下川万兵衛大尉その他、また陸軍側も航空技術研究所、明野《あけの》飛行学校から選《え》りすぐられた戦闘機パイロットを出場させた。

競技が開始されると、各機種は、パイロットたちの操縦によってあらゆる性能がきそわれたが、競技の結果は、零式戦闘機の総合的な優秀性をあきらかなものとさせた。

二月十二日、空技廠《くうぎしょう》に出張した堀越二郎は、下川大尉、小福田租大尉からその競技結果について報告をうけ、意見の交換をおこなった。

まずキ—四三（後の隼）は、零式戦闘機の栄発動機より五〇馬力性能を向上させた栄発動機を装備し、その上搭載量《とうさいりょう》、全備重量、翼面荷重、馬力荷重、翼幅荷重などははるかに有利であるのに、空戦では零式戦闘機の方が優秀であった。その理由は、零式戦闘機の失速付近の安定操縦性と高速低速を通じて操縦感覚の洗練されていることと、さらに抵抗減少などがすぐれているからと判断された。つまり、公表された数字から推定すると、零式戦闘機は、空戦でキ―四三に到底まさることはないはずなのだが、結果は逆であったのだ。キ―四三も零式戦闘機と同じように恒速プロペラを装備しているので、空戦性能の劣っているのはプロペラに原因があるのではなく、設計上の優劣が左右しているとしか考えられなかった。

またキ―四四（後の鍾馗）は、その公表性能からみても予想通り、空戦で零式戦闘機よりはるかに劣っていた。またこのキ―四四の最高速は時速五五〇キロと発表されていて零式戦闘機より高性能であると思われていたが、比較競技の結果では、時速五三〇キロの最高速を出す零式戦闘機より決してまさっているとは思えなかった。キ―四四が零式戦闘機よりすぐれていたのは、定常上昇率で、それは馬力荷重が決定的に有利であったからである。しかし、その他の競技種目では、零式戦闘機が確実に強かった。

巴《ともえ》戦で評価のきわめて高い九七戦改との比較競技では、水平巴戦で九七戦改の方がたしかに零式戦闘機よりすぐれていたが、垂直面での空戦では零式戦闘機の方が優勢だった。そして自由な格闘戦では、零式戦闘機が勝ち、またその他の競技種目については、むろん零式戦闘機の方がすぐれていた。

競技には参加しなかったが、外国機の中では、海軍の購入したハインケルHe―一〇

○の高速性能が特に注目されていた。
この機は、ドイツ・ハインケル社が試験的につくった速度性能を唯一《ゆいいつ》の目的とした戦闘機であった。主翼表面の大部分を、水蒸気冷却式エンジンの水蒸気コンデンサーにつかうという思いきった設計で、一発でも被弾すると数分間でエンジンがとまるという欠点を秘めながらも、海軍で実験の結果最高時速六五〇キロを記録、その機にはたしかに進んだ技術が盛られていた。

しかし、安定操縦性、さらに空戦性能となると、なぜこのようなものをつくったのかと思えるほど未熟な機であった。

またこの機は、爆撃機を迎え撃つことを目的とした戦闘機なので、当然航続力はきわめて小さく、特に縦の安定操縦性に欠陥があり、夜間爆撃機相手に飛ぶとしても、実用機としては未完成な戦闘機としか思えない、ということに意見が一致した。

下川大尉、小福田大尉と堀越との間で得た結論は、零式戦闘機の安定操縦性に、これ以上追加変更すべきものはないこと、また外国機の公表性能はその数字が一〇パーセントも水増しされたものであり、陸軍機と海軍機との間に、性能を定める基準にちがいがあるようだということであった。

この陸海軍戦闘機の比較競技と中国大陸での戦闘結果によって、零式戦闘機は、日本海軍の誇るべき新鋭戦闘機としての地位を獲得した。そして、その後の実用実験の結果、到底実現不可能としか思えなかった海軍の計画要求の全項目が、ほとんど充分に満たされていることが確認された。

昭和十六年にはいっても、中国大陸での零式戦闘機の威力は、存分に発揮されていた。

殊《こと》に三月二十四日には、その戦闘力を余すところなくしめした大空中戦が、横山戦闘機隊によって展開された。

その日、零式戦闘機八機は、漢口《かんこう》基地を離陸、編隊をくんで成都に向った。偵察機《ていさつき》からの情報によると、成都の中国空軍は再強化され、戦闘機も三十機以上が成都守備のため待機しているという。

横山は、三分の一以下の劣勢ではあるが、その機先を制するため大空中戦を覚悟で、敵戦闘機群の待ちかまえる成都上空へ部下を引きつれて向ったのだ。

横山は、成都付近に達すると戦闘隊形をとらせて進入したが、期待ははずれて成都上空に敵機影は発見できない。

しばらく旋回して敵機の攻撃にそなえていたが、その気配もないので、急に高度を下げて飛行場上空に接近してみると、引込み線に七機の中国空軍機がひそんでいるのが発見され、横山隊は、ただちに銃撃を開始、敵機はつぎつぎと炎上していった。

と、突然上空からイ15、イ16の中国空軍戦闘機三十数機が、疾風のように銃撃中の横山隊に殺到してきた。

態勢は、完全に横山隊にとって不利だった。

零式戦闘機群は、中国空軍戦闘機群の先制攻撃をかわすように高速を利して急上昇、旋回し、体勢を立て直すと、敵機群に殺到した。鋭いエンジン音が交差し、機銃の曳《えい》光弾《こうだん》が閃光《せんこう》のように走った。

それはすさまじい戦闘だった。しかし、十分後、成都上空を飛んでいるのは、零式戦闘機八機だけだった。

撃墜したイ15、イ16は二十七機(不確実三機)で、横山は、列機をまとめると漢口基地への帰路についた。

この空戦結果は、零式戦闘機の価値をさらに決定的なものとした。そして、優秀なパイロットたちの操縦技倆《ぎりょう》によって、その存在は神秘的なものとさえ感じられた。

零式戦闘機の戦闘力は、中国空軍を戦慄《せんりつ》させただけではなかった。中国空軍で採用されている軍用機は、アメリカ、ソ連、イギリス等から購入された外国機ばかりで、中国空軍指導のためにそれらの国から顧問団が派遣され、さらにソ連、アメリカは、ソ連人、アメリカ人からなる飛行隊まで編成していた。

殊にアメリカのクレア・L・シェンノートという元陸軍航空大尉は、中国空軍の強力な指導者として蔣介石《しょうかいせき》の信任もあつく、日本航空兵力との対決に身を挺《てい》していた。シェンノートは戦闘機パイロットで、独得の航空戦理論をもち、それを中国空軍に適用することにつとめていた。昭和十二年七月、中国大陸で戦火が勃発《ぼっぱつ》して間もなく、日本の爆撃機が中国空軍戦闘機の迎撃を受けて大きな被害をかさねたのも、シェンノートの手で育成された中国空軍パイロットたちの操縦技術と戦術理論によるものであった。

しかし、九六式艦上戦闘機の出現によって、大勢は、日本航空兵力の広範囲にわたる制空権確保となってあらわれた。岡村基春少佐、源田実少佐、野村了介大尉、南郷茂章大尉らによって率いられた九六式艦上戦闘機隊は、アメリカ、ソ連等の一流戦闘機に絶対的な強みをみせたのだ。

中国空軍は、シェンノートの忠告を入れてさらに多くの外国機を購入、その再建につとめたが、そこに忽然《こつぜん》とあらわれたのが、驚異的な航続力と恐るべき戦闘力をもつ零式戦闘機であったのだ。

九六式艦上戦闘機につづいて出現した零式戦闘機が、漸《ようや》く再建した中国空軍の一流戦闘機を容赦なく撃墜させるのを眼前にして、かれははげしい恐怖をおぼえた。そして、ただちにアメリカ本国やイギリスに零式戦闘機についてのデータを急送した。

かれは、その日本の新戦闘機に対する客観的な評価とともに、もしも世界航空界の先進国という自負をもつ米英空軍戦闘機が、この戦闘機と交戦した折の悲惨な結果を予言し警告したのだ。

しかし、その情報を得たアメリカもイギリスも、そのデータには全く反応をしめさなかった。

数年前までは、日本の航空技術も多くを外国航空技術に依存していた状態で、アメリカ、イギリスからみれば、日本は依然として航空技術的には後進国でしかなかった。かれらは、シェンノートから報告されたような新戦闘機が日本で設計製作されるはずは全くないと信じていた。まして、零式戦闘機よりも四年も前につくられた九六式艦上戦闘機が、すでに世界の同時代の艦上戦闘機の水準をぬいたものであることなど想像もつかなかった。九六式艦上戦闘機が制式採用された頃《ころ》には、アメリカでは、複葉羽布張りのグラマンＦ３Ｆが艦上戦闘機として制式採用されていたにすぎなかったのだ。

シェンノート報告は、かれ自身の錯覚かまたは捏造《ねつぞう》であると解釈され、もしもその空戦結果が事実だとしても、それは中国空軍パイロットの拙劣な操縦技術の故《ゆえ》だと結論づけられた。

このアメリカ、イギリス両国のシェンノート情報の無視は、結果的に日本海軍にとっては好都合だった。零式戦闘機は、中国大陸で実戦上の実験をおこないながらも、諸外国の注視を浴びずに行動することができたのだ。

零式戦闘機は、長大な航続力をたよりに中国大陸の全戦域にわたって活躍していたが、昭和十六年五月二十二日には初めて木村空曹《くうそう》搭乗の零式戦闘機が、また六月二十三日には第二機目が撃墜された。しかし、それも中国軍の激しい防禦《ぼうぎょ》砲火によるもので、その後太平洋戦争勃発まで撃墜された機は、この二機のみであった。

中国大陸での零式戦闘機隊の作戦行動は、八月三十一日を最後に終了した。中国大陸は、完全に日本航空兵力の制空権下におさめられたのである。

零式戦闘機が一年ほど前中国大陸にはじめて空輸されてからその日までの中国空軍にあたえた損害は、撃墜機数百六十二機（不確実三二）、撃破機数二百六十四機、そして零式戦闘機は二機を失ったのみであった。

飛行機は、実用に適するとみとめられ採用された後も、その性能、実用性を向上させるための改良がくわえられるのが常である。零式戦闘機も、十二試艦上戦闘機として第一号、第二号機が設計製作された後、発動機を中島製栄一二型発動機にかえて零式艦上戦闘機一一型として三菱《みつびし》では六十四機が生産されていた。

しかし、この一一型にも、改良の手がくわえられることになった。

一一型の全幅は一二メートルであったが、航空母艦の昇降機とくらべるとわずかに小さいだけで、緊急時の揚げおろしに具合が悪いと同時に、翼端を破損してしまうおそれがあった。また母艦内に格納する折にも、全幅がせまい方が好ましいので、両翼端を五〇センチメートルずつ上方に九〇度折りたたむことができるように改造した。そして、この型を零式戦闘機二一型と命名し、この型のものがぞくぞくと生産されていった。

しかし、驚異的な性能をしめすこの機にも、海軍パイロットたちの苦情は残されていた。

それは、計器指示速度が時速二四〇キロ程度以下では補助翼の操作は楽で緩横転も自由だが、時速約三〇〇キロあたりから補助翼の操作が重くなりはじめ、時速三七〇キロ以上の速度になると重すぎて緩横転ができにくくなるという意見があった。

この点については、第一号機の試験飛行の折から、九六式艦上戦闘機と比較されて同じような意見が出され、それは一応の解決はみていたが、海軍部内でそれについての苦情が再びもれるようになったので、その対策に積極的にとりくんだ。

その結果、航空技術廠飛行機部の高山技術大尉の提案にもとづいて、高速時にでも補助翼の操舵《そうだ》が軽くなるように、脚をひきこめた後にはたらく機構をもつ補助翼後縁タブバランスをとりつけた。これは、零式戦闘機第六一号機から設けられたものであった。

零式戦闘機に対する海軍の信頼は一層あつく、その生産も順調で、昭和十六年三月末までにすでに百八十二機の零式戦闘機が三菱から海軍に納入され、中島の生産準備も着々とすすんでいた。

しかし、その頃国際情勢は、さらに複雑な様相をしめし、各大国間での外交交渉も目まぐるしさをくわえていた。日本は、アメリカとの国交調整をはかるため、あらたに野村吉三郎を駐米大使として新任させ積極的な外交交渉をはじめさせていたが、反面では、松岡外相の渡欧によってドイツ、イタリアとの提携を深めると同時に、日ソ中立条約の成立調印も実現させた。欧州大戦、日中戦争と、世界各国は、戦火拡大の気運におびえ、それに対処するため各国家間の駆引きは活発化していた。

そうした国際情勢の中で、日本海軍航空隊は、連日激しい飛行訓練を反復していた。

と、四月十六日、航空母艦「加賀」の戦闘機分隊長二階堂易中尉搭乗の零式戦闘機第一四〇号機に異常な事故が発生した。

その日、二階堂は、特殊飛行をおこなう目的をもって午後三時一五分に離陸、第一四〇号機を操縦し、左右垂直旋回、宙返り、緩横転、背面飛行等をおこなった。

その折、眼のくらむような垂直旋回をこころみると、右翼外板の皺《しわ》は少ないが左翼外板にそれまでよりは著しい皺が発生するのをみとめた。また時速四八〇キロの高速で眼のくらむような宙返りをしてみると、再び左翼に皺が同じように多く発生した。

さらに三時三〇分頃、高度三、五〇〇メートルから約五〇度の角度で急降下中、高度二、〇〇〇メートル付近で計器時速五四〇キロをしめした折、左翼に再び皺が多方向にはしり、外板にタルミが生じた。

二階堂は、危険を感じて静かに機首を引起しかけ、時速五五〇キロ二、三〇〇回転に達した時、突然激しい震動が二階堂を襲い、眼前が白くなって一瞬失神しかけた。

意識を回復した二階堂は、機がほぼ水平状態になっているのに気づき安堵《あんど》したが、驚いたことに左右の補助翼がいつの間にか飛び、右主翼の上面外板の一部がはぎとられていた。

また速度を計測するピトー管も根元から折れ、速度計の針も時速二九六キロでとまってしまっていた。

丁度木更津《きさらづ》飛行場近くであったので、二階堂中尉は、その傷ついた第一四〇号機を操縦、巧みに同飛行場に不時着した。

この不測の事故は、ただちに海軍航空本部、海軍航空技術廠に報告されるとともに横須賀《よこすか》海軍航空隊にもつたえられた。

横須賀航空隊戦闘機隊は、加賀艦長からの公式通報にも接して、この事故原因の究明に積極的にとりくんだ。そして、その究明に自発的に手をつけたのは、戦闘機分隊長兼教官下川万兵衛大尉であった。

下川は、パイロットとしてのすぐれた技倆をもっているとともに研究心もきわめて旺盛《おうせい》な海軍戦闘機関係者の中でも傑出した将校であった。殊にかれは、十二試艦上戦闘機が海軍部内でその価値を充分に理解できなかった頃から、その新戦闘機の秘めた能力を高く評価していてその実験育成につとめてきた将校だった。

奥山工手の操縦する第二号機が空中分解した後、その原因究明のため飛行実験を積極的におこなったのも下川であったし、中国大陸に初めて進出する横山保大尉指揮の零式戦闘機隊に、優秀な部下をさいてやったのもかれであった。また陸海軍戦闘機との比較競技で、その結果について堀越と喜びを分かち合ったのも下川万兵衛大尉だった。

かれは、三菱の設計製作した零式戦闘機のよき理解者であり、その育成に身を挺《てい》した最大の功労者の一人だったと言っていい。それだけに二階堂機の事故については、自分の責任のようにも感じとったのだ。

横須賀航空隊の格納庫には、タブバランスのついていない零式戦闘機第五〇号機(一一型)とタブバランスのついている第一三五号機(二一型)の二機がおかれていた。第一三五号機は、航空母艦「赤城《あかぎ》」に配属されていたが、二階堂機と同じように主翼に皺がよるという理由で横須賀航空隊にかえされてきていたのだ。

下川にとって、タブバランスのついている機とついていない機が二機あることは好都合だった。かれは、その両機について直接自分が搭乗《とうじょう》して比較実験をこころみようと決意した。

かれは、二階堂機の事故のあった翌四月十七日午前、まずタブバランスのない第五〇号機に搭乗、同隊基地を離陸した。

下川は、機を上昇させると、高度三、八〇〇メートルから約五〇度の角度で急降下をこころみ、計器時速五九〇キロで引起し、一、二〇〇メートルで水平飛行に移った。かれは、主翼外板の皺を特に注意していたが、皺はきわめてすくなく異常はみられなかった。

下川は、第五〇号機から降り立つと、タブバランスのついた第一三五号機に搭乗した。この機は、「赤城」で特殊飛行中二階堂機と同じように主翼に皺の発生がみられたと報告されていたもので、それを敢《あ》えて実際に飛行を試みることは、多くの危険が予想された。

戦闘機隊長吉富少佐は、下川大尉に、

「もしも皺の発生がみられたら、ただちに飛行実験を中止せよ」

と、厳命した。

下川は、注意深い冷静な人物で、むろん、吉富の言葉に同意したが、ただかれには、その原因の一端でもつかもうという意欲は強かった。

かれは、第一三五号機を離陸させ高度約四、〇〇〇メートルに達すると、機首をさげ、約五〇度の角度で急降下を開始、約二、〇〇〇メートルで引起しはじめ一、五〇〇メートルで水平飛行に移った。

第一回目の急降下テストは無事に終了した。

下川機は、再び上昇すると第二回目の実験飛行に移った。

その直後に、奥山工手の第二号機空中分解事故につづいて、第二回目の大事故が発生した。

機は、高度四、〇〇〇メートルから五五度乃至《ないし》六〇度の角度で急降下し、高度一、五〇〇メートル付近で引起しをはじめたと思った瞬間、左翼から大きな白い紙のようなものが空中に飛び、つづいて黒い物がとぶのが望見された。そして、第一三五号機は、二度左に機首をまわして立直ったとみえたが、急に機首を下げると突っこむような姿勢で、夏島の沖三〇〇メートル水深一〇尋《ひろ》の海中に墜落した。

飛行場では、叫び声が起り、ただ下川大尉の機からの脱出をねがった。しかし、上空に落下傘《らっかさん》のひらく姿はみられなかった。

ただちに海中からの機体の収容がはじまった。機内からは、計器類の中に頭部を完全に突きこんでいる下川の遺体が発見された。

人望のあった下川の死に、上司や同僚そして部下は号泣した。かれの遺体は、丁重に隊内に運ばれた。

その事故は、その日のうちに三菱にもつたえられた。堀越をはじめ零式戦闘機設計製作関係者は、その事故によって下川が死亡したことに大きな衝撃を受けた。

零式戦闘機が、海軍機として活躍できた陰には、下川の強力な支援があった。その下川が、零式戦闘機の欠陥の原因をみきわめるために危険をおかして実験飛行をおこない、しかも殉職したことに驚きと同時にはげしい悲しみにおそわれたのだ。

堀越は、翌朝横須賀の航空技術廠《ぎじゅつしょう》に出頭すると、下川の葬儀に列席した。かれは、霊前の下川の遺影を眼にした時、嗚咽《おえつ》をこらえることができなかった。下川は、設計者であるかれに常に温情をもって接し、鋭い示唆《しさ》をあたえてくれたパイロットであったのだ。

事故原因を究明するため航空技術廠内に探査研究会が設けられた。

事故機の状態は、発動機は大破しているが、プロペラは折れまがったまま発動機についている。

機体は原形をとどめぬまでに破壊され、主翼桁《しゅよくげた》の一部と胴体は一塊りとなっていた。また補助翼、水平尾翼は飛んでしまっていて見当らなかったが、第二号機の空中分解とは異なって、第一三五号機は、接水時まで大部分がそのままの姿で墜落したことが、多くの目撃者の証言で確認されていた。

事故原因については、まず補助翼にタブバランスを持った二階堂中尉操縦の第一四〇号機と、下川大尉の第一三五号機に事故が発生していることから、タブバランスの有無が注目された。

とりあえず航空技術廠では、この事故の発生による処置方法として、タブバランスのない零式戦闘機については飛行制限を加えないが、タブバランスのある機に対しては、計器時速四六〇キロ以下、引起し制限も五G以下、またはげしい特殊飛行をおこなうことも厳禁した。そしてその事故原因の探究にとりくんだが、その結果、多くの反省が生れた。

タブバランスなしの機では、今まで充分な試験を反復し、振動上でも静的に於《お》いても強度に大きな自信をもち主翼外板の皺も少ないことが確認されている。しかし、タブバランスつきの機では、空戦実験は頻繁《ひんぱん》におこなわれたが、苛酷《かこく》な急降下試験は実施していない。これは、航空技術廠の手落ちであると反省された。

そして、松平精技師を中心にフラッター風洞《ふうどう》試験がおこなわれたが、その結果、補助翼フラッターの疑いが濃厚になった。つまり、機の補助翼回転主翼ねじれフラッターの限界速度が、二年前におこなわれた実機の振動試験及び模型主翼での風洞試験では、三菱で計器指示時速九二六キロ、航空技術廠ではそれ以上と推定されていたのに、新たに行なった松平技師の風洞試験結果では、意外にも計器指示時速六百数十キロで起り得ることがあきらかになった。

松平は、この風洞試験の主翼風洞模型を、ねじれと曲げ剛性の分布と質量の分布を実機の測定結果と合わせて厳密に相似につくられたものを使用し、そのフラッター試験の結果と実機の振動試験の結果とをつき合せ、それによって事故原因をはっきりとつかむことに成功した。つまり、零式戦闘機にかぎらずどの飛行機でも、今までつかわれていたフラッター模型は、形の点ではほぼ完全に相似であり、質量分布の点でもかなり相似だったが、剛性の分布の相似性が無視されていたということが判明したのだ。

この松平技師の原因追求のための研究は、日本のフラッターに関する知識を飛躍的にたかめ、戦闘機、急降下爆撃機をはじめ高速機設計上多くの利点を得ることができた。そして、零式戦闘機以外の高速機種でも、一斉にフラッター模型を松平案にしたがって作りなおし、風洞試験と実機振動試験をやり直して改めてフラッター速度を見《み》出《いだ》し、許容制限速度を今までのそれより大いに低下させた。

結局、零式戦闘機のフラッターは、タブバランスがあってもなくてもほとんど同じ速度で起るのだが、タブバランスがあると、たとえ高速時にも補助翼の効きが余り重くならないので、補助翼をつかうひねり起しが容易になり、主翼外板に皺が目立つような所まで、つまり主翼の外板がたるみ剛性がひどく低下した状態で操舵《そうだ》してしまうということがはっきりとわかった。こうした事情から、パイロットたちは、タブバランスつきの機を気味悪がり、後にタブバランスは全機廃止された。

十二

昭和十六年六月二十二日、ドイツはソ連に対して宣戦を布告、百五十個師団四百万の大兵力をもってソ連領土内に進入した。それに対して、イギリス、アメリカは、ただちにソ連支持を表明、世界は二つの対立的な陣営に分割された。

七月二十九日、日本は、日仏印共同防衛議定書調印によって、南部仏印へ進駐を開始した。

この行動は、重慶政府支援物資ルートの遮断《しゃだん》と、仏印からの資源供給を確保するための処置であった。しかし、アメリカは、その進駐が、オランダ領印度《インド》、シンガポールへの脅威になると判断、ただちに対日資産凍結令を布告、それにつづいてイギリス、オランダも同様の報復措置をとった。

この三国との事実上の全面的経済断交は、資源を主としてアメリカ、オランダ等からの輸入にたよる日本にとって、武力行使にもまさる大打撃となった。殊《こと》に液体燃料については、輸入の道が閉ざされれば、国内の民間貯蔵量は一年間をまたずに皆無となることが予想された。

深刻な問題につき当った日本は、アメリカとの国交調整に全力をあげ禁輸緩和をねがったが、アメリカの根強い反日的態度に陸海軍部内には、漸《ようや》く米英蘭《らん》三国に対する開戦もやむを得ないという空気が生れるようになっていた。

日本政府は、真剣に対米外交交渉をつづけていたが、アメリカの態度は全く緩和する気配もなく、日本は、その経済圧迫の重圧に呻吟《しんぎん》していた。

重苦しい空気が日本軍部を押しつつみ、それに伴って開戦論がにわかに勢いを強めてきた。経済圧迫によって国力の衰亡をみるよりは、投機的な危険はあるが、アメリカ、イギリス、オランダに思いきって戦いを挑《いど》むべきだという意見が大勢を占めたのだ。

そのあらわれとして、九月六日の御前会議に於《お》いては対米英蘭戦をも辞せざる決意のもとに開戦準備に着手することが決定、陸海軍は、ただちに開戦に対する本格的な準備にとりかかった。

日本政府は、難航する対米交渉を打開するため来栖《くるす》大使を特派、日本政府の譲歩案をしめしたが、アメリカ側の歩み寄りは全くみられず、陸海軍の戦争準備もそれにともなって急速に整備されていった。

陸軍では、南方資源の確保を目的としたマレー半島上陸をふくむ南方作戦が計画され、また海軍では山本五十六《いそろく》連合艦隊司令長官を中心に真珠湾《しんじゆわん》在泊アメリカ艦隊主力の奇襲作戦が企図されていた。そして、陸海軍兵力は、それらの開戦準備にもとづく作戦計画によって再編制され、ひそかな移動がはじまっていた。

しかし、大工業国でもあり資源も豊かなアメリカとの戦争は、長期戦ともなれば、その工業力の差が日米の戦力を大きく左右することはあきらかだった。

対米戦は、太平洋上を戦場とするかぎり、日米海軍力の優劣が焦点となるが、造艦能力を中心にして考えてみても、開戦時日本七・五に対してアメリカ一〇の兵力比率が、昭和十八年にはアメリカは日本の二倍、そして昭和十九年には、日本の三倍の艦艇を保有することが予想された。

さらに航空機に至っては、その洋上作戦に当る海軍航空機生産能力が、昭和十七年でも日本四千機に対してアメリカ四万八千機であるというのに、昭和十八年には日本八千機、アメリカ八万五千機、昭和十九年には実に日本一万機に対してアメリカは十万機の軍用機を生産、年を追うごとにその航空戦力の差は大きくひらくことが予想された。

日本海軍としては、アメリカよりはるかに劣る工業力を背景に対米戦を勝利に導かねばならぬ運命を負わされたわけだが、まず緒戦でアメリカ海軍主力を潰滅《かいめつ》させ、量より質という観念で最後は、大艦巨砲主義による海戦によって戦いを勝利に導くことも決して不可能ではないと推定したのだ。

しかし、それには、多くの投機的な危険がはらんでいた。緒戦に勝利をつかむことが至難なことである上に、まして長期戦ともなれば、勝利の公算はきわめて薄いものとなる。

そうした不安から、開戦準備をととのえながらも対米交渉に多くの望みをかけていたのである。

しかし、十一月二十六日、アメリカ国務長官ハルから、日本政府に手交されたいわゆるハルノートは、すべてを決定させた。

そのハルノートは、中国及び仏印から日本の陸海空及び警察の全面撤退と日独伊三国同盟の死文化等をふくむきわめて苛烈な内容のもので、それは、妥結点を見出すものとは程遠い最後通牒《つうちょう》としか思えぬ提案であった。

日本陸海軍首脳部は、はっきりと開戦を決意、十二月一日の御前会議に於て開戦日も十二月八日と決定され、その命令は、全軍司令官に伝えられた。

日本海軍の対米英蘭戦に対する作戦計画は、真珠湾攻撃と陸軍の南方進攻作戦に呼応する在東洋艦隊及び航空兵力を壊滅することに二大別されていたが、そのいずれも航空戦を主体とするものであった。

この航空戦に応ずることのできる全海軍航空兵力は、戦闘機五百十九、艦上爆撃機二百五十七、艦上攻撃機五百十、陸上攻撃機四百四十五、その他で合計三千二百二機であった。

また戦闘機は、すでに零式《れいしき》戦闘機が絶対的な主力を占め、直接攻撃作戦に参加する全部隊の戦闘機三百七十一機中、九六式艦上戦闘機四十九機を除いた三百二十二機が、零式戦闘機であった。つまり米英蘭三国の戦闘機に対して、日本海軍は、零式戦闘機によって対決をはかろうと企てたのだ。

これに対して、アメリカ空軍は、シェンノート勧告を無視したことでもあきらかなように、日本の航空兵力の質と量を全く軽視していた。

日本の航空工業は小規模で、設計製作技術も諸外国の模倣《もほう》に終始し、外国の製作権を買ってもその原型の性能すら出すこともできない。また操縦技術も拙劣で、アメリカはむろんのこと、イギリス、ドイツ、ソ連、イタリアにあらゆる点で遠く及ばないと考えていた。

たしかに、アメリカ、イギリスは、航空界の最高峰を行く先進国で、そこで生み出された航空機は、当然世界の最高水準を行くものにちがいなかった。そして、航空戦の最も華々しい役割を演ずる戦闘機についても、アメリカ、イギリスの設計製作技術とそれを支えるすぐれた部品、装備品、そして工作技術、生産力のすべてが傾注されているはずだった。

それらの戦闘機に対して、日本海軍は、零式戦闘機をもって戦闘をいどむことを決意したのだ。

しかし、航空界の大先進国である米英両国の戦闘機に零式戦闘機がどのような成果をあげることができるだろうか。中国大陸での圧倒的な勝利はあったが、実戦での戦闘が展開されぬかぎり、零式戦闘機の米英両国の戦闘機との優劣はあきらかにはならない。

しかし、日本海軍の零式戦闘機に対する信頼感は絶対的なもので、南方作戦はむろんのこと、緒戦の鍵《かぎ》をにぎる真珠湾在泊アメリカ艦隊主力の攻撃にも、零式戦闘機が数多く配備された。

南方作戦に従事する塚原二四三《にしぞう》中将指揮の第十一航空艦隊麾下《きか》の基地航空隊は、台湾、南部仏印、パラオ島を基地に計五百六十六機が配備され、岡村基春中佐、小園安名中佐、柴田武雄中佐、新郷英城大尉、横山保大尉等零式戦闘機に精通したパイロットたちによって零式戦闘機二百二十四機が待機していた。

また海軍最大の関心事であった真珠湾攻撃については、第一航空艦隊（司令長官南《な》雲《ぐも》忠一中将）を基幹とする機動部隊が作戦を担当、十一月二十一日大本営海軍部発令の大海令第五号の、

一、連合艦隊司令長官ハ作戦実施ニ必要ナル部隊ヲ適時待機海面ニ向ケ進発セシムベシ

という命令にしたがって、機動部隊は、単艦または小グループでひそかに内海をはなれ南千島エトロフ島の単冠《ヒトカップ》湾に集合し、十一月二十六日午後六時同湾を発航した。

この作戦の主体となるハワイ攻撃集団は、第一波攻撃隊、第二波攻撃隊に大別、さらに水平爆撃隊、雷撃隊、降下爆撃隊そして制空隊で構成され、総指揮官に淵田《ふちだ》美津雄中佐を据《す》え、第一波攻撃隊の指揮を兼ね、第二波攻撃隊長には、嶋崎少佐が任ぜられていた。

そして、先頭をきって真珠湾上空に進入、敵戦闘機を撃墜する任務をもった制空隊は、すべて零式戦闘機で占められ、第一波制空隊長は、十二試艦上戦闘機の木型審査立合いをはじめ零式戦闘機に深い関係をもつ板谷茂少佐が四十三機の零式戦闘機を指揮、また三十六機の零式戦闘機を擁した第二波制空隊の隊長は、重慶上空で初の空戦により二十七機のソ連製機全機撃墜または炎上破壊という驚異的な空戦結果を生んだ

進藤三郎大尉が当っていた。

機動部隊は、単冠湾出港後ひそかにハワイへ向け航行をつづけていたが、対米交渉が好転した折には、急遽《きゅうきょ》引返す予定も立てられていた。

が、十二月二日夜、機動部隊は、

「新高山《にいたかやま》登レ 一二〇八」

という連合艦隊司令長官よりの隠語電報を受信した。

「新高山登レ」とは、「予定通り攻撃を決行せよ」との意であり、「一二〇八」は「開戦日は十二月八日と決定せられる」をしめしていた。

機動部隊は「赤城」「加賀」「蒼竜《そうりゅう》」「飛竜《ひりゅう》」「翔鶴《しょうかく》」「瑞鶴《ずいかく》」を中心に「比叡《ひえい》」「霧《きり》島《しま》」の二戦艦と「利根《とね》」「筑摩《ちくま》」の二重巡が護衛にあたり、そして、後方の「極東丸」「健洋丸」「国洋丸」「日本丸」「あけぼの丸」「東邦丸」「東栄丸」「神国丸」の八隻《せき》の給油船を、「浦風」「谷風」「浜風」「磯風」「霞《かすみ》」「霰《あられ》」「不知火《しらぬい》」「陽炎《かげろう》」「秋雲」の駆逐艦が周囲をかためて警戒陣を形成していた。また遠く前方には、「伊19」「伊21」「伊23」の三潜水艦が、航路哨戒《しょうかい》の任務にあたっていた。

航路途上給油船による艦への給油をおこないながら、十二月四日には、機動部隊はミッドウェイ北東海面で南東に変針、いよいよハワイに向け接近していった。

その完全な秘匿《ひとく》行動は、絶えず米哨戒機、潜水艦又は航行中の商船との出会いという危険におびえていた。

発見される可能性は充分で、もしもそれが空襲決行日の二日前ならば急ぎ引返し、また決行日の前日ならば攻撃を強行するか引返すか状況に応じて判断されることになっていた。

また攻撃部隊の最大関心事は、真珠湾内にアメリカ艦隊が在泊しているかどうかに集中されていた。

ハワイにはかなり以前から日本の情報員が潜入していて、艦艇の在泊の有無、それらの出入港が適確に大本営海軍部にもたらされ、さらにそれはハワイ接近中の機動部隊に暗号電報でひそかに伝えられていた。

そして、開戦日時の十二月八日午前零時までわずかに三時間近くまでせまった十二月七日午後八時五〇分には、大本営海軍部から、

一、十二月六日（日本時間七日）ノ在泊艦左ノ如シ
戦艦九、乙巡三、水上機母艦三、駆逐艦一七、入渠《にゅうきょ》中ノモノ乙巡四、駆逐艦三、
空母オヨビ重巡ハ全部出動シアリ

二、艦隊ニ異常ノ空気ヲ認メズ、オアフ島平静ニシテ燈火《とうか》管制ヲナシオラズ

大本営ハ必成ヲ確信ス
という意味の暗号電文が発信された。

空母が出港していることは予期に反したが、アメリカ艦隊主力の在泊は決定的となり、機動部隊の各艦は、歓喜につつまれた。そして、機動部隊は、戦闘艦のみで二四ノットに増速、真珠湾にむかって急速に南下した。

やがて、山本五十六連合艦隊司令長官から、

「皇国ノ興廃コノ一戦ニアリ各員粉骨砕身努力セヨ」

の訓示電報が入り、旗艦「赤城」のマストに決戦の象徴であるZ旗があがった。

各艦の戦闘準備はたちまち整えられ、十二月八日午前一時（ハワイ時間七日午前五時三〇分）、「利根」「筑摩」から真珠湾偵察《ていさつ》のための零式水上偵察機がするどい音を立ててカタパルトから射出、また各航空母艦上には、零式戦闘機を先頭に、第一波攻撃に参加する艦載機群がすでに全整備を終えて待機していた。

午前一時三〇分、遂《つい》に各空母の発着艦指揮所から、

「始動」

の号令が発せられ、全機のプロペラが一斉《いっせい》に回転しはじめた。

航空母艦は、風の方向に転舵《てんだ》したが、押しよせる波は高く、母艦は風にさからうよ

うに上下に大きく揺れ、波濤《はとう》が暗い海面から甲板上に白いしぶきを散らしている。

夜明けの色の中で、青ランプの信号燈が弧をえがいてはげしくふられた。「出発」の命令が発せられたのだ。

揺れ動く甲板上に、エンジンの轟音《ごうおん》がさらにたかまった。零式戦闘機が、各母艦から一機ずつ発艦しはじめた。そして、その後を追うように、攻撃機が離艦してゆく。

沸き上るように艦上に歓声がひろがり、帽子や手がはげしくふられる。その中を、第一波攻撃隊百八十三機全機が、波濤の押しよせる海上につぎつぎと舞い上ってゆく。

やがて離艦を終えた全機は淵田総指揮官の誘導で、たちまち編隊を組んだ。そして、上空を大きく旋回後、オアフ島に一斉に機首を向けた。

水平爆撃隊、雷撃隊、降下爆撃隊の各機は、グループごとに整然とした編隊を組み、その上方を板谷少佐指揮の零式戦闘機群がかたく護衛するように飛んでゆく。

空母甲板上の者たちは、夜明けの色のきざしはじめた空の中にたちまちとけこんでゆく多くの機影に、いつまでも帽子をふっていた。

……三菱《みつびし》名古屋航空機製作所では、牛車の使用が頻繁《ひんぱん》になっていた。

零式戦闘機と同じ十二試で設計製作されていた陸上攻撃機も、半年ほど前に一式陸上攻撃機として制式採用され、その長大な航続力によって海軍の信頼も厚く、漸く生産段階に入っていた。

牛車は、深夜、零式戦闘機や一式陸上攻撃機等をシートにおおって積み、各務原《かかみがはら》飛行場までの悪路を緩慢な動きでつらなって進んでゆく。胴体も翼も、牛車の震動につれて揺れ、牛の吐く息は寒気の中で白くみえていた。

各務原までの四十八キロの道程を運搬する所要時間は、依然として二十四時間で、その夜も、凹凸《おうとつ》のはげしい田舎路《いなかみち》を胴体、翼を積んだ牛車の列はつづいていた。

十三

板谷茂少佐のひきいる零式艦上戦闘機二一型四十三機は、九七式艦上攻撃機、九九式艦上爆撃機百四十機とともに、オアフ島上空にむかって飛びつづけた。

密雲が濃く、攻撃編隊は、やむなく高度を三、〇〇〇メートルにあげ雲上飛行に入った。いつの間にか夜明けの気配がきざしはじめ、薄黒い雲が光り出した。

第一次攻撃隊総指揮官淵田美津雄中佐は、真珠湾への方位をホノルルのラジオ放送の電波を受信することによって測定していた。

ホノルル放送は、悠長《ゆうちょう》に騒々しいジャズのリズムを流している。その放送状況から淵田中佐は、ハワイのアメリカ軍が依然として日本海軍機動部隊の接近を全く察知していないことを確認した。

そのうちにラジオは、航空気象も放送しはじめた。

「おおむね半晴、山には雲がかかり、雲底三、五〇〇フィート、視界良好、北の風一〇ノット」

と、アナウンサーの声が流れてきた。

淵田総指揮官は、この偶然の航空気象放送でハワイ上空の気象状況を正確に知り得たことに喜びをおぼえた。そして、その気象状況から判断して、予定していた真珠湾への進入路を変更しようと即座に決意した。

ラジオ放送によると雲底は約一、〇〇〇メートル。攻撃計画では、オアフ島の東側にある山脈を越えて北東方面から真珠湾に進入する予定を樹《た》てていたが、そのコースでは万が一敵迎撃機との接触が発生した場合、自分たち攻撃隊の側が不利となることはあきらかだった。それならばむしろ、風向も北であるから、島の西側をまわって南から突入すべきだ、と判断したのだ。

すでに母艦上を発艦してから、一時間三十分が経過している。オアフ島は、間近なはずだった。

零式戦闘機隊は、雲上飛行をつづけながらも、周囲に鋭い監視をおこなっていたが、一団となってすすむ日本攻撃機群以外には、全く機影はみとめられない。

午前三時〇〇分（ホノルル時間十二月七日午前七時三〇分）、淵田総指揮官は、たまたま密雲のきれ目からオアフ島北端のカフク岬《みさき》を発見、全機に右方への変針を発令した。そして十分後には、全機に突撃準備のための展開命令をくだそうと決意した。

淵田は、信号拳銃《けんじゅう》をにぎりしめると、機外に向けて信号弾を発射した。

敵機に発見されない場合は、奇襲攻撃断行として一発。敵機と接触した場合は、強襲攻撃をおこなうこととして、二発の信号弾を発射する予定がくまれていた。

幸い視界に迎撃する敵機影を認めなかったので、淵田は、奇襲攻撃を断行することに決して、信号弾を一発発射したのだ。

作戦予定では、奇襲攻撃の折には、第一に雷撃隊、第二に水平爆撃隊、第三に急降下爆撃隊の順序で突撃。また強襲の場合には、第一に降下爆撃隊、第二に水平爆撃隊によって地上砲火を鎮圧《ちんあつ》、第三に雷撃隊が、在泊艦船に魚雷攻撃を開始することになっていた。

むろん零式戦闘機隊は、それら攻撃隊に先だってオアフ島上空に突入する手筈《てはず》になっていた。

しかし、攻撃隊よりかなり高い上空を進む板谷少佐指揮の零式戦闘機隊は、雲にさえぎられてその信号拳銃の発射に気づかなかった。そして、依然として整然とした編隊をくんだままで、いつまでたっても突撃隊形をとろうとしない。

苛立《いらだ》った淵田は、零式戦闘機隊に気づかせるためあらためて上空にむかって、さらにもう一発信号弾を発射した。

零式戦闘機隊は、漸《ようや》くそれを確認、突撃をはかるため急に高度を上げるとオアフ島上空に高速を利して突入を開始した。

しかし、そうした淵田の信号の発し方は、大きな錯覚を降下爆撃隊指揮官高橋赫一少佐にあたえてしまった。

高橋は、発射間隔はひらいていたが、二発の信号弾が発射されたので、それを「強襲」の合図と判断、強襲要領にしたがって自分の隊が真先に攻撃すべきことに気づき、ただちに列機に突撃隊形をとらせてしまった。

また雷撃隊指揮官村田重治少佐は、信号弾は一発、つまり「奇襲」と正しく解釈し、まず自分の隊が第一に攻撃するはずだと判断し、雷撃機隊の高度をさげさせていた。

やがて雲間から、前方にかすかに真珠湾がみえはじめ、フォード島をかこむように碇泊《ていはく》しているアメリカ艦隊のマストもみえてきた。

淵田総指揮官は、双眼鏡で冷静に艦影を確認した。そして、遂《つい》に午前三時一九分、「全軍総突撃セヨ」の「ト、ト、ト、ト、……」の「ト連送」を第一攻撃隊に発信。さらに三分後、「ワレ奇襲ニ成功セリ」の略語である「トラ、トラ、トラ、トラ、……」の「トラ連送」を機動部隊旗艦「赤城」に緊急発信、それは遠く東京の大本営通信機関でも受信された。

「奇襲要領」にしたがって村田少佐指揮の雷撃隊九七式艦上攻撃機は、急速にアメリカ艦艇雷撃のためのコースに入っていた。

しかし、強襲と錯覚していた高橋少佐指揮の降下爆撃機隊は、「強襲要領」にしたがって早くもフォード島上空に殺到、たちまち急降下による投弾を開始していた。

その降下爆撃隊の行動は、雷撃機隊をひどく狼狽《ろうばい》させた。

急降下爆撃がはじまれば、その爆煙におおわれてアメリカ艦艇の姿を眼にすることは困難になり、雷撃成果もきわめて低いものとなってしまう。

村田雷撃隊指揮官は、爆煙がひろがらぬうちに雷撃しなければならぬことに気づき、予定コースよりも近道をとるべきだと判断した。そして、部下の機を誘導すると、高速度でアメリカ艦艇群の碇泊する湾上に突入した。

たちまち、海面すれすれに降下した雷撃機の下腹部から魚雷が海上に投下され、水上に白い魚雷航跡が数多く走った。

航跡は一直線に進むと、整然とならんでいるアメリカ艦艇の横腹に吸いこまれてゆく。と同時に、壮大な水柱が、朝の陽光にかがやく空にすさまじい轟音とともに立ちのぼった。

急降下爆撃機五十一機は、二手にわかれ、指揮官高橋少佐は、その主力をひきいてフォード、ヒッカム両飛行場に大量の爆弾を投下、坂本明大尉は、一部の急降下爆撃機群とともにアメリカ戦闘機基地のホイラー飛行場を急襲、つづいて各隊は、バーバースポイント、カネオ両飛行場に徹底的な攻撃をくわえていた。

さらに淵田総指揮官の直率する水平爆撃隊九七式艦上攻撃機四十九機は、三、〇〇〇メートル上空から投弾を開始、オアフ島は、噴火山のような大火炎と黒煙におおわれた。

制空任務をもつ板谷少佐指揮の零式戦闘機隊は、すばやいはやさで真珠湾上空を旋回、迎撃のため舞い上ってきたアメリカ戦闘機四機とすさまじい空戦をくりひろげたが、それら四機を一瞬の間に全機撃墜してしまった。それは、アメリカ軍戦闘機との初めての接触であり、零式戦闘機は、その恐るべき空戦性能を発揮したのだ。

防禦《ぼうぎょ》砲火は、激しさをましてきていたが、上空にアメリカ機の機影は皆無になり零式戦闘機群は、六群にわかれ、各飛行場に殺到すると、飛行場のアメリカ軍機に二〇ミリ機銃弾を打ちこみつづけた。

フォード島を中心とした真珠湾は、悽惨《せいさん》な世界と化していた。アメリカ海軍艦艇は、大爆発を起し、すでに転覆しているもの、傾いているもの、大火炎をあげているものなど無残な姿をさらしている。湾内の海面は、無数に落下する飛散物で豪雨を浴びているように泡《あわ》立ち、くずれ落ちる水柱で海面は大きく揺れていた。しかもその中を魚雷の航跡が幾筋も走り、また上空からの爆弾も艦艇や地上施設に容赦なくたたきこまれていた。

第一次攻撃隊は、魚雷、爆弾をすべて使いはたした。真珠湾奇襲攻撃は完全に成功したのだ。

淵田総指揮官は、午前四時〇〇分、第一次攻撃隊に対して全機母艦への帰投を命じた。

が、その頃《ころ》嶋崎重和少佐指揮の第二次攻撃隊は、すでにオアフ島北端カフク岬沖に達して全機展開隊形をとっていた。その編成は嶋崎少佐直率の水平爆撃隊九七式艦上攻撃機五十四機、江草隆繁少佐指揮の急降下爆撃隊九九式艦上爆撃機七十八機、進藤三郎大尉指揮の制空隊零式戦闘機三十五機の計百六十七機であった。

第二次攻撃隊嶋崎指揮官は、午前四時二五分、全軍に総突撃を命令、各隊は、それぞれに強襲攻撃を開始した。

しかし、真珠湾上空の対空砲火は一層激烈さをくわえ、また島は、黒煙と大火炎におおわれて目標物を見出《みいだ》すことはほとんど不可能な状態だった。

そのため水平爆撃隊は、爆撃効果の低下も覚悟で高度を予定の三、〇〇〇メートルから、一、八〇〇又は一、五〇〇メートルまでさげて投弾しなければならなかった。

また残存艦船を攻撃する急降下爆撃隊の攻撃も困難をきわめた。艦船は、すべて黒煙の中に没し、攻撃すべき目標が定まらない。やむなく対空砲火をうちあげている艦船はまだ致命傷を負っていない証拠であると判断し、雲や煙の間を縫ってその対空砲火の弾道を逆にたどって急降下爆撃をつづけていた。

進藤三郎大尉指揮の零式戦闘機隊は、オアフ島上空に進入、舞い上った数機のアメリカ戦闘機を発見、これをたちまち全機撃墜、カネオ飛行場の地上機を銃撃しつづけた。

第一次、第二次攻撃隊の総指揮官淵田中佐は、オアフ島上空にとどまって、写真撮影等により攻撃結果の確認につとめ、第二次攻撃隊の攻撃終了とともに機首をもどして帰路についた。

機動部隊は、真珠湾奇襲攻撃の成功に狂喜していた。内地を出港後、奇跡的にもその行動の秘匿は完全に成功し、しかも決死的な空襲によって大成果をあげることができたのだ。

司令部内には、その勝利に乗じて第一次、第二次につづいて第三次攻撃を主張する者が多く、激しい議論がたたかわされた。しかし、真珠湾上空の防禦砲火は激しさを増し、第三次攻撃には相当の損害が出ることが予想された。

やがて、結論が出た。機動部隊司令長官南雲忠一中将は、一応アメリカ艦隊主力を潰滅《かいめつ》させるという作戦目的を達したと認め、急ぎ反転を決意したのだ。ただちに攻撃機、哨戒《しょうかい》機の収容がはじめられ、機動部隊は、二四ノットの高速で北方への離脱を開始した。

この史上稀《まれ》な成果をおさめた真珠湾奇襲攻撃によって、アメリカ側は、「アリゾナ」、「ウエストバージニア」、「カリフォルニア」、「オクラホマ」の四戦艦、標的艦「ユタ」が撃沈され、戦艦「ネバダ」、軽巡二、駆逐艦三、工作艦一がそれぞれ大破、戦艦「メリーランド」、「ペンシルバニア」、「テネシー」、巡洋艦二が中破、またアメリカ軍用機二百三十一機が撃墜又は炎上、アメリカ艦隊主力は潰滅的な大打撃をこうむったのだ。

それに比して南雲機動部隊の損害は、雷撃隊で五機、急降下爆撃隊十五機、制空隊（零式戦闘機隊）で九機がそれぞれ未帰還となった。

その零式戦闘機九機の未帰還機中には、第二次攻撃隊制空隊の「蒼竜《そうりゅう》」艦戦分隊長飯田房太大尉機もふくまれていた。

飯田は、母艦発進前に部下を集め、もしも被弾等のために母艦への帰投が不可能と判断された場合には、捕虜《ほりょ》となることをさけるため自爆するように訓示していた。

飯田は、部下の零式戦闘機八機とともにカネオ飛行場銃撃をおこなったが、その直後、自分の機が被弾しガソリンがもれているのに気づいた。

かれは、帰投不能と判断したらしく部下たちに母艦への帰路をしめした後、手をふりながら不意に機首を上げて背面になると、そのままカネオ飛行場に急降下し自爆した。


第一次の真珠湾奇襲攻撃が成功した頃、台湾の高雄《たかお》基地には第三航空隊零式戦闘機五十機（指揮官横山保大尉）と台南《たいなん》基地の台南航空隊零式戦闘機三十四機（指揮官新郷英城大尉）が、両基地でその発進準備をすでに終えていた。

海軍が、最大の関心を寄せていたのが真珠湾攻撃であるのに比して、陸軍では、マレー半島フィリピン等南方諸地域への奇襲上陸作戦に全精力をそそいでいた。

この作戦については、当然航空戦の展開が必要だったが、マレー方面は上陸作戦支援のため専《もっぱ》ら陸軍機があたり、海軍機は、アメリカ航空戦力の主力がひかえているフィリピンの航空戦を担当することになっていた。

南方地域のアメリカ航空勢力は、日本航空兵力と対等の力をもち、それが上陸作戦をおこなう日本輸送船団に殺到すれば、日本軍が大損害をこうむることはあきらかだった。そのため、日本海軍航空隊は、アメリカ航空兵力に徹底的な先制攻撃をしかけその戦力を潰滅させる必要があったのだ。

アメリカの主力は、ルソン島のイバ、クラークフィールドの両飛行場に集結されていたので、イバへは横山大尉指揮の零式戦闘機隊が、クラークフィールドへは、新郷大尉指揮の零式戦闘機隊が、それぞれ九六式陸上攻撃機、一式陸上攻撃機それぞれ五十四機ずつを掩護《えんご》して先制攻撃をかけることになっていた。

このフィリピンのアメリカ航空兵力に対する攻撃作戦は、零式戦闘機のもつ驚異的な大航続性能を中心に組み立てられたものであった。台湾からフィリピンのアメリカ航空基地までは、約四五〇浬《かいり》。それは漢口《かんこう》から重慶までの距離よりもさらに遠い。

単座戦闘機として世界最高の航続性能をほこる零式戦闘機にとっても、それは余りにも長大な距離であった。

そうした事情から「竜驤《りゅうじょう》」「瑞鳳《ずいほう》」「春日丸《かすがまる》」の三航空母艦を利用してそれに零式戦闘機を搭載《とうさい》、ひそかにフィリピン近くまで運び発艦させる案が立てられていた。

しかし、これらの空母を利用することには、多くの障害がひかえていた。

まず第一に、三艦とも小型空母で、搭載できる機数がきわめて少ない。「竜驤」が排水量九、四〇〇トンで搭載可能機数二十四機、「瑞鳳」が排水量一一、二〇〇トンで二十四機、その二空母に比べると「春日丸」は一七、〇〇〇トンで艦型は最も大きかったが、この空母は商船を改造したものであったため搭載可能機数はわずか二十三機で、結局三空母あわせても零式戦闘機は、七十一機しか積むことはできなかった。

しかも、実戦に入れば当然航空母艦の上空には敵機の来襲にそなえて警戒機を常時飛ばしておかなければならないし、結局実際に攻撃に参加できる搭載機数はさらに減少したものになってしまうのだ。

また第二の障害は、それら三空母が、きわめて劣速であることだった。

艦上機が発艦する折には、航空母艦は、機の発艦を成功させるために風向にむかって全速力で進まなければならない。が、それら空母の速力はおそく、風速が二〇マイル以下であった場合には、機は、飛行甲板のほとんど全長を疾走しなければ発艦することができない。

そうした事情のため、当然甲板上には、戦闘機を半数ほどしか置くことが許されず、半数が発艦した後に、残りの半数の機を格納所から引きあげて発艦させねばならない。つまり、二つの集団にわけて発進させることになるのである。

さらに根本的な欠陥は、台湾基地から出発した爆撃機隊と、母艦上から発艦した戦闘機隊とがうまく合流できるかという問題だった。

アメリカ、イギリスのマレー、フィリピンその他の陸海空軍通信所は、接近する日本艦艇の動きに全神経を集中して、日本艦艇の発信する電信文の傍受に全力をかたむけているにちがいなかった。

発見されればむろん敵の先制攻撃を受けることは必至で、それを避けるためには、当然母艦三隻《せき》も全く無線通信をおこなわずにフィリピンに接近してゆかなければならない。

しかしそれは同時に、母艦と台湾基地との連絡を不可能とさせる。たとえ爆撃機隊と戦闘機隊の合流時刻があらかじめ定められていても、気象その他の環境の変化で、それは食いちがうことはあきらかだった。

そうした障害はあったが、零式戦闘機の航続力がフィリピンにまで到達することは至難だと判断した作戦指導者たちは、それら三空母の使用を決意しなければならなかった。そして、十月に入ると、派遣されてきた三空母の甲板上で、零式戦闘機隊の猛烈な発着艦訓練が開始された。

が、一方では、出来るだけ空母からの発進を避けたいという意見も強く残っていて、艦隊司令長官塚原二四三中将を中心に航空戦隊の首脳者とさらに航空技術廠《ぎじゅつしょう》の専門家も招き、零式戦闘機の航続力についての協議がくり返されていた。そして、実際の燃料消費量テストも零式戦闘機隊で実施されていたが、その結果、十月下旬には、エンジンの巡航回転数が毎分一、八五〇回転であったものを一、六五〇から一、七〇〇回転に減じ、推進器のピッチもそれに相応した修正をおこなうことで、零式戦闘機による台湾からフィリピンまでの飛行も可能であることが確認された。

たちまち基地は喜色にあふれ、塚原は、十月二十五日母艦使用を変更、零式戦闘機隊の台湾地上基地からの発進を決定した。

その日、イギリス領バタン島へ偵察《ていさつ》機による初の隠密飛行もこころみられた。

零式戦闘機の航続力問題は一応解決はしたが、成都空襲の折に宜昌《ぎしょう》を前進基地としたように、補給整備のための中継地が欲しかった。バタン島は、丁度台湾とフィリピンの中間に位置していて、そこには小さな飛行場もあり、その島を占領できれば、必ず好ましい結果が生れるはずだった。

また攻撃目標であるルソン島への偵察も当然必要とされたが、ひそかに進められている開戦準備の企図がもれることをおそれ、漸く十一月二十日に初偵察がはじめられたが、それも十二月五日で打ち切られた。それは米英蘭《らん》に対する開戦企図の漏洩《ろうえい》をおそれたものだが、それは必然的に偵察量の不足をまねき、作戦指導者たちに大きな不安をあたえていた。

作戦は、効果の高い奇襲攻撃と決定されていた。

まず対米英蘭戦は、南雲忠一中将の率いる機動部隊のハワイ空襲によって端がひらかれるが、その瞬間ハワイ攻撃の報は、たちまち緊急信としてフィリピンの米空軍へも伝えられるはずだった。そうした事情からも、台湾基地からフィリピンの米空軍基地への航空攻撃を奇襲とするためには、絶対にハワイ空襲の直後に目標地点へ殺到しなければならなかった。

ハワイ空襲の予定時刻は、十二月七日（ホノルル時間）の夜明けとされていたが、それは、フィリピンでの十二月八日午前零時から一時頃の深夜に相当する。そのため爆撃機を先発させてまず夜間空襲をおこなわせ、零式戦闘機隊をその後に送りこむ作戦も立てられた。

が、夜間爆撃の効果はうすいことが予想され、戦闘機隊、爆撃機隊が一団となって十二月八日の日の出時間午前六時一五分の十五分後にルソン島米空軍基地に到達することに決定した。そして、台湾基地からの進発時刻も、午前二時三〇分と定められた。

十二月七日、第十一航空艦隊は、不意に総員外出禁止令を発し、搭乗員《とうじょういん》たちに十二月八日米英蘭三国に対する戦争が開始されることを初めて告げた。

台南、高雄《たかお》両基地は、緊張した空気につつまれた。

作戦首脳者たちの不安は、大きかった。

午前二時三〇分に出発する攻撃隊は、往路の大部分を夜間飛行しなければならない。その飛行を可能とさせるのには、良好な気象条件が絶対に必要とされる。

そのため七日夜午後八時三〇分に、気象観測機を一機出発させ、さらに二時間後の一〇時三〇分にもつづいて観測機を発進させた。その二機目の観測機には、特に第十一航空艦隊の島田航一参謀を搭乗させた。

島田は、夜の洋上をフィリピン方面にむかい、気象状況も良好と判断、機上から無電で、

「出発可能」

を報告した。

しかし、この発信は、たちまち米空軍のマニラ通信隊で傍受されてしまった。その証拠には、午後一一時一五分、マニラからイバとクラークフィールド米空軍基地に警戒警報が発信されるのを、高雄海軍通信隊が逆に傍受。同時に島田参謀の乗っている気象観測機の無電周波数が、マニラ方向からの電波で妨害されはじめた。

遂《つい》に、アメリカ軍は、日本航空兵力の来攻を察知したのだ。

作戦指導者たちの不安は、たかまった。とその直後、かれらを戦慄《せんりつ》させるアメリカ航空基地の無電が、再び高雄通信隊で傍受された。

その内容は、アメリカ軍の一航空大尉に対して発せられた命令文で、部下の三機の戦闘機をともなってただちに離陸せよというものだった。

それは、アメリカ側が完全な迎撃態勢をととのえたことを意味すると同時に、夜間に戦闘機が空中戦を試みるため発進したことは、アメリカ戦闘機の優秀な性能と、その搭乗員の操縦技術がきわめて高度なものであることをあきらかにしている。アメリカ空軍の強力さを予想はしていたが、この電文は、それを充分裏づけるもののように思われた。

作戦指導者の憂色は、深かった。

零式戦闘機隊に寄せる信頼は大きいのだが、その戦闘機隊には、遠距離を飛翔《ひしょう》した後に空中戦をおこなわなければならないという不利な条件が課せられている。しかも、迎撃するのは、アメリカの高度な性能をもつ戦闘機群であり、電文でもあきらかな通り夜間空戦も辞さないすぐれた技倆《ぎりょう》をもつアメリカパイロットたちなのだ。

そのうちに、さらに根本的な悪条件がかさなってきた。

それは気象の悪化で、夜半から台南基地がまず濃霧におおわれはじめ、三十分後には高雄基地も同じ条件となってしまったのだ。

発進は、全く不可能な状態となり、出発時刻は、霧のはれるまでのばさなければならなくなった。それは同時に、奇襲攻撃計画の完全な挫折《ざせつ》をも意味していた。

やがて、夜が白々と明けてきた。基地の者たちは、苛立《いらだ》った。

真珠湾攻撃成功につづいて、陸軍上陸部隊のマレー半島上陸開始の報もつたえられてくる。さらに、海軍第二十二航空戦隊美幌《びほろ》航空隊の九六式陸上攻撃機隊がシンガポールの夜間爆撃を終了したという報告ももたらされてくる。すでに全面的な陸海軍部隊の戦闘は、大きく展開しているのだ。

高雄航空隊、台南航空隊の作戦指導者たちは、ただひたすら濃霧のはれるのを願った。

攻撃がおくれればおくれるほどアメリカ航空兵力に充分な迎撃態勢をととのえさせ

ることとなり、遠距離を飛翔してゆかねばならぬルソン島攻撃隊は、それだけアメリカ機の激しい抵抗を受けることになるのだ。

さらに作戦指導者たちをおそれさせていたのは、出撃のおくれることによって、アメリカ側から逆に先制攻撃を浴びせかけられる事態が発生しはしないかという懸念《けねん》であった。

それら台湾南部の海軍航空基地には、夜間発進のため待機している飛行機が整然と並べられている。フィリピンのアメリカ軍には、長大な航続力をもつ大型爆撃機B17が数多く配属されているし、それらの先制攻撃を受ければ、たちまち有力な台湾航空基地の航空兵力は大打撃をこうむり、全作戦に甚大《じんだい》な悪影響をあたえるのだ。

そして、それを裏づけるように午前八時、B17型機三機が台湾に向って接近していることをしめすアメリカ軍の無線通信を傍受した。

それは、偵察行動をおこなうものらしかったが、アメリカ機群の先制攻撃のはじまる前兆のように思えた。

基地の幹部は、平静さを失っていた。

そのうちに、午前七時頃漸《よう》く霧のうすらぐきざしがみえはじめ、両航空基地にも明るい空気がひろがった。

やがて、霧がはれてきた。

待ちかまえていた基地の指揮者たちは、飛行場指揮所に対し、「発進」の命令を発した。

待機していた搭乗員たちは、一斉《いっせい》に走ると、自分の機にとびこんだ。

たちまち飛行場一帯にエンジンの始動音がとどろき、台南航空基地と高雄航空基地では、零式戦闘機隊計八十四機が、九六式、一式陸上攻撃機百八機を掩護《えんご》するため両基地を離陸、午前八時四五分機首をフィリピンに向けた。

……史上初の単座戦闘機による大渡洋作戦が開始されたのだ。しかも、それは、迎撃態勢を充分にととのえたアメリカ軍航空基地への、大きな危険をはらんだ攻撃行であったのだ。

果てしなくひろがる海洋の上を、戦爆連合の大編隊が爆音をとどろかせて進む。堀越二郎を設計主務者とする零式戦闘機群と、本庄季郎を設計主務者として製作された九六式、一式陸上攻撃機群と、すべてが三菱《みつびし》重工名古屋製作所の設計陣の手になる機の大編隊だった。そして、その攻撃作戦は、日本の航空工業技術とアメリカのそれとの接触でもあったのだ。

台南航空隊の新郷大尉指揮の零式戦闘機三十四機は、クラークフィールド飛行場にむかって飛行しつづけた。そして午後一時三〇分フィリピン上空に達すると、高度を七、〇〇〇メートルにあげ一斉に戦闘隊形にうつった。

搭乗員たちは、当然アメリカ戦闘機の大群による迎撃を覚悟した。台南基地発進時刻のおくれた零式戦闘機隊は、奇襲の機会を逸し、完全に不利な立場にたたされていたのだ。

しかし、クラークフィールド上空に到達した新郷隊は、そこに一つの奇跡的な光景がくりひろげられているのを発見した。

アメリカ軍の戦闘機は、たしかに日本機を迎え撃つため早朝からクラークフィールド飛行場上空で完璧《かんぺき》な態勢をととのえて待ちかまえていた。しかし、かれらがいつまで待っていても、日本機は一機もその機影をあらわしてこない。

やがて、かれらの燃料の尽きる時がやってきた。かれらは、やむなく同飛行場に着陸し、燃料の補給にとりかかった。

新郷隊が、同飛行場上空に達したのは、丁度その補給中の時間だった。つまり、台南基地から出発の遅延したことが、逆に新郷隊に幸いしたのだ。

零式戦闘機隊に誘導された一式陸上攻撃機の第一群二十七機は、急速にクラークフィールド飛行場上空に殺到するとその下腹部から爆弾を放ち、さらに第二群の一式陸上攻撃機二十七機も上空に姿をみせ、格納庫その他の建物、滑走路に大量の爆弾を投下した。

飛行場に並ぶＰ40型戦闘機、Ｂ17型爆撃機は、轟音《ごうおん》とともに粉々に飛散してゆく。零式戦闘機隊は、アメリカ戦闘機の機影をもとめて飛行場上空を旋回しつづけていたが、上空に機影のないのをたしかめると、急に高度をさげて地上銃撃態勢に移った。

その時、カーチスＰ40型戦闘機五機が、その瞬間を待っていたように、上空から不意に零式戦闘機群に突き進んできた。

零式戦闘機群は、それに気づいて高速度で急旋回、不利な態勢のもとにアメリカ陸軍の代表的な戦闘機カーチスＰ40と空戦に入った。それは、零式戦闘機にとって、真珠湾につづくアメリカ戦闘機との本格的な空中戦であった。

しかし、そこに展開された光景は、余りにも優劣があきらかだった。速度はほぼ同じ程度であったが、軽快に目まぐるしく走る零式戦闘機に、カーチスＰ40は、ただうろたえたように動きまわるだけで、たちまち零式戦闘機から発射される機銃弾が、五機のアメリカ戦闘機にたたきこまれ、全機地上に墜落していった。

またイバにむかった高雄航空隊の横山保大尉指揮の零式戦闘機隊五十機は、イバ飛行場のアメリカ機二十五機に銃撃をくり返して炎上大破させ、さらにクラークフィールドにむかう途中、高度四、〇〇〇メートル付近でP40、P35型十数機と遭遇、はげしい空中戦を展開した。その空戦においても零式戦闘機はすばらしい高性能をしめし、アメリカ戦闘機十機を確実に撃墜、さらにクラークフィールド飛行場の銃撃に参加した。

クラークフィールド飛行場は、反復された銃爆撃で完全に破壊され、上空にもアメリカ機の機影は一機もみられなくなった。

遠くへだたったルソン島に対する渡洋作戦は、日本海軍航空隊の圧倒的な勝利に終った。その日の航空戦で、アメリカ陸軍航空兵力百六十機のうち約六十機が撃墜または大破炎上、その全兵力の三分の一が残骸《ざんがい》と化したのだ。

零式戦闘機隊は、陸上攻撃機隊とともに機首をもどし、アメリカ戦闘機の追撃に注意をはらいながら再び洋上を台湾にむかった。この攻撃行では、零式戦闘機三機が行方不明となり未帰還となった。

台湾南部の航空基地にまず姿をあらわしたのは爆撃機群で、零式戦闘機群もそれにつづき夕日を浴びながら着陸した。

基地は、沸き立っていた。出発時刻の遅延という悪条件から不安におびえていた作戦指導者たちは、予想以上の成果に興奮していたのだ。

そして、かれらは、その作戦の成果が零式戦闘機の優秀な性能によるものだということをあらためて確認し合った。長い距離を飛行しながら、しかもアメリカ戦闘機との空戦で圧倒的な勝利をしめした零式戦闘機に対する信頼感はさらに増した。それは、航空界の後進国といわれていた日本に生れた零式戦闘機が、アメリカ航空界に大打撃をあたえた日でもあったのだ。

この作戦でしめした零式戦闘機の驚異的な大航続性能は、翌九日のアメリカ軍機の動きによって端的に証明された。

その日は、再び台湾南部の日本海軍航空基地は濃霧におおわれ出撃も中止されたが、フィリピンのアメリカ航空機は、日本機の攻撃にそなえて活発な動きをしめしていた。かれらは、しきりと海上一帯に、大々的な哨戒《しょうかい》飛行をくりひろげている。出動機はかなりの機数らしく、その機上から発信される電文を傍受すると、かれらの哨戒目的は日本海軍の航空母艦群の捜索であることがあきらかになった。

かれらの常識からすれば、日本の戦闘機が、攻撃機を掩護して遠く台湾南部から飛来したことなど到底想像もつかないことであった。それは、絶対に飛翔不可能な大距離であり、攻撃してきた日本の戦闘機は、当然フィリピンに接近してきた航空母艦から発進したものにちがいないと断定していたのだ。

かれらの索敵は、徐々にひろがって支那海《シナ》にも延び、数日の間執拗《しつよう》につづけられ、台湾南部の航空隊指揮官たちを苦笑させていた。

零式戦闘機のアメリカ戦闘機に対する優秀さは、開戦第一日目の空戦によって立証されたが、一日おいた十二月十日、その比較は一層顕著なものとなってあらわれた。

高雄航空隊の横山保大尉指揮の零式戦闘機隊三十四機は、陸上偵察《ていさつ》機三機の誘導により午前一〇時五〇分高雄基地を離陸、ニコルスフィールド、キャンプ・マーフィー等の航空基地攻撃のため再び洋上をフィリピンにむかった。

横山隊としては、二度目のフィリピン攻撃行でもあり、燃料消費その他に自信をもち、アメリカ空軍基地に達すると、余裕をもって地上の敵機に徹底的な銃撃攻撃を反復した。しかしその直後、零式戦闘機隊は、突然現われたP40、P35のアメリカ戦闘機数十機の激しい迎撃を浴びせかけられた。

三十四機の零式戦闘機は、たちまち二倍に近い優勢なアメリカ戦闘機群に包囲された。

エンジン音が交差し、機銃弾が走る。その中で流星のように零式戦闘機は、急上昇、急旋回をつづけ、アメリカ戦闘機に追尾する。

アメリカの搭乗員たちは、その敏捷《びんしょう》な驚くほど軽快な日本戦闘機をとらえようと動きまわったが、その空戦結果は、アメリカ戦闘機隊にとって余りにも悲惨なものであった。翼が飛散し、火炎につつまれ、墜落してゆくのは、アメリカの戦闘機のみであったのだ。

遭遇してから四十五分間にわたるすさまじい格闘戦は終了した。その戦闘結果は、恐るべき数字となってあらわれた。アメリカ陸軍戦闘機P40、P35は、三分の二以上にも相当する四十四機が確実に撃墜され、その他の機は、空戦を恐れてその姿を消してしまっていたのだ。

しかし、余りにも長時間にわたるはげしい空中戦をおこなったため、零式戦闘機隊は、各機とも燃料を大量に消費してしまっていた。その上激烈な戦闘は、機を各方向に散らしてしまっていて予定集合点にもあつまってこない。

やむなく横山隊長は、近くの三機をともない午後三時帰路についたが、天候が悪化、遂に横山機は、部下の機さえ見うしなってしまった。

横山機は、ただ一機で密雲の上を飛行しつづけ、推測航法によって密雲の下に出たが、機はたちまちはげしい雨沫《うまつ》につつまれ、目標の台湾の南端ガランピ岬《みさき》も発見できなくなった。しかも日没も間近で、雨脚におおわれた視界は完全にとざされている。

燃料の乏しくなったことを知った横山は、死の予感におそわれた。

やがて、エンジンもとまってしまった。十二試艦上戦闘機をはじめて中国大陸の戦場に移送した横山保大尉にも、死がせまったのだ。

薄暗い海上には、風がうなりをあげて走り波も荒い。その海水の上に横山機は、水しぶきをあげて不時着水した。

衝撃ははげしく、横山の足の骨は音を立てて折れた。

しかし、かれは、幸運だった。着水した目の前に、哨戒任務のため徴庸《ちょうよう》されていた日本の漁船が波にもまれながら航行していたのだ。

着水地点は、台湾南部の沖合で、横山は辛うじて漁師の手によって救助された。

難を受けたのは、横山機だけではなかった。行方不明及び不時着したものは、六機に達し、また残りの二十八機のうち二十七機は、高雄基地の南方の恒春《こうしゅん》基地に、また一機は、台湾南端の洋上にあるバタンガス島に辛うじてたどりついた。

その日の戦闘結果は、アメリカ戦闘機四十四機撃墜、地上機四十二機炎上、そして零式戦闘機一機が、空中戦で撃墜されていた。

またその日、南部インドシナに基地をもつ海軍第二十二航空戦隊の元山《げんざん》航空隊、美幌《びほろ》航空隊と、第二十一航空戦隊の鹿屋《かのや》航空隊所属の九六式陸上攻撃機五十七機、一式陸上攻撃機二十六機は、イギリス東洋艦隊に対する攻撃を開始していた。

すでにイギリスは、対日開戦の接近したことを察知して、新鋭戦艦「プリンス・オブ・ウェールズ」、巡洋戦艦「レパルス」の二艦を極東地区に回航、シンガポールに待機させていた。そして、十二月八日開戦と同時にシンガポールを出港させ、マレー半島シンゴラに上陸中の日本軍船団を攻撃のため北上していた。

九日午後三時一五分、四隻の駆逐艦をしたがえた両艦を、「伊65」潜水艦がとらえてサイゴン基地に無電報告をおこない、航空機、潜水艦によってそれとの接触につとめたが、降雨にさまたげられてイギリス艦隊を見失ってしまった。

日本海軍は、全力をあげて捜索をつづけた。

やがて、十日午前三時四一分、ふたたび「伊58」潜水艦が艦影を発見、一時間近く追尾したという報告がもたらされたが、それもまたその姿を見失ってしまった。

日本海軍は、必死になってその所在をさぐりつづけた。そして、遂にその日の午前一一時四五分、海軍索敵機によってイギリス艦隊を発見、元山、美幌、鹿屋各航空隊の陸攻機が一斉に艦艇群に殺到した。

その成果は、華々しいものがあった。まず巡洋戦艦「レパルス」が、それにつづいてイギリスの誇る新鋭戦艦「プリンス・オブ・ウェールズ」が沈没。イギリス極東艦隊司令長官サー・トム・フィリップ中将も多くの乗組員たちとともに海中に没し、そのマレー沖海戦と称される海軍陸攻機の攻撃によって制海権は、開戦三日目に早くも日本海軍の手中におさめられた。

また台湾南部に基地をもつ台南・高雄両航空隊は、十日につづいて十三日にクラークフィールド、イバ、マニラ周辺の空軍基地に、十四日にはデルカルメン、ニコルスフィールドに反復攻撃をくわえ、敵機の反撃もほとんどなくフィリピン、マレー上空の制空権も、日本航空兵力の手中におちた。

陸軍部隊の進撃も、きわめて順調だった。

グアム島占領、ボルネオ上陸、ミンダナオ進撃、ウェーキ島占領、香港《ホンコン》占領、マニラ占領と開戦後一カ月にもみたぬうちに予期通り南方諸地域への作戦は進行した。そして、第三航空隊の零式戦闘機隊も、陸軍部隊の要地確保とともにミンダナオ島のダバオへ、台南航空隊は、すでに占領したボルネオ南方のスール諸島のホロ基地へとそれぞれ進出していった。

台南航空基地からホロ基地までの距離は、一、二〇〇浬《かいり》。それは世界の単座戦闘機の航続性能の常識をはるかに越えたものではあったが、台南基地を出発した二十七機の零式戦闘機編隊は、六時間後にはホロ基地へ全機着陸。その航続性能の優秀さをあらためて実証した。

シンガポール周辺に戦力を結集していたイギリス空軍は、悲惨な敗北をあじわわされていた。

日本の爆撃機による飛行場の破壊とともに、戦力の中心となっていたブルースター・バッファローも零式戦闘機の相手とはならず、イギリス空軍のほこる戦闘機ホーカー・ハリケーンがそれに代って零式戦闘機と対峙《たいじ》した。

それは、日本の零式戦闘機よりはるかにすぐれているというイギリス空軍の大きな期待を背負って挑戦《ちょうせん》してきた。しかし、零式戦闘機の性能はさらにそれを上廻《うわまわ》り、ホーカー・ハリケーンも他愛《たわい》なくつぎつぎと撃墜されていった。

イギリス空軍の士気は急激におとろえ、それは、やがて零式戦闘機に対するはげしい恐怖と変っていった。

そして、イギリス空軍戦闘機は、零式戦闘機との交戦を完全に避けるようになり、米英両国の航空兵力にとって、零式戦闘機の存在は、神秘的なものにすらなってきていた。

十四

十二月八日、臨時ニュースで開戦を知った三菱重工名古屋航空機製作所の所員は、ハワイ奇襲につづいてマレー上陸作戦の成功を知り、大きな興奮につつまれた。

そしてその後、日本海軍のハワイ奇襲攻撃、フィリピン方面航空作戦、イギリス極東艦隊攻撃の中心兵力が、自分たちの手になった零式《れいしき》戦闘機、九六式・一式陸上攻撃機であることを知り、その興奮は一層たかまった。

十年前まで、諸外国から技師を招いて設計指導を仰ぎ、その製造権を得て製作していた日本軍用機が、最も恐れていたアメリカの軍用機に圧倒的な優勢をしめしたことは、かれら所員に大きな感動をあたえたのだ。

九六式陸上攻撃機の生産は打ちきられていたが、それに代って一式陸上攻撃機も零式戦闘機も大量生産態勢にはいっていて、十六年末までにそれぞれ百五十一機が名古屋航空機製作所から送り出されている。その両機種が、海軍航空戦力の主体となって、大きな戦闘結果を生み出していることはあきらかだった。

しかし、製作所の首脳部の者たちの顔には、かすかな不安の色もかげっていた。

かれらは、アメリカの工業力の規模の大きさとその水準の高さを充分に知りぬいていた。そして、それに比して、日本の工業力は、資源にもめぐまれず依然としてかなりの立遅れをみせている。戦争が長期戦におちいれば、結局は工業力対工業力の戦いとなり、それはあきらかに日本側にとって不利となるはずだった。

その頃《ころ》、零式戦闘機の設計主務者だった堀越二郎は、病気療養のため会社を欠勤していた。

かれの初めての発病は、九六式艦上戦闘機の設計試作に成功した直後におこったが、三カ月ほど前の昭和十六年九月上旬、再び会社を欠勤することになった。病名は肋膜《ろくまく》炎《えん》で、その後一時出社はしたが、開戦を知った直後、再び呼吸も困難となるような激痛を胸部におぼえ、遂《つい》に長期間病床に臥《ふ》さなければならなくなっていた。九六式艦上戦闘機、零式戦闘機につづいて海軍十四試局地戦闘機と休む暇もない設計試作の過労が、そのままかれの肉体をむしばんでいたのだ。

開戦を知ったとき、かれの胸に湧《わ》いたのは、一種の困惑だった。

かれは、十年前に外国の航空機会社を視察、アメリカの航空機工場の内部も自分の眼でみてきている。それらの工場の規模は、当時それほど驚異的なほど大きなものとは思えなかったが、それをささえているアメリカの全工業力の強さをかれははっきりとかぎとっていた。そしてひとたび戦争が開始されれば、それらに従事する人々の全精力は、高度化されている機械力を駆使して兵器生産に総動員され、軍用機も奔流のように流れ出されるにちがいなかった。さらにアメリカの豊かな資源、工場設備、輸送機能、そして合理的な生活環境などが、それを充分可能とさせるはずであった。かれは、不安をおぼえていた。軍部は、総力戦という言葉を口にしてはいるが、アメリカの強大な工業力を思うと、すべての力を結集してもアメリカのそれと対抗することができそうには思えなかった。

むろん日本の軍部は、アメリカ工業力の巨大さと水準の高さを知っているはずだし、アメリカ側が大工業力を背景に、量と質とによって日本に対抗してくることも充分考慮にいれているはずだった。

しかし、日本陸海軍には、共通して量より質という観念が強く、航空戦力も優秀な航空機搭乗員《とうじょういん》と軍用機の高度な性能にすべてを託しているような傾向が濃かった。殊《こと》に海軍は、航空戦の主導的役割を演ずる戦闘機として、零式戦闘機を駆使することにより、量にたよるアメリカ戦闘機と対決させようと考えているにちがいなかった。

零式戦闘機の力は、中国大陸でのソ連機との交戦によって十二分に立証され、またハワイ、フィリピン方面でのアメリカ、イギリス機との戦闘結果でさらに色濃いものになっている。

そうした華やかな空戦結果は、むろん設計主務者である堀越にとって、この上ない喜びであったが、航空界の進歩は目ざましく、アメリカの飛行機設計者も異常な熱意で新戦闘機の設計に努力するにちがいないし、かれも安閑とはしていられないような苛立《いらだ》ちをおぼえていた。

おそらくかれらは、戦争ともなれば恵まれた環境と条件のもとに零式戦闘機をしのぐ戦闘機の設計試作に全力をそそぎ、それを大量生産のベルトコンベアーに移すだろう。

かれは、自分の生み出した零式戦闘機が、海軍戦闘機の主体となって多くの期待をかけられていることにむしろ落着かない気分だった。

しかし、そうした懸念《けねん》をふりはらうように零式戦闘機は、充分にそのすぐれた戦闘力を発揮していた。

零式戦闘機隊は、陸軍の南方諸地域確保とともに南へと基地をすすめ、米英両国の空軍を圧倒、その抵抗もほとんどみられなくなっていた。

昭和十七年二月、陸軍部隊によりボルネオ本島の完全占領も終り、さらにジャワ本島への攻略を企てた。

この作戦の目的は、ジャワ本島が敵の堅固な要塞《ようさい》となり得るおそれをとりのぞくと同時に、隣接のスマトラ本島の重要油田地帯パレンバンを無傷のまま手中におさめるためのものであった。

その作戦は、まず二月三日の海軍戦闘機隊の攻撃によって開始された。

ジャワ本島のスラバヤ周辺の空軍基地は、アメリカ製のカーチスＰ40、カーチスＰ36、ブルースター・バッファローの三種の戦闘機によって構成された蘭印《らんいん》空軍の本拠で、九八式陸上偵察《ていさつ》機が偵察の結果、百機近い戦闘機が温存されているということがあきらかになった。

フィリピン航空戦以後、小戦闘のみにしか従事していなかった零式戦闘機隊の隊員たちは、久しぶりの空中戦が展開されることに興奮していた。

その作戦行動の主力は、蘭領ボルネオのバリックパパンに基地を進出させていた台南航空隊の零式戦闘機隊で、それにセレベス島メナド基地に進出していた横山保大尉指揮の零式戦闘機隊二十七機も応援のため参加、新郷大尉指揮の零式戦闘機と合わせて約六十機がバリックパパン飛行場に集結した。

スラバヤまでの距離は、四三〇浬《かいり》もあり、その上、不安定な気象状況に不安ももたれたが、一刻も早くジャワの蘭印空軍を潰滅《かいめつ》させることが強く要求されていたので、思いきって攻撃決行ときまったのだ。

幸いにも偵察機の報告では、気象状況もきわめて良好とのことで、午前八時三〇分、零式戦闘機群は、つぎつぎとバリックパパン飛行場を離陸した。

先頭には、九八式陸上偵察機が誘導のため進み、その後に整然と編隊をくんだ零式戦闘機群が、四、〇〇〇メートルの高度をたもちながら海洋を眼下に南下してゆく。

約三時間飛翔《ひしょう》後、緑につつまれたジャワ本島が前方に見え、編隊は、徐々に高度をあげた。そして、午前一一時三〇分、編隊は、戦闘隊形をとって散開すると、一斉《いっせい》にスラバヤ上空に突入していった。

まばゆい空には、すでにカーチスP40、P36、バッファローの戦闘機群が、おびただしい錫片《すずへん》のように機体を光らせて完全な迎撃態勢をとって散開している。

零式戦闘機群は、そのまばゆい光点の群れに高速をあげて突進、たちまち、スラバヤ市街上空で、すさまじい壮大な空中戦がくりひろげられた。

その交戦は、重慶《じゅうけい》上空で初めておこなわれた空中戦とは、根本的に質の異なるものだった。中国空軍の戦闘機隊は、重慶上空にもどってきた折、零式戦闘機隊の奇襲にもひとしい攻撃を受けたのだが、スラバヤ上空の蘭印空軍戦闘機群は、ほとんど同高度で迎撃態勢をとりながら日本戦闘機隊を待ち受けていたのだ。

しかも、四三〇浬の距離を飛行してきた零式戦闘機は、条件的にも不利で、しかも数にまさるアメリカ製戦闘機群に戦いをいどんだのだ。

アメリカ戦闘機群と零式戦闘機群は、たちまち乱戦に入った。それは合計百機をも越える戦闘機の大群のすさまじい格闘戦だった。

戦闘機は、入りみだれ、弧をえがき、直進し、その中に開花するように空中分解するジュラルミンの破片。機銃の火箭《かせん》が交差し、炎がふき出し、黒煙が落下する機とともに尾をひいてゆく。

時間が経過するにつれて上空の零式戦闘機は、急速にその数を増してゆくように見えた。が、それは、アメリカ戦闘機の機影が、またたく間に減少していったことから起きた錯覚だった。

やがてスラバヤ市上空を旋回しているのは、優美な姿態をもつ零式戦闘機群のみとなった。

零式戦闘機は、数機ずつかたまると機首をもどした。上空には、激しい空中戦の余《よ》燼《じん》のように、黒煙が薄れながら流れていた。

その日の成果は、アメリカ戦闘機三十五機が確実に撃墜され、十五機が撃墜不確実、また繋留《けいりゅう》中の飛行艇四機、地上にあったB17一機を機銃攻撃で炎上させた。そして、零式戦闘機隊の損害は、わずかに三機であった。

この日の大空中戦で、フィリピンにつぎ蘭領印度のアメリカ、オランダ空軍も潰滅し、制空権は、日本航空兵力によって完全に確保された。

そして、蘭領印度に対する作戦もその制空権保持によって有利に展開し、ジャワ沖海戦、スラバヤ沖海戦、バタビヤ沖海戦と日本海軍の一方的な勝利に終り、また大油田地帯パレンバンにも落下傘《らっかさん》部隊が降下、日本陸軍は、ほとんどなんの抵抗も受けずにジャワへの上陸に成功した。

その結果、オランダ、イギリス、オーストラリア兵約一万三千名が降伏、ジャワ全土の攻略は終った。

米英蘭三国に対する開戦から四カ月間、日本の攻撃作戦は、予期以上の成果をあげた。

ハワイ奇襲によってアメリカ海軍主力に大打撃をあたえ、南方諸地域に散在していたそれら三国の戦略拠点は、大半が日本軍の手に落ちた。そして、その航空戦力も、日本陸海軍の航空兵力によって四散してしまったのである。

ハワイ奇襲以来攻撃作戦に参加した海軍航空部隊の戦闘の主力となったのは、零式戦闘機であった。

海軍航空隊は、開戦からジャワ作戦終了までに、米英蘭三国の空軍機五百六十五機を確実に撃墜しているが、そのうち零式戦闘機は、実に八三パーセントにあたる四百七十一機を撃墜した。そして、真珠湾奇襲、フィリピン航空戦、蘭領印度航空戦のそれぞれの圧倒的勝利は、主として零式戦闘機の前例をみない高度の総合性能と戦術上の成功によるものであり、また八三パーセント強にものぼる敵機撃墜機数は、その空戦性能と攻撃力の驚異的な優秀性をしめすものであった。

当然零式戦闘機は、アメリカ、イギリス、オランダ三国の空軍にとって畏怖《いふ》すべき存在となった。

かれらは、中国大陸で、漢口から重慶まで飛翔《ひしょう》した大航続力をもつ新鋭戦闘機を日本海軍が保有しているという情報を受けていた。そしてその新鋭戦闘機が、ソ連製のイ15、イ16を翻弄《ほんろう》するように大量に撃墜し、しかも日本機は、ほとんど損害らしいものも受けずに帰還するということも伝えきいていた。

しかし、少し以前まで外国の航空工業技術に依存していた日本が、その情報通りの戦闘機を生み出すことなど到底信ずることは出来なかったのだ。

奥行きの深い航空工業技術は、決して短い年月の間に急速な進歩をみせるものではない。日本の工業技術は、世界水準にも達せず、当然、日本の航空機は、きわめて程度の低い質のものと考えられていた。また操縦士の技倆《ぎりょう》も、中国空軍操縦士以下であるという判断すらあって、かれらは、日本の航空兵力を劣弱なものと考えていたのだ。

そうしたかれらの前に、忽然《こつぜん》とあらわれたのが零式戦闘機だった。かれらは傲岸《ごうがん》な自信をもって、そのほっそりした奇怪な戦闘機と対決した。

かれらにとっては、その日本戦闘機を、確実にそしてすべて粉々に砕き散らすことができるはずだった。しかし、かれらは、遭遇したと同時にその戦闘機が、驚くほどのスピードをもって突き進んでくることを知ったのだ。

そして空戦に入った一瞬後には、その戦闘機が呆《あき》れるほどの上昇力と旋回性能をもって自分の機の後尾についてしまっているのに気づく。そして、その戦闘機から発射される銃撃は、ひ弱そうなその戦闘機の姿態からは想像もつかぬような強大なものであることを味わわされる。そして、たちまちその銃弾でかれらの機体はひき裂かれ、火炎を発し、一直線に落下してゆくのだ。

かれらにとって、それは全く信じがたい現象だった。

小さな東洋の一島国である日本から羽ばたいた戦闘機に、自分の国の技術者がその全精力をあげてつくり出した戦闘機がほとんど抵抗もできないような劣ったものであるとは思えなかった。まして、自分たちの操縦技術が日本のパイロットたちのそれに劣るものとも思えなかった。

かれらには、矜持《きょうじ》があった。敗北を喫するわけはない……かれらは、いぶかしみながらも、日本の戦闘機に再び戦いをいどんでゆく。

が、やがて、かれらの矜持が完全に崩壊する時がやってくる。空戦を重ねるたびに、かれらは再起不能なまでの大きな痛手をうけ、それは、戦慄《せんりつ》すべき恐怖と変っていった。

かれらにとって、零式戦闘機は、すでに戦闘機ではなく、神秘性をおびた奇怪な飛翔物だった。

或《あ》るパイロットは、その飛翔物と対する都度、自機をふくめた友軍機が、それぞれ競い合いながら自ら墜落するように思えたとおびえたように口にしたりした。そして、かれらは、その華奢《きゃしゃ》な戦闘機との交戦をあきらめ、自発的に身を避けるようにさえなっていた。

零式戦闘機と対等に戦闘できる戦闘機は、かれらの間に一機種も存在しなかった。またマレー方面では、中島飛行機の設計になる陸軍の一式戦闘機（隼《はやぶさ》）が、目ざましい成果をあげていた。つまり陸海軍機ともに、世界水準をぬく優秀な性能をしめしていたのだ。

十五

三菱《みつびし》重工名古屋航空機製作所では、工場の機能を最大限にふりしぼって軍用機の生産にはげんでいた。

昭和十七年五月には製作所の作業面積も昭和十二年七月の支那事変勃発《ぼっぱつ》時にくらべると七倍に及ぶ十五万坪に大拡張され、工員の数も五倍近い三万名に達していた。

すでに昭和十三年七月には発動機部門をきりはなし、名古屋市北部に名古屋発動機製作所を独立させていたが、昭和十六年にはさらに陸海軍の第二次拡充命令によって、新たに官設民営の熊本《くまもと》、水島両航空機製作所の建設が企てられた。

熊本製作所は、陸軍の要請によって約四十四万坪の敷地に十三万坪の工場建設が予定され、飛行場用地として五十七万坪が確保されていた。また水島製作所は、海軍の要請によって岡山県倉敷市南方約九キロの海面を埋立て、工場用地、飛行場用地その他を合わせると約百四十万坪にも達する大規模なものだった。

また名古屋航空機製作所そのものも、日清紡《にっしんぼう》名古屋工場等を買収、陸、海軍機用併せて大幅な工場拡張が企てられていた。さらに陸軍機飛行試験、整備作業等をおこなうため愛知県知多半島に約四十万坪にも及ぶ知多飛行場、知多格納庫の建設も計画されていた。

すべてが戦時の軍要請にもとづいて、大航空機工場としての規模をそなえてきていたのだ。

所内には、活気がみなぎっていた。

南方諸地域に展開する日本陸海軍の進攻は目ざましく、その戦況は、連日、新聞紙上に報道されている。殊に、かれらの眼をひいたのは、航空戦の記事で、新聞に掲載される航空機の写真に、自分たちの手がけた機種や発動機を装備した機種を見出《みいだ》しては、興奮していた。そして、圧倒的な勝利に終った航空戦の戦果発表に、涙ぐむ者も多かった。

製作所には、陸軍機工場と海軍機工場とがあって、それぞれに配属された工員たちは、対抗意識をむき出しにしてその生産量を競い合っていた。

名古屋航空機製作所で生産されている陸軍機は、九七式重爆撃機、一〇〇式司令部偵察機、九九式軍偵及び同襲撃機、海軍機は、一式陸上攻撃機、零式（艦上）戦闘機、零式観測機であった。

が、その中で最も多く生産されていたのは、むろん零式戦闘機で、昭和十七年に入っても、一月に六十機、二月に五十八機、三月に五十五機と、順調に生産され、量産を引受けていた中島飛行機でも、一月に十九機、二月に二十二機、三月に三十五機と漸《よう》く《や》その生産機数も増していた。また一式陸上攻撃機も一月に二十五機、二月に二十七機、三月に三十機と、わずかながらも生産機数は上昇してきていた。

工員たちは、互いにはげまし合いながら作業に熱中していた。午前六時半をすぎると大江町の名古屋航空機製作所には、かれらがひしめき合いながら流れ込み、午前七時には、工場内で一斉《いっせい》に作業がはじまる。終業は午後四時三〇分だったが、かれらの大半は決して帰ろうとはしない。いつの間にか残業がかれらの日課になっていたのだ。

生産された機体を運搬する牛車の数も、急に増していた。

日が没すると、製作所の門からは、完成した機の胴体や翼を分載した牛車が続々と姿をあらわす。

その車は、仲仕《なかし》のかざす提灯《ちょうちん》にとりかこまれ、夜の名古屋市内を灯《ひ》の列がゆっくりと進んでゆく。

かれらは、布池《ぬのいけ》町にさしかかっても、すでにアメリカ領事館の存在におびえる必要はなくなっていた。開戦と同時に、アメリカ領事館員は、全員日本政府に抑留され、牛車の列を盗み見る者はいなくなっていたのだ。

しかし、牛車の列の警戒は、依然として厳重だった。

機体も翼もかたくシートでおおわれ、警官も要所要所に立ってその牛車の列を見送っている。

しかし、運搬途中の道路改修計画は全くなく、名古屋市外からはじまる悪路は、それが当然のものであるように受け入れられていた。そしてその悪路は、生産機数の増加につれて牛車の通る回数も急増したため、路面は荒れてゆくばかりで、殊に降雨の後などはぬかるみと化し、しばしば牛車の車輪は泥《どろ》の中にはまりこんだ。

依然として製作所から各務原《かかみがはら》飛行場まで四十八キロの道程を運搬するには、二十四時間が費やされていた。

牛も、必死だった。運ぶ回数も増すにつれて、牛たちの疲労も積み重ねられてゆく。そのため機体の運搬作業が終了すると、牛をそれ以上疲労させぬように、帰路はトラックに乗せた。牛に飼料は、充分あたえられていたが、さらにその疲労回復をはやめるため、運輸係長の田村誠一郎は、ビールの特配を切望し、それをトラック上で牛に飲ませたりしていた。

名古屋航空機製作所には、海軍大臣嶋田《しまだ》繁太郎《しげたろう》大将、大本営陸軍部参謀総長杉山元《はじめ》大将、海軍横須賀《よこすか》航空隊司令高松宮《たかまつのみや》殿下等が相ついで来所、所員は、自分の勤務する工場の存在が、戦争遂行上きわめて重要な位置を占めていることをあらためて感じとっていた。

その頃《ころ》、漸く病も癒《い》えた堀越二郎は、会社へも顔をみせるようになっていた。かれは、零式戦闘機の設計を終えた後、海軍十四試局地戦闘機（後の雷電）の設計主務者としてこの機種の設計に、零式戦闘機とほぼ同じ設計グループをひきいてとりくんでいた。

それは、迎撃戦闘機であるため航続力は小さかったが、最高速度六、〇〇〇メートルの高度で時速六〇〇キロ、上昇力六、〇〇〇メートルまで五分三十秒以内、七・七ミリ、二〇ミリ機銃各二梃《ちょう》、また発動機は、戦闘機として直径が大きすぎはしたが信頼性のある三菱《みつびし》の火星一三型を装備するように、海軍側から要求されていたものであった。

しかし、堀越たちは、零式戦闘機の空中分解事故等の事故対策や改造設計に時間の大半をさかれ、十四試局地戦闘機の設計作業に専念することはさまたげられていた。

その上、堀越の最も頼りとしていた部下の曾根嘉年技師が、昭和十六年の夏胸部疾患で倒れ、それにつづいて堀越自身も病床に伏したので、基本設計を終えたまま、その年の九月中旬から設計主務者を高橋己治郎技師に交代しなければならなかった。

が、高橋技師を中心に十四試局地戦闘機設計グループは、異常な熱意をもってその設計試作にとりくみ、昭和十七年三月二十日には、第一号機の最初の飛行試験を終え、それにつづいて飛行実験の段階にはいっていた。

堀越は、その社内飛行試験にも立ち会ったが、局地戦闘機の設計主務者は、そのまま高橋技師が担当していた。

それから一カ月ほど後の四月十四日、海軍航空技術廠《ぎじゅつしょう》でひらかれた会合に、病後間もない堀越が、青白い顔で参加していた。それは、海軍があらたに計画した十七試艦上戦闘機（後の烈風）の第一次研究会であった。

その十七試艦上戦闘機は、零式戦闘機よりもさらに速度がはやく、火力も強大な単座戦闘機を目標としたもので、零式戦闘機の設計、試作、その後の事故対策、改造に全精力をかたむけた堀越の肩に、さらに苛酷《かこく》な海軍側の要求をふくむ新戦闘機の設計、試作がのしかかってきたのだ。

たしかに零式戦闘機は、比類のない性能をもつ世界最優秀の万能戦闘機ではあったが、やはり軽快性を最も重視したため小さい馬力の発動機を採用しなければならず、その結果或る程度速度や上昇性能を犠牲にしていた。

そうした設計は、必然的に防弾や兵装強化の余裕を失わせていたが、それを改良するためには、零式戦闘機の機体に許せるかぎりの馬力向上を実行するか、それとも馬力の大きい発動機をもつ新戦闘機をつくらなければ、アメリカ戦闘機に対する優位は長くつづくはずはなかった。

海軍で計画した十七試艦上戦闘機（烈風）は、一言にしていえば、零式戦闘機の後継機と言ってよかった。

零式戦闘機が、神秘的な優秀さを実戦でしめしてはいるというものの、航空工業技術の進歩は、目まぐるしいほどはやい。殊に零式戦闘機に他愛なく翻弄されているアメリカ空軍は、その脅威をふりはらうためにアメリカの航空工業界にそれと対抗できるような戦闘機の製作を強く要求しているにちがいなかった。

かれら戦闘機設計者たちは、実際の戦闘で日本の戦闘機設計者との戦いに完全に敗れたことをはっきりとさとったにちがいなかった。大きな自信をもっていたかれらは、それが自分たちの抱いていた幻影であることを知らされたのだ。

アメリカの航空工業界も、軍の要請にこたえて全精力をかたむけて零式戦闘機をしのぐ戦闘機の設計試作にとりくんでいるだろう。そして、それを支えるのは、底知れぬ力をもつアメリカの大工業力だった。

日本海軍航空関係者は、いずれは零式戦闘機と対抗し得るアメリカ戦闘機が戦場に出現するだろうと予想はしていた。

アメリカ本土からの情報によると、すでに双発双胴の奇怪な形をしたロッキードP38という陸軍戦闘機が大量生産段階に入っているという。それは、世界独自の排気タービン過給器と、水冷一、一五〇〇馬力のエンジン二つをもつ異様なほどの高空性能をもつ戦闘機だと言われている。そして、その後にも、アメリカ航空工業界は、その強大な力を充分に発揮して後続の新戦闘機を生み出してくるにちがいなかった。

海軍航空関係者としては、零式戦闘機と同程度の大航続力をもちながらも、さらに各種性能に一層高度な能力をもつ戦闘機の出現を望んでいた。それが、十七試艦上戦闘機の設計試作要求となってあらわれたのだ。

その席上、海軍側からは、零式戦闘機が世界第一の戦闘機であることが再確認され、十七試艦上戦闘機もあくまでも将来出現するだろうアメリカの戦闘機を完全にしのぐべきものでなくてはならないということがあらためて要望された。

その日、堀越は、今までの経験や技術の進歩、それに戦局の推移等を総合して、三菱の試作している大馬力のＭＫ９Ａ発動機の装備を主張したが、航空本部側は、中島のる号ＮＫ９Ｈ（後の誉発動機）を使用したいという希望を述べ、主張は全く相反した。

しかし、それらの問題は、今後の研究課題となって残された。

その頃、堀越は、海軍航空本部の技術部員として航空発動機を担当していた永野治技術少佐から、零式戦闘機に中島製栄発動機の代りに、それよりも馬力の大きい三菱の金星発動機を装備換えしてみる気はないか、と進言されていた。

永野の意図は、中島の栄発動機が零式戦闘機以外にも陸軍の一式戦闘機（隼）、九九式双軽爆などにも採用されていて、それらを満たすだけでも中島の発動機生産能力は限界にきている。もしも、これ以上に生産が要求されれば、需要に応じられなくなる事態が発生することも予想されるし、そうした危険はあらかじめ避けた方がいいという。

堀越には、これに反対する理由はなく、むしろ永野の意見に強い同感をおぼえた。

しかし、堀越は、それに賛成することはできない立場にあった。海軍が名古屋航空機製作所に託している種目には、堀越の担当しているもの以外に一式陸上攻撃機の改造、一式陸上攻撃機の後継機の設計研究、零式観測機の改修、十七試局地戦闘機の設計研究などがある。

それら多くのものをかかえている名古屋航空機製作所の中で、堀越をリーダーとする設計グループは、戦場からの要求に応じて零式戦闘機の改修にあたったり、試作したばかりの十四試局地戦闘機の完成や十七試艦上戦闘機の新規設計まで担当しなければならず、しかもそれらは、どれもが優先的におこなえと厳命されている。

そうした背負いきれぬような負担の中で、永野の提案をうけいれることは全く不可能で、現在でも人員の不足をきたしている堀越の設計グループから、十人ほどの技師や技手をそのために割《さ》かねばならないことは苦痛だった。

海軍側から三菱側に託されている航空機の種目には、当然緊急を要するものとそれほどではないものがあるはずであった。しかし、実際には、それらは一つ残らずすべてが緊急を要するものとして指示されている。それは、堀越たちの設計グループのみではなく他の機種の設計陣にも共通したものであったが、そのため設計者たちは、課せられた仕事だけで新しい仕事に手をつける余裕などない。海軍側が、その点について充分考慮してくれれば、会社側もそれにしたがって設計技師その他の配分もでき作業は円滑に進むにちがいなかったが、海軍側がはっきりした指示をくだしてくれなければ、会社側としては、それを実施することはむずかしいのだ。

堀越たちにしてみれば、むろん零式戦闘機に金星発動機を装備するための設計試作にも手をつけたかったし、また一層強力な発動機をつけた十七試艦上戦闘機の設計試作をすぐにでもはじめたかった。しかし、周囲の状況から、それを実行することは不可能だったのだ。

そうした内部的な苦悩はあったが、戦場での海軍航空部隊の行動は、活気にあふれていた。

日本海軍の航空戦は、ウェーキ島攻略作戦後、ラバウル攻略戦にも大成果をあげ、その後、濠州《ごうしゅう》のポートダーウィン、セイロン島への攻撃もつづけておこなわれた。そして、日本海軍は、陸軍とともに太平洋南方地域の制空権の大半を完全に確保していた。

戦況は、一段落し、戦局も小康状態をたもっていた。

内地では、戦時体制の強化が本格化し、物資統制令につづいて衣料品の切符制度が布《し》かれ、さらに企業整備も実施されて、多くの中小企業者たちは、企業を閉じ軍需工場へと徴用されていった。

また言論機関に対する軍部の介入も露骨なものとなり、日本人の総力を戦争遂行のために集中させるような施策がつぎつぎと実行されていった。

と、四月十八日午後一時すぎ、戦勝気分にひたっていた日本にとって、冷水を浴びせかけられるような思いもかけないことが起った。

その日、東京の上空には、奇妙な双発機が低空でゆっくりと飛んでいた。市民は、その機の翼に星型の標識が印されているのを、珍しいものでもながめるように見上げていた。警報も鳴らず、市民は、むろんそれが、アメリカの爆撃機などとは想像することさえできなかった。

しかし、その双発機は、犬吠埼《いぬぼうざき》東方六五〇浬《かいり》の洋上に僚艦「エンタープライズ」とともに接近したアメリカ海軍の航空母艦「ホーネット」艦上から発進したドゥリットル中佐指揮のノースアメリカンＢ25型爆撃機で、海上すれすれに東京上空へ進入していたのだ。

その数は十三機で、別の三機は、名古屋、関西方面へと向った。

名古屋市でも、それらの機は、市民にとってアメリカ機とは判断されなかった。市街地を人々はいつものように往《ゆ》き交い、市電もバスも走り、競技場ではスポーツをたのしむ市民の姿もみられた。

そのＢ25の一機が、名古屋航空機製作所の上空を低空で接近すると、突然金属的なきらめきを帯びたものを投下した。

たちまち、大爆発が起り、炎と黒煙が舞い上ったが、工場の所員たちは、その音響におどろきはしたが、なにかが爆発でもしたのだろうと大半の工員はそのまま作業をつづけていた。

投下されたのは焼夷弾《しょういだん》で、工場そのものの被害は軽微で、ただ五名の工員が即死し、九名の重傷者、二十一名の軽傷者を出した。

この大胆な本土初空襲をおこなったアメリカ陸軍のB25十六機は、三機が中国大陸の日本軍占領地域内で燃料が絶えて乗員八名がパラシュートで脱出、また他の一機はソ連領内に不時着、残り十二機は、中国の麗水《れいすい》飛行場にたどりついたが、夜間着陸のため着陸に失敗全機大破した。

このアメリカ爆撃機による空襲については、日本海軍もあらかじめ察知していた。四月十日午後六時三〇分、海軍の大和田通信所は、洋上をひそかに日本本土にむかって進むアメリカ航空母艦二隻《せき》又は三隻の発信する暗号指令を傍受、その交信内容からその機動部隊が東京空襲を企てていることをかぎとっていた。

連合艦隊は、ただちに木更津《きさらづ》、南鳥島《みなみとりしま》の哨戒機《しょうかいき》に七〇〇浬にわたる索敵を命ずると同時に、反撃計画を急速にうち樹《た》てた。

その内容は、空襲予定日の前日にアメリカ機動部隊を発見し、魚雷攻撃を集中、また印度《インド》洋作戦から帰投途中の南雲《なぐも》中将のひきいる機動部隊にも敵艦隊捕捉《ほそく》のために予定海面へ急行させるというものだった。その計画は、むろん哨戒機のアメリカ機動部隊発見が前提とされていたが、敵機動部隊の所在は、はりめぐらされた哨戒網にはひっかかってはこなかった。

と、四月十八日午前六時三〇分、監視艇第二十三号「日東丸」から、

「敵空母見ユ」

の緊急報が入電した。

その発信は、アメリカ艦隊によって傍受され、たちまち「日東丸」は、艦載機と巡洋艦の砲撃によって沈没したが、海軍機は、その報に完全な迎撃態勢をととのえた。

日本海軍は、アメリカ空母の位置からみて空襲は四月十九日と判断していた。

しかし、アメリカ海軍機動部隊は、「日東丸」に発見されたことで空襲予定日を一日はやめ、B25を「ホーネット」艦上から発艦させると同時に、急反転して避退行動に移った。その決断が、逆に日本海軍の意表をつくこととなって、爆撃機は容易に日本本土に侵入したのだ。

空襲の被害はわずかだったが、アメリカ空軍機の進入を許した日本海軍は、はげしい批判にさらされることになった。

日本本土上空は、日本海軍が必ず守ると重ねて述べていただけに、海軍の面目は全く失われたのだ。

海軍の上層部は、苛立《いらだ》った。そしてその焦慮は、二つの作戦行動となってあらわれた。

その一つは、太平洋上から発したアメリカ爆撃機が、日本本土を空襲後中国大陸に着陸するという奇策を再びくり返させないためにとられた処置で、大本営から支那《シナ》派遣軍に対し麗水をはじめとした中国空軍基地に対する攻略作戦が命じられたのだ。

ただちに中国大陸の地上部隊は航空部隊と協同して作戦行動を起し、航空部隊による中国空軍飛行場の反復爆撃とともに、地上部隊も中国軍の激しい抵抗を排除しながら進撃をつづけ、遂《つい》に麗水をふくむ飛行場攻略に成功した。

また第二の作戦は、連合艦隊司令長官山本五十六《いそろく》大将の強い要望によって企画され実行に移された大作戦行動であった。

山本司令長官は、アメリカ空軍の本土空襲に大きな衝撃を受けた。そして、アメリカ空軍機を再び日本本土に侵入させないようにするためには、さらに哨戒線をアリューシャン列島からミッドウェイ島の線までひろげなければならないと判断した。

それは、アメリカ空軍基地の設けられているミッドウェイ島とアリューシャン列島を結ぶ線が、アメリカ機動部隊の日本本土近接の重要な第一線と考えられていたからであった。

その作戦は海軍上層部のはげしい反対にあったが、山本連合艦隊司令長官の主張は強く、大本営も漸《ようや》くそれに同意して昭和十七年五月五日、陸軍との協同のもとにミッドウェイ及びアリューシャン西部要地の攻略命令を発した。

作戦行動の展開は、ミッドウェイ方面とアリューシャン方面とに二分された。

ミッドウェイ方面作戦に参加する艦艇は、主力部隊として、山本連合艦隊司令長官座乗の戦艦「大和《やまと》」を旗艦に、「長門《ながと》」「陸奥《むつ》」「伊勢《いせ》」「日向《ひゅうが》」「山城《やましろ》」「扶桑《ふそう》」の七戦艦、空母「鳳翔《ほうしょう》」以下軽巡三、潜水母艦二、駆逐艦二十。機動部隊は、第一航空艦隊司令長官南雲忠一中将のひきいる「赤城」「加賀」「飛竜」「蒼竜《そうりゅう》」の四航空母艦、「榛《はる》名《な》」「霧島」の二戦艦、「利根《とね》」「筑摩《ちくま》」の二重巡、その他軽巡一、駆逐艦十六隻。さらに攻略部隊として、近藤信竹中将を指揮官に戦艦「比叡《ひえい》」「金剛《こんごう》」、重巡「愛宕《あたご》」「鳥海《ちょうかい》」「妙高《みょうこう》」「羽黒《はぐろ》」「熊野《くまの》」「鈴谷《すずや》」「三隈《みくま》」「最上《もがみ》」、空母「瑞鳳《ずいほう》」その他軽巡二、駆逐艦二十一隻をそれぞれ配するという連合艦隊の全兵力に近い大艦隊だった。そして、十六隻の輸送船には、第二連合特別陸戦隊員約二千八百名、陸軍一木支隊員約三千名がミッドウェイ島攻略に従うべく乗船した。

ミッドウェイ攻撃部隊は、海軍記念日にあたる昭和十七年五月二十七日午前六時、南雲中将麾下《きか》の機動部隊の内海出撃に端を発し、続々とミッドウェイを目ざして進撃していった。

その頃《ころ》、アメリカ海軍は、日本海軍の発信した暗号電文を解読、スプルーアンス少将指揮の空母「エンタープライズ」「ホーネット」、重巡五、軽巡一と、フレッチャー少将のひきいる空母「ヨークタウン」、重巡二、駆逐艦五を、日本艦隊邀撃《ようげき》のためミッドウェイ海面に接近させていた。

アメリカ海軍は、珊瑚《さんご》海海戦をはじめ多くの海戦で痛手を受け、圧倒的な規模をもつミッドウェイ作戦参加の日本艦隊には、到底勝利を占めることはおぼつかないと判断していた。しかし、ミッドウェイ島の空軍基地の機能も発揮して、飛行機により日本艦隊の進撃を阻止しようと企てていたのだ。

ミッドウェイ海戦は、六月五日、ミッドウェイ海面に達した第一航空艦隊所属の日本海軍機の進発によって開始された。

その日の午前一時三〇分、「飛竜」飛行隊長友永丈市《たけいち》大尉は、零式戦闘機三十六機をふくむ百八機の第一次攻撃隊を指揮、ミッドウェイ空襲を企てて出撃した。

攻撃隊が母艦上を発進して間もなく、編隊は早くもＰＢＹ―５飛行艇に追随され、ミッドウェイ三〇浬付近に近づくと、ＰＢＹ―５は、不意に攻撃隊上空に進出、吊光《ちょうこう》弾《だん》を投下した。それは、迎撃するために待機しているアメリカ海軍戦闘機バッファロー、F4F―ワイルドキャット五十数機を誘導したものであった。

たちまちアメリカ迎撃機群が、攻撃隊に来襲した。

ただちに零式戦闘機隊は、優勢なアメリカ戦闘機群に突進、激烈な空中戦をくりひろげた。

バッファローにまじっているF4F―ワイルドキャットは、アメリカ戦闘機中最も運動性のよい戦闘機とされていたが、零式戦闘機隊は、友軍の爆撃機編隊にそれらアメリカ戦闘機を一機も接触させず、しかもその両機種のアメリカ戦闘機を四十数機も撃墜、零式戦闘機隊は、わずかに二機が撃墜されただけであった。

友永隊は、さらにミッドウェイ島を空襲したが、敵機の姿は、ミッドウェイ上空にも飛行場にもみられなかった。

友永は、避退した敵機が再びミッドウェイ島飛行場にもどってきた折をねらって攻撃する必要があると判断して、南雲艦隊司令長官宛《あて》に、

「第二次攻撃ノ要アリ」

と発信した。

機動部隊の「赤城」「加賀」「飛竜」「蒼竜」の四航空母艦上には、出現すると思われる敵機動部隊攻撃のために魚雷を装着した第二次攻撃隊が待機していたが、友永大

尉の電文によって、急ぎ魚雷をはずし地上爆撃用の八〇〇キロ爆弾にとりかえることになった。

そして、整備兵たちは、その換装に走りまわり漸く作業が終了した頃、今度は重巡「利根」から射出された零式水上偵察《ていさつ》機が、

「敵ラシキモノ十隻見ユ」

のアメリカ機動部隊発見の報を伝えた。

母艦上に、はげしい混乱が起った。

とりつけたばかりの爆弾ははずされて、再び魚雷が装着されてゆく。そして、それも終えた攻撃機がエンジン始動をはじめ発艦しようとした折、不意にアメリカの急降下爆撃機十二機が、「赤城」「加賀」「蒼竜」上空に来襲、一斉《いっせい》に投弾した。

命中弾は、各艦ともわずかだったが、換装の混乱で放置されていた大量の爆弾が一斉に誘発、たちまち三艦は大火炎につつまれた。

また「飛竜」にも爆弾が命中、同じような誘爆が起った。

四艦は、その後九時間近く浮んでいたが、やがて「加賀」につづいて「蒼竜」が沈没、燃えながら浮ぶ「赤城」は、敵の手に落ちることを避けるため、駆逐艦「野分《のわき》」の魚雷発射によって沈められ、また「飛竜」にも駆逐艦「巻雲」の魚雷がたたきこま

れた。

尚《なお》「飛竜」から発進した友永大尉の指揮する攻撃機十機、零式戦闘機六機の攻撃隊は、アメリカ空母「ヨークタウン」を襲って魚雷二本を命中させて大破、後に「伊168」潜水艦によって撃沈した。

そのミッドウェイ海戦は、日本海軍の主力であった航空母艦四隻を、老練な搭乗員《とうじょういん》、搭載機とともに失い、重巡「三隈」も撃沈されるという日本海軍の大敗北に終った。

それは、開戦以来初の敗戦であったが、軍中枢《ちゅうすう》部は、それが日本内地に動揺をあたえることを恐れて、一部の者をのぞいた海軍軍人にも極秘とされた。そして、沈没した航空母艦四隻から救出された乗員たちの口からその敗北が洩《も》れぬように、かれらをしばらくの間軟禁状態に置いて一定の場所にとじこめ、やがて各所に散らした。

しかし、そうした配慮にもかかわらずミッドウェイ海戦の惨敗《ざんぱい》の事実は、いつの間にか巷間《こうかん》にも流れ出て国内に暗い空気がよどむようになった。

ミッドウェイ海戦は大敗北を喫しはしたが、それに参加した零式戦闘機は、依然としてアメリカ戦闘機に対する圧倒的な優位を立証していた。しかし、ミッドウェイ海戦と併行しておこなわれたアリューシャン要地攻略作戦では、神秘的な存在であった零式戦闘機の機としての全貌《ぜんぼう》がアメリカ側に露見する事故が発生した。

アリューシャン作戦は、細萱戊子郎《ほそがやぼしろう》中将麾下の第五艦隊に角田覚治《かくだかくじ》少将指揮の第二機動部隊、それにキスカ、アッツ、アダック攻略部隊等からなり、五月二十六日、航空母艦「竜驤《りゅうじょう》」「隼鷹《じゅんよう》」、重巡「高雄《たかお》」「摩耶《まや》」、第七駆逐艦三隻を擁した第二機動部隊の内海出撃から開始された。

各部隊とも、濃霧と荒天になやまされながら航行をつづけ、六月四日、まず第二機動部隊が、アリューシャン列島ウナラスカ島南方二〇〇浬の洋上に到達した。

そして、その日と翌日にわたり第二機動部隊の母艦上から発進した攻撃機、爆撃機と戦闘機によってダッチハーバーのアメリカ海軍基地に空襲を決行、また七日には、海軍舞鶴鎮守府《まいづるちんじゅふ》第三特別陸戦隊員六百名がキスカ島に上陸、つづいて八日午前零時一〇分、穂積《ほづみ》松年陸軍少佐指揮の北海支隊（独立歩兵一個大隊、独立工兵一中隊基幹）の約千四百名の陸軍部隊が、アッツ島上陸に成功した。それによって、アリューシャン作戦は計画どおり好結果をもって終了したが、六月四日の第二機動部隊による第一回のダッチハーバー空襲の折、日本海軍航空隊にとって不運な事故が発生した。

その第一回目の攻撃は「竜驤」「隼鷹」から発進した零式戦闘機、艦上攻撃機、艦上爆撃機によっておこなわれたが、志賀淑雄大尉指揮の「隼鷹」隊は、アメリカ戦闘機との交戦と激しい悪天候にはばまれてやむなく引返さなければならなかった。

それに比して「竜驤」から発進した山上正幸大尉指揮の零式戦闘機、九七式艦上攻撃機の連合編隊は、悪気象とたたかいながらもたまたま雲の切れ間からダッチハーバー基地を発見、ただちに艦上攻撃機による無線発信所、燃料タンク、港湾施設等の爆撃を開始、ダッチハーバーは、たちまち黒煙と大火炎につつまれた。

また零式戦闘機隊は、敵戦闘機の迎撃にも遭遇しなかったので、洋上の飛行艇を銃撃し、それぞれに予期通りの成果をあげた。

しかし、事故は、その直後に発生した。

零式戦闘機隊の中の一機が、ガソリンタンクに被弾、ガソリンもれがはげしく母艦への帰投が不可能となってしまった。それは、古賀一等航空兵曹《へいそう》機で、かれは、指揮官に不時着しなければならぬことを報告、高度を急にさげた。そして、僚機に見守られながら、ダッチハーバー東方の無人島にむかって降下していった。

その小さな島は、万が一帰投不能になった折の不時着地としてあらかじめ指定され、搭乗員救出のために、その無人島付近に潜水艦も回航されていたのだ。

指揮官機は、降下する古賀機を上空から見つめていた。と、古賀機は、恰好《かっこう》な着陸地と思える草原のような平坦地《へいたんち》に向い、ゆっくりと着陸姿勢をとった。

指揮官機は、その機の冷静な動きと、着陸地の状況から無事に着陸できるにちがいないと予想した。が、古賀機は、意外にも接地した瞬間不意に逆立ちすると転覆し、完全に裏返しになってしまった。

指揮官は、初めて草原と思えた着陸場所が、着陸には不適当な草におおわれた湿地帯であることに気づいた。そして、転覆した機から古賀の姿が這《は》い出てこないことから、死亡又は重傷を負ったにちがいないと判断した。

不時着地点には、濃霧が流れ、たちまち不時着機の姿もその中に没してしまった。指揮官は、機首をかえすと「竜驤」艦上にもどり、古賀機遭難を報告、「竜驤」では、待機していた潜水艦に対し古賀の収容と機の捜索を依頼した。

潜水艦は、ただちに無人島に赴き、乗組員を上陸させて必死に捜索した。が、天候はさらに悪化し、遂に古賀機の不時着地点を見出すことはできなかった。

その後、古賀機は、たまたまその島に足をふみ入れたアメリカ海軍捜索隊によって発見された。かれらは、ツンドラ地帯に転覆している日本の戦闘機をとりかこんだ。その機は、ツンドラに滑空態勢で不時着したためか、機首と翼端がわずかに破損しているだけで全体としてはほとんど健全な状態で横たわっていた。

風防の中をのぞくと、操縦者は、操縦席の中で頭骨をくだいて死んでいた。

その報にアメリカ海軍関係者たちは島にやって来ると、不時着している日本戦闘機の調査に手をつけた。その結果、転覆している戦闘機が、開戦後アメリカ、イギリス戦闘機を翻弄《ほんろう》するように大量撃墜し、大恐慌《きょうこう》をまきおこしているゼロファイター（零《れい》式《しき》戦闘機）という名称をもつ日本海軍の単座戦闘機であることを知った。

かれらは、狂喜した。

かれらは、幻にも似たその驚異的な高性能をもつ戦闘機の秘密をさぐるため、それまでも真珠湾《しんじゅわん》やフィリピンで撃墜された零式戦闘機の破片を、貴重なものでも拾い集めるように収集しつづけていた。そして、それらをつなぎ合せて完全な姿に復元しようと必死な試みをつづけていたが、それはすべて不成功に終っていた。

そうしたかれらにとって、ほとんど原形のままの零式戦闘機を手中にしたことは、この上ない喜びであったのだ。

ただちに古賀機は、丁重に荷造りされると、船でアメリカ本国に移送された。そして、アメリカ海軍航空隊アナコスチア基地に運びこまれると、入念に分解調査され、破損個所の修復と慎重な手入れがおこなわれた。

やがて押収された零式戦闘機二一型は、完全な姿に復元された。そして、機体に塗装もほどこされ、主翼と胴体には、日の丸の代りに星型の米軍マークが印された。

たちまち零式戦闘機の神秘性は、アメリカ空軍関係者の手で徹底的にひきはがされていった。

アナコスチア基地では、飛行実験による性能計測がくり返しおこなわれ、アメリカ海軍の誇るF4F―4、F4U―1などの戦闘機を相手に比較性能試験が続行された。

米軍マークのついた零式戦闘機二一型は、さらに陸軍航空隊ライト・フィールド基地にまわされ、ここでもまた陸軍戦闘機との比較性能試験の相手をさせられ、さらにNACA（アメリカ国立航空研究所）によって性能、構造上の調査が反復された後、民間航空機会社の技術者やパイロットたちにも公開された。

零式戦闘機二一型の全貌は、完全にあばかれ、最後には、陸軍航空隊のライト・フィールド基地で、無惨にも徹底的な機体強度試験を受けて押しつぶされ、スクラップと化した。

調査の結果は、アメリカ航空関係者を驚嘆させた。

零式戦闘機二一型が、七・七ミリ機銃、二〇ミリ機銃それぞれ二梃《ちょう》を装備するという重装備をほどこしているのに、航続距離が一、〇〇〇マイル（最大一、八〇〇マイル）という例のない大航続力をもち、しかも総重量が約二、三六〇キロという極めて軽いものであることに、かれらは呆《あき》れてしまった。

さらに、陸海軍機と比較性能試験をしてみると、零式戦闘機の小廻《こまわ》りのきく運動性、縦の運動における縦舵《じゅうだ》性・操縦感覚などのすばらしさがはっきりとし、アメリカ戦闘機のどの機種をもってきても、到底零式戦闘機には対抗できないことがあきらかになった。

かれらは、漸く日本航空工業技術の水準をあらためて見直した。かれらの知っている日本の航空技術は、外国機の模倣《もほう》に終始する後進国のそれでしかなかった。が、現実に実戦で自分たちが全精力を結集して生み出した戦闘機や、イギリス、ソ連の新鋭戦闘機が、他愛《たわい》なく撃ち落され、さらにその怪鳥《けちょう》にも似た日本の戦闘機を手中にして、自分たちのいだいていた日本の航空技術に対する観念が、全くあやまっていたことを知ったのだ。

しかし、かれらは、その度重なる調査と実験から、無敵とも思える零式戦闘機のもつ欠点を綿密にさぐり出した。その結果、急降下速度制限が低いこと、防弾装備の全くないこと、安全装置の不備、高空性能が不足していること、高速での横転に弱いことなど、零式戦闘機の力の限界が摘出された。

アメリカ空軍関係者たちは、それら零式戦闘機の欠陥を入念に研究した後、零式戦闘機の弱点のみをつく戦法を考案することと、零式戦闘機をしのぐ新型戦闘機の設計を急ぐこととなった。

戦法を考案する中心人物となったのは、アナコスチア海軍基地での飛行試験に初めて零式戦闘機に搭乗、その後も飛行テストを担当したアメリカ海軍の戦闘機戦法の権威者ジョン・S・サッチ少佐であった。

かれは、零式戦闘機と空戦する場合に、一機対一機では全く勝ちを占めることは不可能だと判定し、二機が協同して零式戦闘機一機に対戦する特殊な戦法を打ち立てた。

それは、まず零式戦闘機よりも高度のたかい上空に位置を占め、二機が一体となって急降下し、一撃をくわえる。そして、もしもその攻撃が不成功に終った場合でも、決して零式戦闘機との格闘戦に入らないようにつとめる。たとえ二機で戦いをいどんでも、零式戦闘機との乱戦ではほとんど勝利を得ることは不可能だからだ。

そのため、第一撃をくわえた後は、二機が互いに交差するようにそのまま直進して逃避する。その折一機が零式戦闘機に追われた場合には、他の一機が零式戦闘機の後方から銃撃し、友軍機の逃げるのを援助するのだ。

しかもどのような場合でも、急降下は或《あ》る程度で中止し、垂直面の戦闘に絶対な優秀性をもつ零式戦闘機から追尾されぬよう一定の高度をたもち、遠くから再び攻撃する機会をねらうようにという内容だった。

つまり、二機がチームワークをたもって、一撃しては急速にはなれ、絶対に格闘戦をおこなわないという戦法であった。

この戦法は、零式戦闘機のもつ弱点をつく目的のもとに打ちたてられたものだが、それは、零式戦闘機の卓越した性能に対するアメリカ航空関係者の大きな驚きをしめしたものとも言える。そして、このサッチ戦法は、まずソロモン方面で零式戦闘機に大打撃をこうむっていたF４F—ワイルドキャット戦闘機隊のパイロットたちによって実戦に適用され、他の機種にもつぎつぎと採用されていった。

ミッドウェイ海戦の惨《みじ》めな敗北は、海軍兵力に大打撃をあたえるとともにかたくなに海軍部内に残されていた巨艦巨砲主義を一挙に崩壊させることにもなった。

古くから海軍内部には、戦争の勝敗を決するのは、艦隊同士の海戦によるものだという観念が確信にも似た強さで大勢を占めていた。それは、日本海軍だけにかぎらず、開戦までの世界各国海軍に共通した趨勢《すうせい》でもあったのだ。

そうした巨艦巨砲主義にもとづいて、日本海軍は、世界造艦史上初の巨大な一八インチ（約四六センチメートル）口径の主砲九門を装備した七一、一〇〇トン（満載状態排水量）の「大和《やまと》」「武蔵《むさし》」の超弩級《どきゅう》戦艦二隻を完工、さらに同型の第三号艦、第四号艦の起工、それにつづく二〇インチ砲装備の巨大な戦艦の設計計画すらすすめていた。

その戦艦保有に対する異常な熱意は、日本海軍の神秘的とも思えるほど高度化した砲撃技術への信頼感によって一層促進されたものであったのだ。

しかし、一方には、航空機の急速な発達に注目した航空主兵主義が、山本五十六《いそろく》海軍大将、大西滝治郎海軍少将らを中心に強く擡頭《たいとう》するようになり、それは、開戦と同時におこなわれた真珠湾への航空機による奇襲攻撃作戦の採用となり、またそれにつづくマレー沖海戦で航空兵力の海上兵力に対する優位がはっきりと立証されることになったのだ。

ミッドウェイ海戦の決定的な敗北は、航空機が近代戦の主役を演ずるものだということを強く再確認させ、巨艦巨砲主義は、完全に崩壊してしまった。

その結果、「大和」「武蔵」につづいて横須賀《よこすか》海軍工廠《こうしょう》ドックで起工されていた第三号艦はただちに航空母艦へ改造されることになり、また呉《くれ》工廠ドックで起工されていた第四号艦も、工事半ばで建造中止命令が出されひそかに解体された。

それにしてもミッドウェイ海戦で制式空母四隻《せき》を喪失したことは、日本海軍の戦力をいちじるしく低下させた。その傷手《いたで》をおぎなうため海軍軍令部は、六月三十日海軍大臣決裁を仰いで航空母艦増勢計画を発令した。

その内容は、昭和十七年度内に改装完了予定の「飛鷹《ひよう》」（出雲《いずも》丸）、「竜鳳《りゅうほう》」（大鯨《たいげい》）、

「冲鷹《ちゅうよう》」(新田丸)を急ぎ完成すると同時に、航空母艦への改造が決定していた「大和」型第三号艦を「信濃《しなの》」として、昭和十九年十月一日完成予定とするのをはじめ、商船からの改装、新艦の起工等を積極的にすすめるというかなり大規模な増勢計画だった。そして、航空機会社には、軍用機の大増産を督励し、搭乗員の養成にも全力をあげることとなった。

　またミッドウェイ海戦で一挙に四隻の航空母艦を失った実例でもあきらかなように、航空母艦が敵の攻撃にはきわめて弱体であることも反省させられた。その結果、航空母艦を戦艦その他の艦隊の中に組み入れて、その脆弱《ぜいじゃく》性をおぎなう機動艦隊の初編制が七月十四日付で発令され、またラバウルをはじめ地上基地に航空隊を配置して迎撃態勢をとらせることになった。

　そうした新構想は、ただちに実行に移され、日本海軍は戦力の整備に専念した。

　しかし、開戦後わずか七カ月で、日本航空兵力とアメリカ航空兵力との間には、戦《せん》慄《りつ》するような物量の差が、決定的なものとなってあらわれてきていた。

　ミッドウェイ海戦後に新たに編成された海軍第一線機の機数は、必死の増産にもかかわらず零式戦闘機四百九十二機をふくむ千四百九十八機が配置されているだけで、それは、開戦時にくらべるとわずかに百八十四機増加しているにすぎなかった。

それに対しアメリカは開戦と同時に大増産計画をうちたて、昭和十七年度の生産目標六万機（戦闘用機四万五千機）の六〇パーセントは生産可能とされ、また昭和十八年度には、十二万五千機（戦闘用機十万機）の七〇パーセントが生産可能と予想されていた。それらアメリカの軍用機は、半数がイギリスをはじめ連合国側に供給されていたが、日本の軍用機が中国大陸、ソ満国境、南方諸地域と広大な戦線に分散されるのとは対照的に、アメリカ航空兵力の配備は、小部分に集中される利点があり、航空兵力のへだたりはさらにひろがっていたと言っていい。

つまり日本とアメリカの工業力の大きな差が、それら航空機生産量の数字によって早くも露《あらわ》なものとなってきていたのだ。

さらに、日本陸海軍機が、増産と改造に追われて現状を維持するのに汲々《きゅうきゅう》としていたのにくらべて、アメリカでは、日本の軍用機設計陣とは比較にならぬほどの多数のすぐれた設計者たちによって新機種の設計試作がおこなわれていた。

工場での労働環境もよく、優秀な工作機械も豊富で、航空機の生産は流れ作業によって順調にすすめられてゆく。そして、日本の二倍以上の人口を母体に、多くのパイロットたちが養成され、第一線へと投入されていたのだ。

ミッドウェイ海戦後、戦局は小康をたもっていたが、日米戦争の焦点は、自然とニューギニア、ソロモン群島方面におかれるようになっていた。それは、アメリカの対日反攻作戦が当然その線から開始されることが予想されていたためであったし、事実オーストラリアを起点としたアメリカ軍の反攻態勢の動きが急速に活発化してきていた。

日本軍は、やがて開始されるであろうアメリカの反攻作戦を挫折《ざせつ》させるため、ニューブリテン島のラバウルをすでに一月二十三日に占領していた。

ラバウルは、二つの飛行場と良好な艦船泊地をもつ基地で、ニューギニア、ソロモン群島方面を制圧するのに最も適した要地であった。そして、海軍の基地航空隊主力も、ラバウル占領と同時に同基地に進出、主としてニューギニアのポートモレスビーへの攻撃を反復していた。

大本営がニューギニア、ソロモン方面の攻略に重点を置きはじめたのは、オーストラリア軍とアメリカ軍との連絡路遮断《しゃだん》のためであった。

すでに開戦以来、マレー、ビルマ、フィリピン、蘭《らん》領印度《インド》をすばやく手中におさめた日本軍は、オーストラリアの戦略的意義を重視し、アメリカの総反攻もオーストラリア軍との連携のもとに開始されるにちがいないと判断していた。

海軍部内には、オーストラリア攻略を強硬に主張する声もあったが、それは無謀な行為として陸軍の大反対に会い、ニューギニア、ソロモン方面の要地確保が決定されたのである。

その結果、米濠遮断作戦が計画され、まずニューギニアの要衝ポートモレスビー攻略作戦が発動された。

七月二十日、まず南海支隊（支隊長堀井富太郎少将）先遣隊がラバウルを出航、翌日の夜ニューギニア北岸のブナ付近の上陸に成功した。そして、二十八日夜には、オーストラリア軍一個大隊を撃破してココダ飛行場を占領、さらに南海支隊主力もそれにつづき、約五升の一カ月分の糧食を携行、オーエン・スタンレーの峻険《しゅんけん》を越えモレスビーへの進撃を開始した。

と、八月七日、思いもかけない戦況がソロモン群島に発生した。

その日午前五時三〇分、ラバウルにおかれていた南東太平洋方面作戦担当の第八艦隊司令部（司令長官三川《みかわ》軍一中将）に、突然ソロモン群島の南端に近いツラギ島とガダルカナル島から、両島がアメリカ海空軍の猛烈な砲爆撃を浴びているという緊急信が入電した。

ラバウル基地は、騒然となった。

やがて、それを追うようにツラギから、

「敵ノ多数船団ハ、有力ナル航空部隊及ビ護衛艦隊協力ノ下ニガダルカナル島及ビツラギニ奇襲上陸シ、現地警備隊及ビ設営隊ハ苦戦中ニシテ、六時頃ニハツラギ守備隊ハ、最後ノ決意ヲ為《な》セリ」

という意外な報もたらされた。

さらにその日の正午頃、アメリカ軍がガダルカナル島に上陸を開始したことが報じられた。その上陸作戦兵力は、戦艦一、空母二、巡洋艦三、駆逐艦十五、輸送船三十乃至《ないし》四十のかなり規模の大きなものであった。

開戦以来、わずか九カ月、アメリカ軍の大反攻が開始されたのだ。

十六

ガダルカナル――そのソロモン群島の小島を中心に展開された日米両軍の激突は、戦争そのものの無気味な姿を露呈させたものであった。戦争という巨大な生き物が、おびただしい人命、艦船、航空機その他多量の資材を貪婪《どんらん》に果てしなくのみつづけたのだ。

昭和十七年八月七日、アメリカ軍約二万名の上陸に対して、日本陸海軍もその奪回を目ざして多数の将兵をガダルカナル島に強引に上陸させた。

……悲劇は、その時からはじまった。「物」が、人間を支配しはじめたのだ。

日本海軍は、第一次、第二次、第三次ソロモン海戦、南太平洋海戦で多数のアメリカ艦船を沈没させ有利な戦いをつづけたが、ガダルカナル島に上陸した日本陸軍の将兵たちは、アメリカ軍の投入する兵力と強大な火力の前に圧《お》しつぶされていた。かれら将兵たちは、乏しい武器を手に悲壮な夜間斬込《きりこ》みを反復したが、そこに残されたのは、ただ累々《るいるい》と横たわる死体だけだった。

アメリカの経済力と日本のそれとの差が、ガダルカナル島をめぐる戦闘によってはっきりとした形となってあらわれていた。アメリカの物資補給力はすさまじく、アメリカ本土とそのガダルカナル島に巨大なコンベア・ベルトでも渡されているように果てしなく物資が投入されてゆく。

それに比して、日本側の補給は、その貧弱な経済力そのままにほとんど皆無に近いもので、それはたちまち三万近い日本軍を恐るべき飢餓《きが》と武器不足におとしいれていた。飢えきったかれらは、爬虫《はちゅう》類をはじめ動くものはすべて口に入れ、草の根や木の皮まで嚥下《えんか》する。

ガダルカナル島の戦闘指揮にあたっていた第十七軍司令官百《ひゃく》武晴吉《たけはるよし》中将は、

「糧食ノ補給ヲ受ケザルコト半月ニオヨビ、ソレ以前ノ少量給与ト相俟《あいま》ッテ、大部分ハ栄養失調ニ陥リ、飢餓者日ニ一〇〇名以上ヲ数エルニオヨビ、全軍中、攻撃行動ニ堪エ得ル体力ヲ保有スル者ハ皆無ナリ」

との悲痛な報告さえ発したほどだった。

そうした中で、ラバウルに基地を置く第十一航空戦隊（司令長官塚原二四三《にしぞう》中将）は、ガダルカナル島をめぐる戦闘に、最大限の力をふりしぼって優勢なアメリカ航空兵力と対峙《たいじ》していた。

まず八月七日のアメリカ軍のガダルカナル島上陸日には、陸上攻撃機二十七機と零式戦闘機十八機を出動させ、アメリカ上陸軍の艦船に攻撃を加えると同時に、零式戦闘機隊は、F4F（ワイルドキャット）を主力とした数倍におよぶアメリカ艦上戦闘機群と交戦、その四十六機を撃墜するという驚くべき成果をあげた。そしてその後も、連日のようにガダルカナル方面へ出動していた。

しかし、零式戦闘機をはじめ日本海軍機の前には、幾つもの大きな障害が立ちはだかっていた。その一つは、ラバウルからガダルカナル島への余りにも長い距離だった。

開戦日におこなわれた台湾からフィリピンへの渡洋航空戦では、零式戦闘機も四五

○浬《かいり》という長大な距離の飛翔《ひしょう》に成功したが、ラバウルからガダルカナル島までは、さらに一〇〇浬余も遠い五六〇浬の行程が横たわっている。それでも零式戦闘機は、その距離を克服してガダルカナル島への出撃を反復してはいたが、はげしい空中戦で燃料消費もはなはだしく、基地に帰投できず不時着するような機も多く出るようになっていた。

そうした障害をとりのぞくために、海軍では、ラバウル、ガダルカナル島間にブイン中継基地を設けはしたが、その飛行場設営作業にも、アメリカと日本との設営能力の差は歴然としていた。

日本の設営隊は、裸身でツルハシ、スコップをふるい、モッコをかつぐ。かれらは、朝から夜まで休みなく突貫工事をつづけるが、アメリカ側は、ブルドーザーなどの土木機械を駆使して、飛行場の設営を短時間におこない、たとえその飛行場を爆撃して使用不可能にしても、またたく間に修復してしまうのだ。

さらに日本海軍航空隊の重圧となったのは、アメリカ陸海軍機の果てしない増強だった。

ラバウルの海軍航空隊は、ガダルカナル島とその周辺の航空戦で、遠距離への飛翔という大きな悪条件とたたかいながらも、かなり多くのアメリカ機を撃墜していたが、アメリカ陸海軍機の補給は日を追うにつれて激増する一方で、結局日本機とアメリカ機との量の差は、急速に大きくひらいていった。

零式戦闘機は、そうした状況のもとで多数のアメリカ戦闘機にとりかこまれるのが常であった。しかも、長い距離を飛翔してきた疲れた体に鞭打《むちう》って、むらがるアメリカ戦闘機とたたかわねばならないのだ。

それにその頃《ころ》から、アメリカ軍は新型の戦闘機を続々と投入してくるようになった。

その一つは、開戦前からその存在が知られていたアメリカ陸軍のP38ライトニングであった。それは、ロッキード社で設計試作された双発双胴の大型戦闘機で、そのF型には二〇ミリ機関砲一門、一二・七ミリ機銃四梃《ちょう》という重兵装がほどこされ、また二基で三、〇〇〇馬力の排気タービン過給器つきの発動機をそなえつけていることからきわめて高度な高空性能をそなえ、また水冷発動機装備の高翼面荷重機であるため、急降下速度、水平速度に特にすぐれたものを示していた。

その奇怪な双胴の巨大な鳥を連想させるP38は、アメリカ空軍が零式戦闘機――ゼロファイターに対して自信をもって対決することの可能な新鋭戦闘機と思われた。

P38は、その大きな期待をになって、零式戦闘機に積極的に戦いをいどんできた。それまで他愛《たわい》なく撃墜されるか逃避するかしていたアメリカ戦闘機の中で、遂《つい》に零式戦闘機と対決しようとする新鋭機が出現したのだ。

その両機の空戦する光景は、異様だった。一、○○○馬力級の小発動機しかもたない零式戦闘機は、P38とくらべるとかなり小さく、しかもその優美な姿態もP38の奇異な威圧するような姿と対すると物足りないほどひ弱なものにみえた。

しかし、アメリカ軍のその大型双発戦闘機に寄せた期待は、無惨《むざん》なものに終った。零式戦闘機は、流星のようなすばらしい動きをしめし、その怪異なP38を完全に翻弄《ほんろう》するようにつぎからつぎへと叩《たた》きおとしていったのだ。

アメリカ空軍は、愕然《がくぜん》とした。ゼロファイターの戦闘力ははかり知れないほど強大で、あらためて積極的に挑戦《ちょうせん》することの恐ろしさに気づいたのだ。

その結果、かれらは、アリューシャン列島で入手したゼロファイターの研究結果を反芻《はんすう》して、P38の対零式戦闘機戦法を考案した。P38は、高空性能と急降下速度にすぐれているが、ゼロファイターは、そのどちらもが苦手で、その弱点をP38にねらわせることが最も賢明な唯《ただ》一つの道だと判断したのだ。

つまり、零式戦闘機と格闘戦を演ずることは絶対に避け、高空から一気に急降下して銃撃をくわえ、高速を利して再び高空に避退する。それは、捕獲した零式戦闘機の飛行試験担当者ジョン・S・サッチ少佐の考案した戦法の応用でもあった。

その消極的な戦法は、むろん零式戦闘機にとって少しの脅威ともならなかったが、自然とP38をとらえることはできなくなってしまい、そのことが、零式戦闘機隊員たちに精神的な焦慮をあたえるようになっていた。

零式戦闘機は、依然としてアメリカ軍戦闘機に絶対的な優秀性をしめしていた。そしてその存在は、数的に劣勢な日本航空兵力を支える大きな力となっていたのだ。

アメリカの中型爆撃機や雷撃機も零式戦闘機にとっては、恰好《かっこう》の攻撃目標でしかなかった。アメリカ海軍の複座のダグラスSBD艦上爆撃機、三座のグラマンTBF艦上雷撃機、陸軍のノースアメリカンB25、マーチンB26爆撃機、海軍のコンソリデーテッドPBY飛行艇などが、しばしば零式戦闘機と接触しているが、それらは一様に他愛なく撃墜されていた。

そうした神秘的な力を発揮していた零式戦闘機にも、その戦闘力の通じがたいアメリカ機があった。それは、陸軍のボーイングB17とコンソリデーテッドB24の四発大型爆撃機であった。

B17は約七五〇浬、B24は八〇〇浬以上のそれぞれ長大な行動半径を利して、一式陸上攻撃機でさえ到達できない遠くの基地から出動してきて、その巨大な機体から豪雨のような大量の爆弾を投下する。

その破壊力はすさまじく、それによって受ける日本軍の損害も増大し、それを撃墜するために零式戦闘機は、基地を飛び立つ。

しかし、「空の要塞《ようさい》」とアメリカ軍が誇示するだけあって、Ｂ17もＢ24も世界の軍用機中類のないようなすぐれた防弾がほどこされていて、容易には撃墜することができなかった。

それらは城壁のような堅固な防禦《ぼうぎょ》におおわれ、燃料タンクも自動閉鎖式防弾装置がほどこされているので、零式戦闘機の発射する二〇ミリ炸裂焼夷弾《さくれつしょういだん》が燃料タンクにあたっても火災の起きることは少ない。

その結果、それらの大型爆撃機を撃墜させるためには、搭乗員特に操縦者をねらうか、燃料タンクに多くの二〇ミリ機銃弾を集中的に浴びせかけるか、それとも多くの戦闘機によって総がかりで大きな損傷を負わせる以外に方法はなかったのだ。

それに、それら大型爆撃機の防禦砲火は強大で、しかも前後上下左右に銃座が設けられている……いわば死角というものがほとんどないので、零式戦闘機も接近しにくい。それに機体が大きいので、機銃発射時の距離感覚に時折錯覚をおこすことも災いとなった。

しかし、そうした困難さはあったが、開戦直後、フィリピンのルソン島空襲をおこなった零式戦闘機隊によってB17を撃墜したのを初めとして、零式戦闘機は、密度の濃い防禦砲火をくぐりながらその巨大な飛翔物に突進していた。

十七

昭和十八年が明けた。

ガダルカナル島の攻防戦は、最後の段階をむかえていた。日本軍の補給路は遮断され、その上日本軍陣地には鉄塊でおおうようなアメリカ軍の砲爆弾が絶え間なく注がれ、飢餓に瀕《ひん》した同島の日本軍は、すでにその戦力の大半を失っていた。

大本営は、遂にガダルカナル島放棄を決意、一月三十日から撤退作戦がはじめられた。それは、幸いにも米軍に察知されず二月七日には無事終了したが、同島に残されたのは、戦死者一万五千名、飢餓等による戦病死者四千五百名の死骸《しがい》だった。

またガダルカナル島周辺の攻防戦で、日本側は、八百九十三機の航空機と真珠湾以来の優秀な搭乗員《とうじょういん》二千三百六十二名を失い、その他艦船の喪失も大きく、物量的に乏しい日本軍にとってその一大消耗戦は、想像以上の重圧となってのしかかってきた。

アメリカ軍の反攻態勢は、急速にととのえられていった。ガダルカナル島の整備とともにニューギニア地区にも拠点を確保、ブナの日本軍を全滅させると、さらにラエ、サラモアにも迫っていた。

海軍航空隊は、主としてラバウルを基地にアメリカ空軍兵力と必死になって対決していたが、量の差は一層顕著なものとなっていった。

そうした中で、ラエ、サラモア増援のためビスマーク海海戦と称される戦闘が開始され、陸海軍機百機が船団の上空掩護《えんご》にあたったが、それも、日本軍の大惨敗に終り、四千名近い兵員と参加艦船のほとんどを失い、零式戦闘機も二十〜三十機が撃墜された。

そうした戦況の悪化に苛立《いらだ》った大本営は、戦闘の主導権を回復させるため、「い」号作戦という航空兵力のみによる作戦開始を発令した。

それは、海軍航空兵力の総力を結集してソロモン、ニューギニア両方面に対し大空襲をおこなおうというもので、戦闘機百八十二機、爆撃機八十一機、陸上攻撃機七十二機、偵察《ていさつ》機四機計三百三十九機の海軍機が動員された。そして、トラック島在泊の連合艦隊旗艦「武蔵《むさし》」に座乗していた山本五十六《いそろく》連合艦隊司令長官も、直接指揮に任ずるため、ラバウル基地に赴いた。

作戦は、四月七日からはじめられ、十一、十二、十四日にそれぞれおこなわれ、巡洋艦、駆逐艦各一隻《せき》、輸送船三十五隻を撃沈、敵機百八十三機を撃墜、それに比して日本側の損害は、自爆、未帰還四十二機という好結果で終った。

「い」号作戦は十六日をもって終了、十七日には「い」号作戦研究会が、山本長官出席のもとにラバウルで開催された。

その席には、すべての海軍航空関係者が参集し、航空に関する諸問題について真剣な討議検討がおこなわれた。

その会の結論としては、第一に、

「零式戦闘機ハ、総合性能概《おおむ》ネ優秀ニシテ、現状ニ於《お》テ南東方面出現ノアメリカ軍戦闘機ニ対シ特ニ遜色《そんしょく》ヲ認メズ」

ということが改めて確認され、それを前提に率直な意見が交わされた。

敵航空兵力の現状判断では、ニューギニア、ソロモン方面にアメリカ軍は、優秀な戦闘機を全面的に投入していることがあきらかにされた。機種は、グラマンＦ４Ｆ、チャンスボートＦ４Ｕコルセァー、ロッキードＰ38ライトニング、ベルＰ39エアラコブラ、カーチスＰ40トマホーク等で、その中で新たに出現したＦ４Ｕの性能が特に注目された。

そのＦ４Ｕは海軍戦闘機で、着艦性能と視界が悪く航空母艦機としては使用できないといわれていたが、ガダルカナルをはじめ陸上基地に配備されたことによって俄《にわ》かにその優秀な性能が発揮されるようになった。

Ｆ４Ｕは、二、〇〇〇馬力級の空冷エンジンを装備した初の単発戦闘機で、零式戦闘機より水平速度も上昇速度もはやく、特に急降下速度が大きかった。それは、アメリカ戦闘機中零式戦闘機に対して最もすぐれた性能をしめす機であることはあきらかで、高高度性能も優秀だった。

しかし、そのＦ４Ｕも格闘戦になれば、零式戦闘機と対等な戦闘をすることはできなかったが、零式戦闘機に対して特殊な戦法をとるようになってからは、零式戦闘機にとっても容易には撃墜することのできないものとなった。

それは、空中戦の状況が不利になると、必ずといっていいほど高度を八、〇〇〇メートルから九、〇〇〇メートル以上にまで上げていってしまう。高高度性能に劣る零式戦闘機にとっては、そうした戦法をとるＦ４Ｕを捕捉《ほそく》することはむずかしいのだ。

そのＦ４Ｕが数が少ない間は無難だったが、やがて数が急に増すにつれて周囲からはげしい集中攻撃を浴びせかけられることも多くなり、その新鋭戦闘機の存在は、決して無視できないものとなっていた。

研究会の席上では、漸《ようや》くアメリカ戦闘機中にも、Ｆ４Ｕという零式戦闘機に挑戦できる新戦闘機の出現したことが確認された。

またその席上、注目すべき一つの結論が出された。

それは、

「戦闘機トイエドモ、将来機ニ対シテハ防禦《ぼうぎょ》ヲ考慮スルヲ要ス」

という項目であった。

空中戦で撃墜されるのは、大半が火災によるもので、そのため防禦力、特に防弾を強化すれば、被害は少なくてすむはずであった。

しかし、日本陸海軍には攻撃は最大の防禦という観念から、攻撃面に対する要求がすべてを支配し、その結果一グラムでも機体を軽くするため防弾に対する要求は全く出されていなかった。攻撃面での性能を向上させるために、防禦を無視していたのだ。しかも、そうした観念は、敵機と遭遇すれば絶対にその銃火を避けられない大型鈍速の爆撃機にも適用されていた。

零式戦闘機にもむろん防弾はほどこされていなかったが、わずか一、〇〇〇馬力級の小発動機をもち、しかも多くの要求をみたした万能的性能の零式戦闘機には、それを受け入れる余裕はなかったといっていい。

一式陸上攻撃機は、開戦直後から被弾に弱いことがあきらかとなり、戦闘機の掩護を充分にうけるか、それとも夜間飛行にかぎるかその行動を制限されていた。そのため一式陸上攻撃機の防弾は重大問題と化していたが、それと比較して、開戦一年後に漸く零式戦闘機に防弾の必要性が考慮されたのは、やはり戦闘機には防弾が二義的な意味しかなかった証拠でもあった。

いずれにしても零式戦闘機は、中国大陸に進出して制式機として採用されてからすでに二年八カ月を経ても、依然として日米戦闘機中最もすぐれた戦闘力を発揮していた。それは、目まぐるしいほどの進歩変遷《へんせん》を特徴とする航空界の常識と、しかもそれがさらに促進される戦時にあっては、全く稀有《けう》なことであったのだ。

研究会は、多くの貴重な資料を得て終了した。そして、それらの資料は、将来の海軍航空に具体的な形として実現すべきであることが約束された。

「い」号作戦は終了し、山本連合艦隊司令長官は、十八日に幕僚とともにバラレ、ショートランド、ブインの前線基地を視察、十九日にはラバウル発トラックの「武蔵」に帰還することになっていた。

しかし、その視察連絡の暗号電報は、アメリカ側で傍受解読され、ただちにガダルカナル島のヘンダーソン基地に極秘電報でつたえられた。狂喜したヘンダーソン基地では、山本長官機を迎撃するための準備を着々ととととのえた。

四月十八日朝、一式陸上攻撃機二機に山本長官をはじめ連合艦隊の首脳者が搭乗、零式戦闘機六機の護衛のもとにラバウル基地を離陸した。そして、午前七時四〇分ごろブイン上空付近に達した時、待ちかまえていたアメリカ陸軍戦闘機十六機の奇襲を受けた。

その攻撃をしかけたのは、ヘンダーソン基地第三三九中隊所属のミッチェル少佐指揮のＰ38ライトニング戦闘機隊であった。

たちまち零式戦闘機と双発双胴のＰ38戦闘機との間に激烈な空中戦が展開された。その間に一式陸上攻撃機は、低空で逃れようとしたが、山本長官搭乗機は、被弾して炎をふき出しブイン西方一一浬《かいり》の密林中に浅い角度で突入、宇垣《うがき》連合艦隊参謀長以下高級幕僚の搭乗している二番機は、モイラ岬《みさき》の南方海上に不時着した。

数的に劣勢な零式戦闘機は、Ｐ38との空中戦にさまたげられて、長官機、二番機を護《まも》りきることができなかったのだ。

アメリカ戦闘機隊の作戦は成功し、山本長官をはじめ多くの高級幕僚が死亡した。

航空主兵の先駆的提唱者でもあった山本連合艦隊司令長官の死は、ラバウルの海軍航空隊員たちに悲痛な衝撃をあたえた。それは、「い」号作戦の成功を打消すに充分な悲しむべき事件だった。

しかし、かれらには、そうした感傷的な感慨にひたっている余裕などはなかった。アメリカ軍は、丹念に一つ一つの島を手中にして、はっきりとソロモン群島の制圧とニューギニアの確保により、日本海軍の重要前線基地ラバウルを包囲孤立させようという企図をむき出しにしていた。そして、ソロモン群島への攻撃は、ウィリアム・ハルゼー海軍大将指揮の海軍兵力によって、またニューギニアでは、ダグラス・マッカーサー陸軍大将が、アメリカ、オーストラリア連合軍を指揮して堀井富太郎陸軍少将統率の日本軍を圧迫していた。

かれらは、多数の航空機と近代的な火器を駆使して、すさまじい砲爆撃をくり返していた。そのため日本軍守備陣地付近の地形は変容し、草も樹木もうしなわれて、ただ砲爆弾の落下した穴のひろがる世界と化していた。

その上、日本軍守備隊への補給はほとんどなく、一様に恐るべき飢餓にさらされていた。しかも、かれらの頭上には、コンソリデーテッドB24やボーイングB17大型爆撃機が、多数の戦闘機とともに来襲してくる。

それらに対して、零式戦闘機は、わずかな機数で戦いをいどみつづけていたが、それは、貧しい国力を背景に多くの危険を覚悟して突き進む悲壮な姿にみえた。

そうした苦闘がつづけられている時、突然五月十二日、二万名を越える完全武装したアメリカ軍が北太平洋アリューシャン列島のアッツ島に上陸し、同島を守備する日本軍二千余名との間にすさまじい戦闘を開始した。

日本軍守備隊は、連続的な砲撃と、上空からの絶え間ない爆撃にさらされ、救援も全くなく抵抗をつづけたが、半月後の五月二十九日、

「全員総突撃ヲ敢行ス」

の訣別《けつべつ》電報を最後に、全滅してしまった。

日本軍の戦死者二千三百名、捕虜になったものはわずかに二十九名、それもほとんどが身動きできぬ重傷者で、その他の傷者は俘虜《ふりょ》となることを避けるため自ら命を絶ったのだ。

アッツ島の陥落とそれにつづくキスカ島からの撤退によって、北方の防備を急速に整える必要を生じ、海軍は航空兵力を千島、北海道方面に割《さ》き、その結果、南東太平洋方面の航空兵力は一層劣勢なものとなった。

ニューギニアでは、マッカーサー陸軍大将指揮のアメリカ、オーストラリア連合軍の進撃がつづき、ハルゼー海軍大将のひきいる海軍兵力のソロモン群島に対する攻撃も、大量の兵器と人員の投入によって急速に進展していた。

かれらの戦法は、まず目標とする島に航空機による徹底した爆撃と間断ない艦砲射

撃を反復して、日本軍の防備を完全に破壊してしまう。そして、空と海からの大規模な掩護を受けて多数の兵員を上陸させ、豊富な新鋭兵器を駆使して日本軍を全滅させる。そしてその直後に、設営隊を送りこみ、大型土木機械を使用して、たちまちのうちに飛行場を建設し、そこから航空機を飛ばせて次の島への爆撃を開始する。つまり、豊かな物資の補給と機械化された機動力で、島伝いにソロモン群島の島々を掌中《しょうちゅう》にしてゆくのだ。

その作戦は効果的で、日本軍は、ソロモン北部に徐々に後退、ソロモン群島中で日本軍に残されたのは、遂《つい》にブーゲンビル島のみとなった。

しかもそのブーゲンビル島にもアメリカ軍は、十一月一日朝から上陸作戦を開始した。

それに対し、連合艦隊司令長官古賀峯一《みねいち》海軍大将は、アメリカ海上兵力を壊滅させる好機と判断し、海軍兵力のすべてをかけて反撃することを決意した。そして、多くの艦艇を集結するとともに、第一航空戦隊の零式戦闘機八十二機をふくむ百六十七機をラバウル基地に進出させ、それによって増強された七百七十三機（内実働約三百七十機）の航空兵力によって一挙に悪化した戦局を挽回《ばんかい》しようとはかった。

その「ろ」号作戦と呼ばれる戦闘は、十一月一日から五、八、十一、十三、十七日と反復されたが、日本海軍の期待に反して大した成果もおさめず、逆にブーゲンビル島の日本軍は潰滅《かいめつ》状態となり、また日本海軍機も、多数のアメリカ陸海軍機を撃墜破はしたが貴重な二百機の航空機も失うという結果となって終ってしまった。

その作戦の失敗は、海軍航空隊を一層苦しい立場に追いこんだ。アメリカ軍の航空基地が早くもブーゲンビル島に建設され、そこから発進したアメリカ機によるラバウル爆撃が自由におこなわれるようになったのだ。

ラバウル上空には、絶えずB17、B24が飛来し、その都度大量の爆弾をばらまいてゆく。

すでにラバウルは、その基地としての機能を失いはじめていた。

十八

名古屋航空機製作所の従業員数は、昭和十八年末で四万六千名にふくれあがり、また工場の面積も二十二万一千坪に大拡張されていた。そして、零式《れいしき》戦闘機も、同年末までに年間千二十九機、中島飛行機で千九百六十七機が生産され、続々と戦場に送り出されていた。

陸海軍からの「一機でも多く」という生産要求は、戦況が悪化するにつれて当然のことのようにその苛酷《かこく》さを増してきていた。

軍の要求は、ほとんど工場の生産能力を度外視したもので、それが、名古屋航空機製作所をはじめ他社にも強引に押しつけられてくる。

名古屋航空機製作所でも、軍の要求量をみたそうと必死になって生産の増強に全精力を注いでいた。

しかし、それには、やはり限度があって、開戦の年の昭和十六年には、陸海軍の要求量二千三十八機に対して、実際の生産機数は、八〇パーセント強の千六百九十七機に終り、また翌十七年には、三千二百八十七機の生産要求に対して二千五百十四機と約七五パーセントの生産しか果せられなかった。

生産をさまたげていた主な原因の一つは、生産機に対する軍からの目まぐるしい改造要求であった。

殊《こと》に零式戦闘機の改造要求ははげしく、戦場からの要求にしたがって一一型から二一型、三二型、二二型、五二型、五二型甲、五二型乙とつづき、その後も、五二型丙、五三型丙、六三型、五四型丙と終戦時まで各種の改造がおこなわれている。

それは、海軍の零式戦闘機にかける期待の大きさをしめすものだが、その改造にともなう設計試作試験にわずらわされ、それが中島飛行機より生産台数で劣る一因ともなっていた。

また海軍で大きな期待を寄せていた局地戦闘機「雷電」を量産させるため、零式戦闘機の生産量をへらしたり、「雷電」の不評のため、再び零式戦闘機の増産を要求したりしたことも、一層その量産の流れをさまたげていた。そうした目まぐるしい指示は、海軍としては無理もないことなのだろうが、生産する側としては、生産工程に混乱を起させ、円滑な生産をほとんど不可能にさせていた。

しかし、技師も工員たちも、軍の要求にこたえるため最大限の努力をはらっていた。そして、そのあらわれの一つに陸軍機生産にあたる第二工作部の佐々木渉、土井守人、石井稔の三技師によって、前進作業と称する生産増強方法が考案されたりした。

それは、一種の流れ作業で、機体の組立てを幾つもの段階にわけ、一定の時間がくると進軍ラッパを吹奏して次工程へ機体を移動する。つまり、工員たちは、一定の時間内に割当てられた組立て作業をおこなわねばならない。そして、組立て作業の完全に終った機体は、日の丸掲揚とともに工場外へ送り出されてゆく。工員たちは、脱帽してその機の姿を見送るのだ。

その方法は、生産機数の増加とともに計画生産を可能とさせ、それは海軍機を生産する第一工作部工場や他の軍需工場にも適用されて、佐々木等三人の技師は、東条《とうじょう》首相兼陸相から異例の陸軍技術有功賞を受けた。

また政府も、軍需生産増強のために必死の努力をしていたが、その一つとして三井系の実業家である内閣顧問藤原銀次郎に依頼して軍需産業への行政査察をおこなわせた。

藤原は、熱意をもって軍需工場をまわり、生産増強のためにとるべき方法を適確に指摘していたが、昭和十八年九月には名古屋航空機製作所へもやってきた。

かれは、生産機数を昭和十九年度内に三倍にする計画を立てて、それを前提にして製作所内のあらゆる部門にわたる調査にとりかかった。その折、藤原の眼は、生産機の輸送方法にも注がれた。

依然として完成した機は、牛車にのせられて四十八キロの各務原《かかみがはら》まで二十四時間を費やして送られている。

しかし、牛の疲労度もはげしく、しかも闇《やみ》で購入している飼料も漸く入手困難になってきていて、そのため廃牛になる牛も漸増《ぜんぞう》し、開戦時の頃《ころ》五十頭もいた牛もいつの間にか三十頭近くにまで減ってきていた。

しかし、生産機数は増加するばかりで、牛車での運搬だけでは間に合わなくなり、同じ名古屋市港区に設けられていた対岸の名古屋国際飛行場へ海上輸送することもはじめられていた。

名古屋航空機製作所の完成機体のうち小型機は、各務原まで牛車で陸送しても支障はなかったが、大型機の輸送は困難をきわめた。

大型機も初めの頃は、牛車によって陸路各務原へはこばれていたが、名古屋航空機製作所と各務原の中途にある小牧《こまき》に一大難所があった。

その町には直角にまがる曲り角があって、大型機の胴体が余り長くて曲りきれない。そのため、荷台ごと持ち上げて長い時間かかって方向転換させるのだが、機体の大きなものはそれも不可能で、第一家並みのせまった狭い道では、軒庇《のきびさし》や電柱で機体を傷つけてしまうのだ。

運送担当者が最も苦しんだのは、ドイツのユンカースG38輸送機を改造した陸軍の九二式超重爆撃機の輸送を命じられた時であった。

その四発の大型爆撃機は、大した性能もない機で昭和五年に二機、七年に二機、八、十年にそれぞれ一機合計六機が三菱《みつびし》で製作されただけでそれ以後の製作は打ち切られたが、いずれにしても飛行場まで運ばなければ飛ばすことはできない。名古屋国際飛行場が完成する前なので、どのようにしても各務原飛行場まで傷つけずに運ばなければばならなかった。

この機の胴体は、二つに分離できるようになっていたので、尾翼とともに牛車三輌《りょう》で各務原飛行場へはこぶことができたが、左、右の外翼はきわめて大きく、むろん牛車で陸送することなど到底できない。

運輸係長の田村誠一郎は、その巨大な外翼を前に呆然《ぼうぜん》としてしまった。そして、上司とあらゆる方法について検討した結果、海から木曾川《きそがわ》を上流にむかい、河口から六十キロほどの各務原飛行場付近で機体を岸に揚げ、そこから飛行場まで運ぶ以外に方法はないということになった。

それは、突拍子もない無謀ともいえる輸送方法だったが、各務原へその巨大な外翼を送りこむためには、それ以外に適当な方法は考えられなかったのだ。

田村は、まず大型のダンベー船を大西組に用意させると、工場裏手の海岸で、その超重爆撃機の外翼をのせた。そして、蒸気船に曳航《えいこう》させて伊勢湾《いせわん》の海岸沿いに進むと、木曾川河口から溯行《そこう》を開始した。そして七時間後には、河口から四十キロの距離にある笠松《かさまつ》にたどりついた。

そこから川は、右手へ曲っているが、そこからの溯行が至難だった。川幅は急にせまくなって屈曲もはなはだしく、しかも、川床は急に浅くなっている。

たちまち、船の底が川床にはまりこんだ。

田村も大西組組長大西惣吉《そうきち》もそうした事態は充分予想していて、そこで蒸気船曳航をやめると、ダンベー船に二本の太いロープを縛りつけ、それを両岸に並ぶ人夫に掛声をあげて曳《ひ》かせた。

たちまち川沿いの部落の者たちが、物珍しげに集まってきた。上流にこれほど大きな船がはいりこんできたことは、初めてのことだし、かれらにとって、それは、上流の狭い川筋に大きな鯨でも迷いこんできたような驚きをあたえた。

田村は、川沿いの川島村の船頭河田庄八、野田峯一、長一兄弟を中心に二百人余の人夫をその近在から集めさせた。

かれらは、そのような大きな船が、しかも飛行機を積んで各務原までさかのぼることなど到底不可能だと主張した。

「余計なことを言うな。おれたちは、かついででも運び上げねばならないのだ。やろうと思う奴《やつ》だけついてこい」

田村は、厳しい口調で言った。

河田たちは、田村のはげしい気魄《きはく》におされたように協力をちかうと、大西組の人夫たちと、その途方もない作業にとりくんだ。

舟は、たちまちのうちに完全に底を川床にめりこませてしまった。

人夫たちは、一心にスコップで舳《へさき》の前方の砂利や岩を岸に運ぶ。そして、わずかながらも川床が深くなると、組長の手にした青い旗がふられるのを合図に、一斉《いっせい》に岸のロープが掛声とともにひかれる。

船は、底をすりながら数メートル進むと再び川床の中にのめりこんでしまう。人夫たちが、またスコップを手に川の中に飛びこむ。そうしたことを反復しているうちに、日も没してしまう。

笠松から揚陸予定地の小山渡という部落まではわずか十六キロほどの距離であったが、そこへ達するまでには四日間が費やされた。

岸からあげられた外翼は、さらに四キロへだたった各務原飛行場まで運ばなければならない。道はないので土の上に板をしいて押してゆくが、密度の濃い松林が前方に立ちふさがっていて進むことができない。

田村は、早速地主に交渉して許可を得、松の大木を一本ずつ伐《き》り倒して樹林をぬけ、さらに芋畑《いもばたけ》を横ぎって進む。そして土手を越えると、漸《ようや》く各務原飛行場の一角にたどりつくことができた。……その距離を進むのにも、二日間が費やされた。

その九二式超重爆撃機六機の外翼と、試作された頃の一式陸上攻撃機十機の本体がその方法によって各務原へはこばれたが、名古屋国際飛行場が完成されてからは、木曾川を強引に溯行する必要もなくなり、大型機は、専《もっぱ》ら海上をたどって名古屋国際飛行場へ運ばれるようになっていた。

その名古屋国際飛行場への海上輸送は、昭和十八年からはじめられたが、機体は、名古屋航空機製作所敷地の海に面した南岸の岸壁からダンベー船に移される。その船への積み込みと飛行場への揚陸は水面の高い満潮時以外には困難なので、その輸送は、夜昼の区別なく満潮時刻がえらばれていた。

名古屋国際飛行場までの所要時間は、約四十分、ダンベー船二隻が同時に進んでゆく。零式戦闘機ならば五機、一式陸上攻撃機なら一機を運ぶことができその輸送効果も上々だったが、最も恐れられたのは波であった。

ダンベー船の吃水《きっすい》は、わずか三十センチメートルほどしかなく、わずかな波のあおりでも他愛《たわい》なく沈んでしまう。しかもその積荷が軍用機であるだけに、もしも沈みでもしたら重大な不祥事となる。輸送担当者は、波とたたかいながら細心の注意をはらってその仕事に専念していた。

しかし、大型機をのぞいた機体輸送の主力は、やはり牛車による各務原への陸送であった。

藤原査察使は、乗用車にのって牛車による小型機の輸送状況を一週間にわたって視察した。藤原は、その光景にひどく呆《あき》れたらしく、すぐに結論を出した。

まず第一に、牛の飼料は充分に入手するよう手配する。また牛車以外に輸送に適した自動車輛もまわす。鉄道輸送も考慮する……等であった。漸く牛車による輸送方法も、藤原の指摘によって改良されるきざしがみえた。

藤原は、ただちに自動車輛の貸与とガソリンの供給を軍に要請し、また鉄道輸送についても鉄道省の協力をもとめた。

まず、自動車輛については、東海軍司令官岡田資陸軍中将命令で、高蔵陸軍工廠《こうしょう》からトレーラー付のトラクター二十台を借りることができた。そして、それを使用して各務原までの輸送を試みたが、名古屋市外からはじまる悪路はどうしようもなく車ははげしく揺れ、各務原についた折には、飛行機の胴体の下腹部に亀裂《きれつ》が生じてしまっていた。

それでも速度を落し、路面の起伏を避けるようにして慎重な輸送をつづけてみたが、亀裂の発生を防止することはできず、遂にその使用を断念せざるを得なくなった。

つぎに試みられたのは、鉄道による輸送方法だった。

これについては、鉄道省から小沢総監以下二十名の係官がやってきて、実地にその輸送状況を綿密に視察した。

その結果、名古屋航空機製作所のある大江町から各務原までの鉄道輸送をおこなうことに決定し、大型無蓋《むがい》車（チキ型）十二輌を専用車として配車してくれた。

この鉄道輸送は、殊に大型機の場合には有効な方法と思われた。ダンベー船による海上輸送でそれらは送られているが、海上輸送だけでは生産の増加をこなしきれなくなっている。それに、海上輸送方法は風波やその他気象状況に左右されることが多く、もしも鉄道で輸送することができればそれ以上の好ましい輸送方法はなかったのだ。

運輸係長の田村誠一郎は、係員を動員してその鉄道輸送の実施方法について検討した。

まず問題となったのは、無蓋車の大きさだった。たとえ大型無蓋車とはいっても飛行機を積むのには小さすぎる。

小型戦闘機の胴体は斜めに積むことはできたが、大型機の場合はかなりはみ出る。輸送途中にはトンネルもあって、もしもその壁や突出した信号機の支柱などにぶつかれば、たちまち機体は破壊されてしまうのだ。

田村は、鉄道局の担当者と打合せをし、まず無蓋車の床を低く改造するとともに、実際にトンネルの内部をも歩いて実測し漸く自信を得ることができた。

初めての無蓋車の列が、出発した。

田村は、無蓋車の積荷の中にのってゆられていった。無蓋車ははげしく振動し、車台にのった機体も左右に揺れ、田村は、その都度不安におそわれた。

やがて、車輛の列が、トンネルにすべりこんだ。

暗いトンネルの中で、田村の不安は、一層深まった。積まれた機体の一部がトンネルの壁にわずかでもふれれば、正確に計算され載せられている機体はずれて、それは、たちまち機体を破壊すると同時に後続の機体にも波及して、トンネル内は、粉砕されたジュラルミンの破片で充満してしまうだろう。

しかし、かれは、暗いトンネルの内部で、その事故のため自分の生命が失われるという恐怖感は忘れていた。かれは、輸送の実地責任者として、戦場で待ちこがれている貴重な飛行機を傷つけたくない、失いたくないという祈るような気持しかもっていなかったのだ。

やがて貨車の列は、トンネルから出た。

明るくなった陽光の下で、かれは、深い安堵《あんど》をおぼえていたが、同時に熱いものもこみ上げてきた。

かれは、頬《ほお》をつたわり流れるものをぬぐいもせず、顔を突っ伏したまま無蓋車の上で無抵抗にゆれていた。

しかし、この鉄道輸送にもやがて行詰りがやってきた。

一機の大型爆撃機を輸送するのには、無蓋車五輛を必要とする。その頃名古屋航空機製作所でつくられていた陸軍機の中で最大のものは九七式重爆撃機であったが、十二輛の無蓋車では、到底その生産数をまかないきれない。

そのうち、決定的な情勢の変化が、鉄道輸送を不可能にさせることとなった。それは、九七式重爆撃機のかわりに四式重爆撃機（飛竜《ひりゅう》）が量産されはじめたためであった。

その四式重爆撃機は、名古屋航空機製作所の小沢久之丞《ひさのじょう》を設計主務者として、東条輝雄、村上磐根、斎藤敏、植木茂ら設計技師の手になった陸軍の双発爆撃機で、航続力は一式陸上攻撃機よりも劣ってはいたが、陸海軍双発爆撃機中、速度、操縦性、防《ぼう》禦《ぎょ》火器等の点で最も傑出した爆撃機であった。

しかし、その爆撃機の大きさは鉄道輸送の点で、田村たちをひどく当惑させた。その爆撃機では、外翼が九七式重爆より大型になっているため、どのように工夫しても無蓋車に積載することは不可能なのだ。

結局、自動車輛、鉄道等による輸送方法は、藤原査察使の指摘と助言をもとにしてさまざまな努力をしたにもかかわらず、すべて無為なものと終って、再び牛車による陸送とダンベー船による海上輸送だけとなった。

牛の体力は、徐々に弱まってきていた。生産機数の増加が、牛の酷使となってあらわれていたのだ。

しかも、名古屋市南部には軍需工場が多く、輸送用の牛、馬の奪い合いははげしくなる一方で、新しく牛を補給することもむずかしくなってきている。

根本的に道路を建設すれば、自動車輛も使えたのだろうが、それをおこなう労力も資材も乏しく、第一にそれを真剣に考える者はいなかったのだ。

十一月末にはタラワ、マキン両島の守備隊が全滅し、アメリカ軍の総反攻は、着実にその成果をあげていた。そしてヨーロッパでもドイツが、スターリングラードでソ連軍に敗退し、イタリアもムッソリーニ首相失脚後、連合軍に無条件降伏していた。

日本をめぐる世界状勢は、急速に悪化の一途をたどっていた。

十九

昭和十九年は、まずアメリカ軍のマーシャル群島に対する来襲にはじまり、クエゼリン島、ルオット島の日本軍守備隊の全滅につづいて日本防衛線の重要基地であるトラック島への艦砲射撃をふくむ大空襲が反復された。

そのトラック空襲によって、日本海軍は、艦船四十三隻《せき》、飛行機二百七十機喪失という大損害をこうむった。そして、そのトラック島の基地としての無力化は、日本防衛線を大きく後退させることになり、海軍航空隊基地のラバウルを孤立させその戦略的価値を失わせた。

そのため連合艦隊司令長官古賀峯一大将は、遂《つい》にラバウルの航空兵力の総引揚げを命令した。それは、ラバウルを中心にしたソロモン群島方面での戦闘の終了を意味するものだったが、その一年間にわたるすさまじい戦闘の連続は、日本側に戦慄《せんりつ》すべき損耗をあたえていた。

海軍は、約六千機、陸軍は約二千機のおびただしい航空機をラバウルを中心にした地域に投入し、アメリカ軍機を大量に撃墜破したが、日本陸海軍もその投入機八千機のほとんどすべてを失ってしまっていた。また戦死者も陸軍九万名、海軍四万名の多きを数え、艦船七十隻、船舶百十五隻を喪失、ソロモン群島は悲惨きわまりない壮大な墓所と化していた。

ラバウルには、陸軍約七万五千、海軍約四万名の守備隊が残され、飛行機は、少数の水上機を除いて残らず撤収されることとなった。ただ、飛行機の整備員たちだけが、守備隊とともにラバウルに残されることになった。

飛行機が、つぎつぎとラバウル基地をはなれてゆく。その中にまじって零式戦闘機も、塗料のうすれた機体をにぶく光らせて滑走路を走り、やがて離陸するとかかえこむようにして脚を引込める。整備員は、しきりと帽子をふり、手をふりつづける。

機は上空を旋回し、やがて針路をさだめる。見送る整備員の眼にも、去る搭乗員《とうじょういん》たちの眼にも、例外なく光るものがあふれ出ていた。

多量の飛行機を失ったことは、優秀な搭乗員を失ったことでもあった。そして、それは、当然搭乗員の質的な低下を招くこととともなっていた。日本の航空兵力は、ラバウル総引揚げを境に凋落《ちょうらく》のきざしを見せていた。


その年の初め、名古屋航空機製作所の分工場である岡山市の水島航空機製作所はすでに作業を開始、また熊本《くまもと》飛行機製作所も漸く作業可能の段階にはいっていた。

零式戦闘機は、依然として名古屋航空機製作所で平均月産百機余が生産され、中島飛行機でも平均月産二百機が生産されていた。

所内の熱気は、一層異常なほどのたかまりをみせていた。徴用工の数は急速に増して、工場内には人の体があふれている。

徴用工たちは、合宿させて一カ月間実習教育をして現場に送りこんでいたが、むろんその技術程度は低く、熟練工が自分の仕事をなげうってその教育指導にあたらねばならない。それは自然と生産機の質の低下につながる危険をはらんでいた。しかし、技師も工員も、疲れきった体に鞭《むち》うって働きつづけ、生産機数は、確実に上昇していた。

生産機数の増加は、輸送問題を一層深刻なものにさせていた。

所長岡野保次郎もこの問題については苦慮し、たまたま来所した三菱《みつびし》本社副社長岩崎彦弥太にその苦衷《くちゅう》を訴えた。

岩崎は、早速岡野と乗用車にのって、ゆっくりと路上を進む牛車の列の後から、名古屋市外までついていった。

岩崎は、岡野から牛車にたよらねばならぬ事情をきき、また牛の体力が弱まってきていて、それらの牛による搬送も、航空機の増産に追いつけぬ限度まできているという説明を受けた。

「馬ではだめなのか」

牛による悠長《ゆうちょう》な搬送をもどかしく感じた岩崎が言った。

岡野は、馬では暴走するおそれがあって何度か積んでいた機体を電信柱や家の軒庇《のきびさし》にぶつけて傷つけてしまったことがあり、また牛よりも耐久力のないことも欠点で、それに第一曳《ひ》き馬は奪い合いで、到底名古屋などでは入手が困難であることを告げた。しかし岩崎は、幼い頃《ころ》から乗馬を得意とし、また岩崎家自身の馬牧場もいくつかもっているので馬による輸送をしきりと考えているようだった。そして、とりあえずそれら牧場の管理者に、この件について研究させてみることを約した。

岩崎が帰ると、しばらくして二人の日焼けした男が、名古屋航空機製作所にやってきた。それは、出羽《でわ》卓次郎、昌夫の兄弟で、千葉県と北海道の岩崎家牧場のそれぞれ管理者だった。岡野所長は、すぐに出羽兄弟を、運輸課長に昇格していた田村誠一郎に紹介した。

早速出羽兄弟は、草鞋《わらじ》ばきで、夜間牛車の列とともに各務原《かかみがはら》まで同行した。

出羽は、近代的な飛行機工場の機体運送が牛によるものであることにすっかり呆《あき》れてしまったらしく、各務原飛行場についてもしばらくの間黙りこんでしまっていた。

やがてかれらは、異口同音に「ペルシュロン」という言葉を口にした。

「なんです、それは」

田村が、いぶかしそうにたずねた。

「馬の種類ですよ」

　卓次郎が、言った。

「ペルシュロン系という馬がいましてね。その系統の馬は落着きがあって、暴走など決してしません。それに体力が抜群で、忍耐力も充分ですから、それを使ったら必ず能率も上ります」

　かれは、断定的な口調で言った。

　田村は、出羽兄弟を伴って岡野所長に話すと、岡野は、即座に賛成した。そして、早速ペルシュロン馬の購入をきめ、出羽兄弟を運輸課嘱託《しょくたく》としてその購入を一任した。出羽兄弟は、ただちにペルシュロン馬をもとめて千葉、山形、盛岡、岩手、北海道へととんだ。

　やがて、馬が熱田《あつた》駅についたという報《しら》せが運輸課にはいった。田村は、課員とその引取りにいったが、貨車の中にいる馬の姿を眼にして呆気《あっけ》にとられてしまった。それは今までかれの眼にしてきた馬よりはるかに体が大きく、骨格もたくましい。その上、足には、異様なほどの長い毛が密生している奇妙な馬だった。

　田村は、十数頭のその珍馬を課員たちに曳かせて大通りを歩いた。通行人たちは、例外なく呆れたように立ちどまって馬の姿をながめている。やがて、馬の列は、名古屋航空機製作所の門にはいっていった。

一日休息をとらせてから、その馬による機体の搬送がおこなわれた。その日、田村は、課員たちと運送状況をみるために各務原までついて行ったが、馬の動きにかれらは狂喜した。

馬の力はおどろくほど強く、軽々と荷台をひくと途中ほとんど休むことなく各務原まで曳いていってしまった。

牛では、各務原まで二十四時間を要したのに、その馬では半分の十二時間しか必要としない。それに性格もきわめて温順で、近くで自動車の警笛が鳴っても少しも驚く様子はみられなかった。

各務原への搬送問題は、このペルシュロン系の馬を使用することによって解決された。

しかし、その頃太平洋方面でのアメリカ軍の反攻は、さらに大規模なものとなり、戦場も中部太平洋に移動していた。その目標は、マリアナ群島のサイパン島におかれ、多数の航空機による反復空襲と、戦艦八隻をはじめとした四十隻以上の艦艇による艦砲射撃が開始された。そして、六月十五日には、百二十隻にも達する第一陣の上陸用舟艇が、海上を埋めた輸送船から一斉に白い航跡をあげて同島に突き進んだ。

マリアナ群島は、日本本土を守る重要な地域で、そのため陸海軍は、協同してマリアナ群島に来攻しているアメリカ機動部隊を潰滅《かいめつ》させようと企てた。

その作戦は「あ」号作戦と称され、アメリカ軍のサイパン島上陸と同時に発動された。それは、日本海軍が艦艇と航空兵力の全力を投入した大規模な戦闘で、それに勝ちをしめて劣勢を一挙にとりもどそうとはかったのだ。

しかし、その結果は惨憺《さんたん》としたものに終り、殊《こと》に航空兵力は、潰滅的な大損害を受けた。その戦闘では、「大和《やまと》」「武蔵《むさし》」をふくむ艦艇四十六隻に守られた大型空母三、改装空母六隻に多くの航空機が搭載されていたが、アメリカ機動部隊から発進した無数の航空機による反復攻撃を浴び、旗艦「大鳳《たいほう》」をはじめ、「翔鶴《しょうかく》」「飛鷹《ひよう》」が撃沈され、その他の艦船も大損害を受けた。そして母艦に搭載されていた艦上機も、わずかに二十五機を残してそのすべてが撃墜破されてしまった。母艦機の搭乗員は、高度な訓練を経た熟練者のみであり、それらの搭乗員を数多く失ったことは、海軍航空兵力にとってきわめて重大な損失であった。

その戦闘で、マリアナ方面の島々に基地をもつ多数の航空機は、「あ」号作戦に参加するため配置されていたが、アメリカ空軍の先制攻撃をうけてその主力のほとんどが失われ、すでに日本本土を守る防衛線はアメリカ側によって突きくずされると同時に、日本海軍の航空兵力は、再起不能にちかい大打撃を受けたのだ。

零式戦闘機も、その戦闘に多数参加したが、すでにその神秘性はうすらぎはじめていた。

アメリカ戦闘機は、対零式戦闘機戦法を徹底的に実行し、数機が協力して零式戦闘機をとりかこむ。それに零式戦闘機と充分対抗できる新戦闘機が、遂《つい》にアメリカ軍にも出現してきていた。

それは、零式戦闘機よりも二倍余の馬力をもつ発動機を装備した大型戦闘機グラマンF6Fヘルキャットで、一二・七ミリ機銃六梃《ちょう》をそなえ、防弾も急降下速度も零式戦闘機よりまさり、航続力、旋回性能で零式戦闘機に劣っているだけであった。しかし、垂直面内の空中戦では零式戦闘機がひねり上げるような旋回をおこなうと、F6Fは四分の一周も追随できず、零式戦闘機が圧倒的に優勢で、F6Fは、急降下して身を避ける以外に方法はなかった。

F6Fは、アメリカ空軍の一大戦力となって零式戦闘機と対していたが、それでもほとんどが二機一体となって急降下して機銃弾を浴びせかけ避退する方法がとられていた。つまりF6Fでも、零式戦闘機と正面きっての格闘戦を演ずることは避けていたのだ。

しかし、零式戦闘機も、撃墜される率が多くなっていた。常に周囲をとりまくのは、F6Fを主力とした大量の戦闘機であり、零式戦闘機は、周囲からすさまじい機銃弾を浴びせかけられ機体を容赦なくひきさかれる。それは、悲惨な死闘であった。

本来ならば、零式戦闘機は、後続の新戦闘機にその主力戦闘機としての座をゆずってしかるべき時期であった。アメリカの戦闘機は、後継機がぞくぞくと生れてきていて、日本もそれと同じ道をとるべきであったのだが、海軍は、度重なる改修をその機に強《し》いるだけでひたすら零式戦闘機を酷使してきた。それは、むろん戦況の急激な悪化と日本の工業力の貧困さに後継機を生むゆとりがなかったためだが、中国大陸にはじめて姿をあらわしてからすでに四年、零式戦闘機の姿にも漸《ようや》くわびしげな色が濃くにじみ出るようになっていた。

「あ」号作戦の失敗によって孤立したサイパン島は、七月七日アメリカ軍の手中に落ちた。南雲《なぐも》忠一海軍中将と斎藤義次陸軍中将の自決後、残されていた約三千の将兵は総突撃をおこない、負傷者、看護婦、住民の多数も悲劇的な死をえらんだ。

サイパン島を失ったことは、日本にとって重大な脅威となった。アメリカは、その島にたちまち大飛行場を建設するだろうし、そこからB29爆撃機編隊が、そのすぐれた航続力を利して日本本土に徹底的な爆撃を開始するにちがいなかった。

大本営は、そうした意味からもサイパン島奪回を真剣に考えたが、すでにその方面の制海空権を失った日本陸海軍には、それを可能とする力はなかった。

サイパン島の失陥後、グアム、テニアン両島守備隊も全滅、また国内では、戦争指導に専念していた東条内閣が総辞職し、ヨーロッパ大陸でも孤立したドイツ軍は、連合軍の総反攻に喘《あえ》いでいた。

二十

昭和十九年の夏も去り、秋風が立ちはじめるようになった。

名古屋航空機製作所には、徴用工以外に女子挺身隊《ていしんたい》員や勤労学徒も動員されるようになって従業員の数は激増していた。

しかし、その頃から恐るべき現象が生産工程にはっきりとした形であらわれてくるようになっていた。それは、部品の集りが急に悪化しはじめたのだ。

軍からの月間生産機数の要求に対して、各工場では、それに要する部品が集積されるが、実際に製作所内や協力工場からの入荷は十日ほど後になるものもあり、しかもその入荷もおくれて全部品が実際にととのえられるのは、さらに十日後になってしまうようになった。結局その月の残された日数は、わずか十日間となって、工員たちは、その短い日数の間に狂ったように機体の組立て作業に没頭する。必然的に、それはかれらに肉体的酷使を強い、朝七時から作業にとりくむかれらの終業は、夜十二時をすぎてしまうのが常のこととなった。そのためかれらは、武道場などに雑魚寝《ざこね》し、家へ帰るのも稀《まれ》なことになっていた。

飛行機生産に要する機械や部品の不足以外にも、あらゆる日常必需物資の欠乏も急速に目立ちはじめていた。食料は、優先的にまわされてきてはいたが、それもかれらの激しい労働を支えるほどのものではなく、他の物資の不足もかれらの作業に大きな障害となりはじめていた。

しかし、かれらは、休む間も惜しんで飛行機生産にはげみ、零式戦闘機も、三菱で六月に百機、七月に百十五機、八月、九月にそれぞれ百三十五機、そして十月には、百四十五機という最多生産機数を記録した。それは、部品不足、労働環境の悪化等さまざまな悪条件を考えると、一種の奇跡ともいえるもので、それはかれら技師工員たちの人力の駆使によって辛うじて果されたものであったのだ。

ペルシュロン馬は、それらの機を積載して連日連夜休む間もなくそれらの搬送に従事していた。その効果は顕著で、いつの間にか八十頭近いペルシュロン馬が続々と購入されていた。

と、突然、そのペルシュロン馬購入について思いがけぬ事件がおこった。馬は、出羽兄弟を中心に小岩井農場育成馬主任石塚栄五郎の協力を得、また岩手県庁馬政課員足沢《あしざわ》勉、栗生沢《くりゅうざわ》吉郎らの立合いのもとに購入されていたが、その購入価格の点で公定価格違反事件が発生したのだ。

曳《ひ》き馬の公定価格は、九〇〇円から一、二〇〇円までと定められていたが、出羽たちは、優秀な馬を購入するため一頭二、〇〇〇円から最高三、八〇〇円までの金額を支払っていた。それが土地の馬商に察知されたらしく、その密告によって一連のペルシュロン馬購入が、盛岡、北海道の二地方裁判所で正式に起訴されてしまったのである。

思いがけぬ訴訟事件に当惑した名古屋航空機製作所では、早速軍への陳情をおこなうと同時に、明治大学総長鵜沢《うざわ》総明ほか鈴木義雄、高島文雄、工道祐造の四人によって構成された強力な弁護団を組織して、勝訴のための万全の態勢をととのえた。

裁判は、盛岡につづいて北海道でも開かれ、小事件ではあったが法廷内は終始異様な緊張感につつまれていた。

罪状は、国家総動員法による公定価格違反でその犯罪事実は明瞭《めいりょう》で、議論の余地はなかった。が、それが飛行機生産という戦時下の緊急事項のためやむを得ずおかされたものであるという事情から、当然裁判官側に軍の圧力が激しくかけられると想像されていた。また、その裁判では被告側の陳述が飛行機工場内の機密事項にもふれるという理由から、一般傍聴を禁じた秘密裁判ともなった。

出羽兄弟は、

「名古屋で最も速度のはやいはずの軍用機が、最もおそい牛車で運送されている実情を眼にし、しかも牛の数が少なくその運搬さえもとどこおりがちだとききまして、これで果して戦争に勝てるものかと不安をおぼえました。そして、私も一国民としてお国のお役にたちたいと決心し、真剣にペルシュロン馬の購入にとりくみ、事情をよくお話しして県庁の方々にも御協力をお願いしたのです」

と陳述、弁護団側も国家的見地からはげしい語気で無罪を主張した。

しかし、裁判の結果は予想外で、ペルシュロン馬の購入が軍の正式の許可を得ていなかった事実は弁解の余地なしとして、裁判官は、起訴した者全員に対し有罪の判決をくだした。そして、官吏でありながら公定価格違反に加担したのは許しがたいとして、その購入に最も尽力した岩手県庁馬政課事務官栗生沢吉郎に実刑一年、出羽卓次郎、岩手県庁馬政課技師足沢勉にそれぞれ体刑六カ月（執行猶予《ゆうよ》二年）、その他出羽昌夫に五、〇〇〇円、石塚栄五郎に三、〇〇〇円の罰金刑を科した。つまり、ペルシュロン馬の購入は、私欲を無視して購入に奔走した者たちを犯罪者におとしこんでしまったのだ。

その裁判の結果、はじめ百頭の購入をくわだてていたペルシュロン馬も八十九頭で打切りとされ、それらを使用して機体の搬送がつづけられていた。

その頃、戦局は、最終的な段階に徐々に近づいていた。ビルマ方面の日本軍も潰滅《かいめつ》的な打撃をうけ、太平洋方面でもペリリュー島、モロタイ島の日本守備隊全滅につづき、十月二十一日には、フィリピンのレイテに六百隻の艦船による二十五万名のアメリカ軍の上陸が開始された。

これに対し、日本海軍は、かねてから計画していた通り「捷《しよう》一号」作戦を発令、全戦力をレイテ沖に集中させた。

日本海軍は、巨艦「大和」、「武蔵」をふくむ七戦艦、空母四、空母戦艦二、重巡十四、軽巡七、駆逐艦三十三隻を投入、またアメリカ海軍も戦艦十二、空母十二、護衛空母十八、重巡七、軽巡十三、駆逐艦九十三、その他護衛艦十一によって対決した。日本海軍六十七隻、アメリカ海軍百六十六隻、その海空戦は史上まれにみる壮大な規模をもったもので、日本海軍は全滅の危険にさらされながらも悲壮な突入をおこなった。

しかし、海上兵力も航空兵力もアメリカ海軍は圧倒的に優勢で、殊に航空兵力の優位がアメリカ海軍に大勝利をもたらした。日本艦隊は、すでにアメリカ艦隊と接触前にアメリカ空軍機の大挙来襲と潜水艦攻撃にさらされ、戦艦「武蔵」ほか戦艦二、空母四、重巡六、軽巡二、駆逐艦十二隻の二十七隻を失い、その大勢が決してしまったのだ。

日本海軍は、その敗北によって残存兵力の半ばを失ったが、その作戦中、世界史上前例のない飛行機による特別攻撃隊の初出撃がみられた。

戦況が不利となるにつれていつの間にか日本海軍の将兵たちの中には、質量ともにはるかにまさるアメリカ海軍に対抗するための残された方法は、体当り攻撃以外にはないという悲壮な空気がかもし出されていた。

すでに、前年の昭和十八年四月には陸軍第六飛行師団の一戦闘機がB17に体当りをして撃墜したのをはじめとして、十九年五月下旬には高田勝重少佐指揮の陸軍戦闘機隊四機が自発的にビアク島南岸のアメリカ艦艇に突入して敵艦を撃沈し、さらに十月十五日には、第二十六航空戦隊司令官有馬正文少将が、八十七機の攻撃隊を直接指揮して自らアメリカ機動部隊に突入して戦死していった。

そうした壮烈な体当り攻撃は、たちまち全軍につたえられ、第一線航空部隊でも、必死必殺の肉弾攻撃をおこなわざるを得まいという気運が濃厚になってきていた。そして、大本営でも、戦局の劣勢を挽回《ばんかい》しなければならぬという焦慮から、特別攻撃を頼りとするようになっていた。

そうした中で十月十九日、第一航空艦隊司令長官に赴任したばかりの大西滝治郎中将が、フィリピンのマバラカットにある二〇一空戦闘機隊基地を訪れた。

かれは、顔をこわばらせて隊の首脳者たちを前に口をひらいた。

「日本は、今や最大の危機をむかえている。此《こ》の度の『捷一号』作戦は、その危機を脱出する最後の好機だ。この作戦を勝利に導く方法は、いったい何か。熟慮した結果、それは、体当り攻撃以外にはないという結論に達した。その任務を、貴隊に一任したい。零式《れいしき》戦闘機に爆弾を装着させて突入させるのだ」

不意の発言に、部屋の空気ははげしく緊張した。

戦闘機隊の幹部たちはかたく口をつぐんで、ただ眼だけを異様に光らせているだけだった。

長くそして重苦しい沈黙がつづいた。しばらくして二〇一空副長玉井浅一中佐が、

「しばらく御猶予《ゆうよ》をいただきたい」

と言って先任飛行隊長の指宿《いぶすき》正信大尉と別室に行って相談した。

やがて、玉井は指宿ともどってくると、

「長官の御意見に賛成いたします」

と、顔をひきつらせながら答えた。大西は、黙ってうなずいただけであった。

ただちに特別攻撃隊の編成にとりかかることになった。玉井は、自らの手で長い間教育をしてきた若い搭乗員《とうじょういん》たち二十三名を集めると、特別攻撃をおこなわざるを得ない事情を悲痛な表情で説明し、それに志願する者を各自の自由意志によって募りたいと言った。

と、話が終るか終らぬうちに、かれらの手は競い合うようにあげられた。玉井は、胸の熱くなるのをおぼえ、かれらの顔を絶句したまま凝視していた。

玉井中佐と猪口《いぐち》力平第一航空艦隊参謀との間で指揮者の選任がひそかに話し合われたが、結局その特別攻撃の先頭をきるのは海軍兵学校出身者にすべきだという意見になった。そして、一カ月前に台湾から赴任してきた関行男大尉が適任だろうということになった。

玉井たちは、すぐに関大尉を呼びにやった。

関はすでに二階で就寝していたが、やがて階段を下りてくると士官室に入ってきた。

机の片側に玉井と関が並んで坐《すわ》り、反対側には猪口が関の顔を見つめている。玉井は、関の肩を抱くと低い声で大西の発案を口にし、そして、

「どうだ、関、第一回特別攻撃隊の指揮官をやってくれぬか」

と、言った。

関大尉を抱きその顔をのぞきこむようにしている玉井の眼には、光るものがはらんでいた。

関は、眼を伏せたまましばらく考えるように黙っている。かれは、結婚して数カ月しかならない新妻を内地に残しているのだ。

かれは机に両ひじをつき、静かに長い髪を後ろになぜていたが、やがて顔をあげると、

「ぜひ私にやらせてください」

と、平静な声で言った。

玉井と猪口は、深くうなずくと涙ぐみながら関の顔を凝視していた。

隊の名をつけることになって、猪口の発案で神風《じんぷう》隊という名称が生れた。

猪口は、深夜になってはいたが大西長官の部屋をたずね、二十四名の者が即座に特攻隊員に応じてくれたこととその指揮官に関大尉がえらばれたことを告げた。

眠らずに仮ベッドで身を横たえていた大西は、電燈《でんとう》もつけない部屋の闇《やみ》の中でただうなずいただけであった。

大西滝治郎中将は、山本五十六《いそろく》大将とともに大艦巨砲主義を過去のものとして排斥《はいせき》していた航空主兵思想の先駆的提唱者であった。かれは、アメリカ航空兵力の圧倒的な優勢さに日本の敗北をはっきりと予知し、しかも、日本国内の航空機生産力の貧困さも知りぬいていた。戦況がこのまま推移すれば、近い将来日本本土は、アメリカ海空軍のすさまじい攻撃にさらされる。それを阻止するのは、死を代償とした戦法以外にはないと思ったのだ。それに実際に第一線に赴任してきてみると、アメリカ軍との機数の差は余りにも大きく、その上燃料の質も低下していて飛行機の性能も充分に発揮できない。若い搭乗員の技倆《ぎりょう》もすっかり低下していて、迎撃のため離陸していってもたちまちアメリカ機に撃墜されてしまう。そうした悲惨な現状を目前にして、それまでも意見の出ていた体当り攻撃の実行を考えたのだ。

関行男大尉を長とした第一次神風特別攻撃隊は、敷島、大和、朝日、山桜の四隊によって編成された。

十月二十一日、大西は、それら二十四名の隊員に訓示した。

大西は、顔をひきつらせ、

「国民に代ってお願いする。この重大危機を救うのは、諸子の国に殉ずる精神にたよる以外にない。全軍は、必ず諸子の後につづくであろう」

大西の体はかすかにふるえ、その眼には熱いものがあふれていた。

その日の午前九時、哨戒機《しょうかいき》から、

「敵機動部隊見ユ」

の報が入電、初の特別攻撃隊の出撃となった。

が、悪天候のため関大尉指揮の零式戦闘機隊は、アメリカ艦隊を発見できず引返してきた。

関は、敵を発見できなかったことを口惜《くや》しがって玉井副長に泣きながら詫《わ》びた。

そうしたことがその後三度ほどつづいたが、十月二十五日、関大尉の指揮する敷島隊は、遂《つい》に全機アメリカ艦隊に突入、再び基地にもどってはこなかった。

それは、関を長とした中野盤雄一飛曹、谷暢夫一飛曹、永峰肇《はじめ》飛長、大黒繁男上飛の五機の零式戦闘機隊で、二五〇キロ爆弾を装着、四機の零式戦闘機の直接掩護《えんご》をうけて、午前一〇時四五分豪雨のようにふきあげる対空砲火の中をくぐりぬけ悲愴《ひそう》な体当りをおこなったのだ。そして、空母、巡洋艦各一を撃沈、空母一に大火災を発生させた。

日米戦争の一特徴ともなった壮絶な航空機による体当り攻撃は、その日の突入に端を発して、翌二十六、二十七日とつづき、さらにそれは規模を徐々に大きなものにさせて、多くの若い操縦士たちは、それぞれ自機とともにその生命をつぎつぎと投じていった。

かれらの間には、体当り攻撃がいつの間にか日常的なものとなり、それを稀有《けう》なものとは思わぬような雰囲気《ふんいき》がかもし出されてきていた。そして、その海軍航空隊で手をそめた特攻戦法は陸軍操縦士にも積極的に採用され、飛行機は若者をのせた一種の爆弾と化し、太平洋は、祖国の危機を救おうとねがう若者たちの壮大な自殺場と化した。かれらの死は、戦争指導者たちの無能さの犠牲とされたものであると同時に、戦争という巨大な怪物の無気味な口に痛ましくも呑《の》みこまれていったものなのだ。

死を賭《と》した特別攻撃隊の相つぐ突入は、アメリカ海軍の一大脅威となった。艦艇の損害も大きく、殊《こと》にアメリカ軍将兵にあたえた恐怖ははげしく、そのため「カミカゼ」「カミカゼ」と口走るおびただしい発狂者が出るようになった。

そうした壮烈な体当り攻撃に対し、アメリカ海軍は、対空砲火を増強し、さらに艦艇群の上空に達するまでに日本機を全機撃墜することを策し、一層迎撃態勢をととのえた。

アメリカ艦艇は、その完備したレーダー網で接近する日本機をとらえ、大量の迎撃機を発進させる。そして、爆弾を搭載して動きのにぶくなっている日本機を包囲してはげしい機銃弾を浴びせかける。そのため特攻機は、艦隊上空に達する以前に撃墜されるものが激増するようになっていた。

比島戦の惨敗《ざんぱい》は、日本への南方資源の補給路を完全に断つと同時に、さらにアメリカ軍第一線を日本本土に接近させることになった。そしてその頃《ころ》から、サイパン島に大型爆撃機の発着可能な飛行場の設営を終ったアメリカ軍は、Ｂ29による日本本土への攻撃を開始するようになった。

Ｂ29は、対日空襲兵器として製作されたもので、航続半径約二、八〇〇キロ、常用高度約九、〇〇〇メートルと推定されていた。しかし、それを迎え撃つ日本陸海軍には、高高度で性能のよい戦闘機は少なく、「烈風改」も試作段階であり、また陸海軍共用機の「秋水」もまだ生産段階にはいるには程遠い状態だった。「秋水」は、ドイツのメッサーシュミットMe—一六三Ｂ迎撃戦闘機を模倣《もほう》した日本初のロケット機で、名古屋航空機製作所の高橋己治郎技師を設計主務者に、疋田《ひきた》徹郎、貞森《さだもり》俊一、黒岩信、楢原《ならはら》敏彦らで設計されたものであったが、Ｂ29の来襲が開始された頃でも第一号の試作機すら完成されていなかった。

防空用戦闘機として考えられるのは、陸軍の三式戦、二式単戦、一式戦、二式複戦、海軍の「雷電」「紫電」「月光」があったが、各機種とも一万メートルの高度をたもつのが精一杯で、機体をかたむけるとたちまちすべって高度が低下してしまう。そのため攻撃は、はじめの一撃だけにかぎられ、同一目標に再び攻撃をしかけることはできなかった。また夜間の迎撃でも、電波兵器が不備であるため、照空燈にてらし出されたB29に対する攻撃に限られるような状態でしかなかった。

さらに防禦《ぼうぎょ》砲火も、高高度で飛来するB29を捕捉《ほそく》するのには甚《はなは》だ心許《こころもと》ない状態だった。はじめ高射砲隊は、主として口径七センチ高射砲を装備していたが、威力を発揮するのは七、〇〇〇メートルほどで、到底B29の常用高度には達しない。そのため、八センチついで一二センチ高射砲が配備されるようになってはいたが、これも電波標定機が未完成であったため、雲上や夜間に行動するB29にその効果を期待することはできなかった。

サイパン方面からのB29の本土来襲は、十一月一日関東方面に姿をみせた二機の偵《てい》察《さつ》行動にはじまり、十一月二十四日約七十機の東京空襲によって本格的な空襲にはいった。

サイパン島失陥とともに、大本営は、日本本土空襲を予知して、すでに夏頃から小学生の強制的な集団疎開《そかい》を開始させ、大都市の市民の疎開も促進されるようになっていた。そして、大都市の軍需工場疎開命令も出され、名古屋航空機製作所に対しても工場疎開が軍から要求されるようになっていた。

しかし、疎開を実施することは、飛行機の生産を急激に低下させることになるだけに決断しかねていたが、実際にＢ29の空襲が開始されると名古屋へのＢ29の来襲は決定的なものとなり、疎開問題が真剣に検討されはじめた。その結果、まず一部工場の名古屋市内外への分散疎開がおこなわれた。

そうした慌《あわただ》しさの中でも、十一月末には零式戦闘機百十五機が生産されていたが、前月生産機数と比較すると三十機の大幅な減少で、それは、資材の不足が一層深刻化し部品の集積が困難になってきたためであった。

しかし、軍の増産要求は、そうした事情を無視してさらに苛酷《かこく》なものとなり、要求数量だけが急増してゆく。そして、昭和十九年度に陸海軍から要求された機は、一万二百五十九機であったが、実際に名古屋航空機製作所で生産された年末までの陸海軍機は、その三分の一余りの三千六百二十八機だけであった。しかもそれらは、従業員たちの肉体を酷使した上で生み出されたもので、生産能力は完全に限界点に達していたのだ。

軍としては、アメリカ軍の攻撃が直接本土に接近している折だけに、飛行機を一機でも多く手に入れたいと痛切にねがっていたが、そうした渇望《かつぼう》は、やがてはげしい焦《しょう》燥《そう》となってあらわれ、それは会社にそして従業員に向けられるようになった。或《あ》る将校は、多量の生産要求に応じがたいことを口にした会社の中堅幹部を殴打したし、会社常駐の監督官室の者は、空襲警報発令時でも従業員の所外への退避を厳禁した。

アメリカ爆撃機が飛来すれば、名古屋航空機製作所は必ず爆撃目標とされ、工場内にとどまることはきわめて危険であった。が、作業をその間だけでも中断されることをおそれたかれらは、従業員の所外退避を許さず、塀《へい》を越えて退避しようと試みた工員たちも、塀の外に待ちかまえていた准士官《じゅんしかん》の抜刀した刃先で塀にかけた手を切りつけられたこともあった。

会社側ではやむなく空襲時にも従業員を職場からはなれさせぬようにするために、防空壕《ぼうくうごう》を、監督官の指示に従って工場建物内に設けさせていた。

そうした環境の中でも、従業員たちは、日の丸と神風という文字を染めぬいた鉢巻《はちまき》をしめ、眼を血走らせて増産にはげんでいた。しかし、食糧不足は、漸《ようや》くかれらの体をむしばみはじめ、病に倒れて欠勤しなければならぬ者も次第にその数を増してきていた。

家畜の場合は、さらに悲惨だった。牛は、ペルシュロン馬とともに依然として運送の一部を担当していたが、小麦と芋《いも》づるの混合飼料も小麦の率が急速に減って、そのため体力はおとろえ、道の途中ではげしく叩《たた》いても動かなくなる牛が多くなった。かれらの骨格は哀れなほどあらわになって、その足どりもよろめきがちだった。そして、朝冷たくなって倒れている牛も見られるようになった。

運送の主力となっているペルシュロン馬の総々《ふさふさ》した毛も、日増しに艶《つや》が失われ、逞《たくま》しい体も一様に痩《や》せはじめていた。それらの馬にも漸く飼料の悪化がはっきりとした形となってあらわれ、道の途中で足が萎《な》え、馬を交代させて車をひかねばならぬようなことも屢々《しばしば》起るようになった。

しかし、生産された飛行機は、それらの馬や牛にたよる以外に運送する方法はなかったのだ。

二十一

昭和十九年十二月七日午後、突然無気味な地鳴りが名古屋市の空気をふるわせ、それが急激にたかまると同時に、大地が波濤《はとう》のように起伏した。……大地震が発生したのだ。

製作所の敷地は、海を埋立てした土地であるため、その揺れはすさまじく、工場建物は叩《たた》きつけ合うようなはげしい音をたてて震動した。

たちまち所内は、大混乱におちいった。

従業員たちは、建物の外に逃げようとするが、余りの激震のため立っていることすらできない。漸く這《は》いながら物陰にもぐりこむ者や、よろめきながら外に飛び出す者が入り乱れて、悲痛な叫び声が所内に交差した。

そのうちに、工場内に設けられた防空壕の底が破れたらしく砂と水が勢いよく噴き出し、コンクリートの床には音を立てておびただしい亀裂《きれつ》が走る。そして、工場建物が随所で土煙をあげ、轟音《ごうおん》とともに倒壊しはじめた。

やがて震動は弱まってはきたが、かなり強烈な余震が絶え間なくおそってきてその都度建物の倒壊がつづき、製作所の姿は、たちまち惨憺《さんたん》たるものに一変した。

殊に悲惨だったのは、市内の道徳《どうとく》町に分散疎開されていた道徳工場の被害だった。

その工場は、日清紡《にっしんぼう》の工場を利用して一〇〇式司令部偵察機の組立てをおこなっていたのだが、骨格組立工場、部品工場がそれぞれ全壊し、また熱処理工場、成品庫の屋根も完全に崩れ落ちてしまっていた。

その中でも最も甚だしい惨状をしめしたのは、煉瓦《れんが》造りの骨格組立工場だった。その内部で作業をしていた者たちは、突然の激震に外へ出るいとまもなく、煉瓦の壁に競い合うように身を寄せたが、それが逆に悪い結果をもたらした。身を守ってくれると思えた煉瓦の壁が、老朽化《ろうきゅうか》していたためか、轟音をあげて崩壊し、その下に多くの者たちが圧《お》しつぶされてしまったのだ。

所内の従業員が動員されて、余震のつづく中で煉瓦の除去がはじめられた。瓦礫《がれき》と化したその場所は、呻《うめ》き声と血に充満している。

やがて煉瓦の下から人の体があらわれてきたが、生きている者も骨格がくだけ、皮膚もやぶれて肉がむき出しになっている。モンぺをはき、鉢巻をしめている女子挺身《ていしん》隊《たい》員の姿や学生服をきた中学生の死体も続々と掘り出されてきた。

そのうちに、日が没した。市内の電線は寸断され、あたりは闇となった。提灯《ちょうちん》の灯《ひ》がいくつかうかび上り、その中で瓦礫の除去がつづけられている。友の名を呼びながら、爪《つめ》から血をふき出させて煉瓦をとりのぞく女学生たちの姿も多かった。

重傷者は、担架や戸板にのせられて三菱病院に運ばれ、死体は、青年学校の講堂に蓆《むしろ》を敷かれて並べられていた。

死体のこわれ方はひどく、顔も体も完全につぶれて識別困難のものが多く、駆けつけてきた家族や同僚の証言をたよりに一体ずつの確認がおこなわれていた。

夜半になった。

その頃でもまだ二名の行方不明者があり、提灯のあかりをたよりに作業はつづけられ、漸く明け方近くにつぶれた中学生と工員の遺体が発見されて、遺体収容作業は終った。

病院に運ばれてから絶命した者も多く、結局道徳工場での死者は、丸子農商、熱田中学、名古屋高女、飯田中学の男女中学生をふくむ五十九名の多きに達し、重傷者七十二名、軽傷者多数となった。また他工場でも、大江本工場第二倉庫で運搬工が一名即死、また桑名《くわな》市に分散されていた桑名工場では、倒壊した煉瓦の煙突に上野中学の生徒一人が圧死し、また瑞穂《みずほ》工場でも工員一名、針崎工場でも女学生二名をふくむ六名の者が死亡、計六十八名が死者となった。

製作所そのものの被害も甚大《じんだい》だった。倒壊した工場以外に傾いてしまった建物も数多く、崩壊の危険があって近寄ることができない。

幸い倒壊をまぬがれた建物も、その内部は例外なく飛行機工場としての機能の大半を失ってしまっていた。

まず、機体組立の規準となる取付台（治具《じぐ》）が基礎の床がゆがんでしまっているためほとんどが狂ってしまっていて、精密点検をしなければ使用不可能になってしまっている。それに、沈下し破れた床からは泥水《どろみず》がふき出し、工場内は一面に水びたしになっている。柱はかたむき、ガラスは一枚残らず割れ、天井もはがれかけた個所が多い。その復旧には、かなりの日数を要するものと思われた。

製作所では、復旧のため軍隊の出動を乞《こ》い、所内では、治具関係の修復を第一に、生産再開のために全力をそそいだ。と同時に、計画中の工場疎開をこの機会に実施しようという空気が濃厚となり、殊に全壊してしまった道徳工場は、至急遠方の地に疎開をおこなうことになった。

と、大地震から十一日目の十二月十八日に機能の麻痺《まひ》したままの名古屋航空機製作所に、さらに地震にまさるとも劣らぬ大災害がふりかかった。

その日正午頃、知多《ちた》半島方面からB29爆撃機編隊が、飛行機雲を長々と曳《ひ》いて一直線に海岸線に設けられている名古屋航空機製作所に接近してきた。そしてその腹部から無数の爆弾が吐き出され、それは、豪雨のような密度で名古屋航空機製作所に吸いこまれていったのだ。

たちまち、製作所とその周辺は、突然噴火でもしたような轟音につつまれ、飛散物が上空に舞いあがった。

さらにB29の編隊は続々と来襲してきて、晴れた冬の空にきらめくものを撒布《さんぷ》する。所内には火災が発生し、建物は、無残に砕け散る。炎の煙と土煙で空はおおわれ、その暗い空間を粉砕された物がおびただしく飛び交っていた。

やがて、B29爆撃機編隊は去った。

災厄《さいやく》をまぬがれて防空壕から這《は》い出してきた従業員たちは、所内の余りの惨状に口もきけぬような放心状態におちいっていた。事務所をはじめ第一工作部、第二工作部、本部等四十棟《とう》が破壊され、火災も随所に起っている。

とりあえずそれら建物の消火につとめたが、やがて空襲による人命損失がきわめて大きいものであることが時間の経過につれてわかってきた。殊に第一工作部（海軍機関係）工場の被害ははなはだしく、その中でも翼工場は爆弾を集中的に浴びていた。

空襲時に、全従業員が所内にとどまっていたことが、その被害を大きくしたことはあきらかだった。工場内の防空壕もほとんどが破壊され、直撃を受けて跡かたもなくなり、工場内は、血に彩《いろど》られた肉塊《にくかい》がとびちっていた。

負傷者の搬出が終ると、死体の収容にとりかかった。爆風の圧力にやられたのか、眼球をとび出させ、腹部から内臓をはみ出させているもの、首や手足のない胴体だけの死体、そして手や足が場内に散乱し、中には梁《はり》や電線にひっかかっているものすらあった。

死体収容作業をおこなう者たちは、遺体が四散してしまっているので、その取扱いに当惑していた。しかし、とりあえずそれらは分別することもせずに、青年学校の講堂にはこぶことになった。

夜にはいって漸く死体の収容は終ったが、それでもロウソクの灯をたよりに、未完成の翼や柱や壁などにはりついている肉片のそぎ落しがおこなわれていた。

夜九時頃、副所長の吉田義人が、労務課福祉係長浦上賢司その他と講堂にはいり、遺体の整理を指揮した。まず行方不明者のリストがつくられ、それをもとにして遺体の確認に移った。

満足な体をしているものはほとんどなく、氏名がわかったものでも手足や首がなく、それらを講堂内に置かれたものの中から探し出すという作業がつづいた。

そのうちに確認できた遺体も数を増して、それらは講堂の隅《すみ》に敷かれた蓆の上に整然と並べられていった。が、残された三分の一の遺体の整理は、困難だった。ちぎれた肉体に接合されるものがなかなか見つからない。何度もそれらの組み合せ作業がつづけられ、駆けつけた家族によって大凡《おおよそ》の見当をつけてまとめるような始末だった。

学徒の在籍校は、北は東北地方から南は九州まで広い地域にわたっていて、そうした遠隔地から来ている者のうち散乱して氏名のわからぬ遺体は家族の確認も得られず、それらはやむなくとりまとめて焼骨し、等分に骨を分けることになった。

死者は二百十五名、重傷者二百八名で、その半ばは、徴用工、勤労学徒、女子挺身隊員たちであった。

弔慰金《ちょうい》は、職員、雇員、徴用工等の職階によって支払われ、学徒は、会社側から約五千円、それ以外に軍需大臣、航空兵器総局長官、軍需監理部長からわずかに十円ずつの供物料《くもつ》が支払われただけで、それらの遺体や遺骨は家族の胸にいだかれて去っていった。

地震につづく空襲によって、名古屋航空機製作所は、ほとんどその機能を失った。軍も会社の首脳部たちも、その現状を前にしてその期間内の生産停止を覚悟で大々的な工場疎開を実行しなければならなくなった。

その実行については、第一工作部（海軍機関係）長八嶋《やじま》俊一、同次長由比《ゆひ》直一、第二工作部（陸軍機関係）長有川藤太郎、同次長守屋学治の意見を基本に、調査課が疎開計画を推進した。

調査課長牧田与一郎は、同課係長若杉礼三以下課員とともにその至難な事業に没頭した。一刻《いっとき》も早く疎開を終え、生産を再開させなければ、軍の要求に応ずることはできない。名古屋航空機製作所の分散配置は、牧田たちの努力に委《ゆだ》ねられたのだ。

殊《こと》に地震で倒壊した道徳工場で生産されていた一〇〇式司令部偵《てい》察《さつ》機は、陸海軍機中最高速の優秀機で、軍から緊急生産をきびしく要求されていたので、その工場疎開に手をつけた。

若杉係長らは、ただちに北陸地方へ急行し、富山県射《い》水《みず》郡大門町にある呉《くれ》羽《は》紡績工場の二年間借用に成功し、一〇〇式司令部偵察機の生産部門を移動。近在の福野、井波各紡績工場と金沢市の大和航空機工場、大建産業等を併合して「北陸ブロック」を形成、これを第十一製作所と称した。

この疎開にあたっては、軍需省直轄《ちょっかつ》の輸送隊が編成されて多数のトラックが出動し、また優先的に配車された貨車も利用された。

従業員は、名古屋からの技師、工員それに勤労学徒と、新規採用の徴用工、学徒などが配置された。そして陸軍将兵数百名が、紡績機械の撤去や工場整理のための突貫工事に従事し、早くも年末には、それら疎開工場での生産がはじめられるようになった。

また設計試作部門は、松本市の片倉紡績工場を中心に学校その他を利用して疎開し、第一製作所と称した。そこでは、再び病床に臥《ふ》した堀越二郎にかわって設計主務者となった曾根《そね》嘉年らの手によって「烈風」の試作とその後継機の設計がつづけられ、久保富夫を設計主務者とする陸軍双発遠距離戦闘機（キ―八三）などの試作がおこなわれていた。

さらに陸軍四式重爆撃機（飛竜《ひりゅう》）の生産をおこなわせるため、熊本《くまもと》航空機（第九製作所）以外に愛知県知多郡大府《おおぶ》町と長野市へ疎開した工場群によって第五製作所を形成させ、一式陸上攻撃機と、「紫電改」の生産にあたる水島航空機を第七製作所と改称したりした。

零式戦闘機の生産は、第三製作所として三重県鈴鹿《すずか》市を中心にすでに桑名、四日市《よっかいち》、津、近江《おうみ》、南海地区の各紡績工場に疎開を終え、また従来あった鈴鹿整備工場もふくめて一式陸上攻撃機、「雷電」の生産にもあたっていた。

結局名古屋航空機製作所は、地震と空襲の被害によって完全に解体され分散させられた。その大疎開は、牧田らの努力で強行されたが、その分散は、名古屋航空機製作所の飛行機生産能力を急激に低下させることにもなった。

昭和二十年にはいると、Ｂ29の空襲は日を追うてさらにはげしくなり、二月末までに延べ約千百機のB29が飛来、主として軍需施設、工場に大量の爆弾を投下した。

アメリカ軍の太平洋上の攻撃は、すでに日本軍を完全に圧倒し、二月十九日には、遂に硫黄島《いおうじま》への上陸作戦を開始した。

硫黄島はサイパン、東京の中間に位置し、その島にアメリカ空軍の中継飛行場建設を許せば、たちまち、日本本土のすべてがB29の自由な爆撃圏内にはいってしまう。つまり硫黄島の存在はきわめて重要な意義をもち、それだけに同島守備隊約二万三千名の将兵は、上陸してきた米軍に激烈な抵抗をこころみた。

アメリカ軍は、尨大《ぼうだい》な物量を投入し、約六十隻《せき》の艦艇による果てしない艦砲射撃と、空母六隻から発進した一日延べ約千六百機の海軍機による銃爆撃によって硫黄島の地形を一変させてしまった。が、日本軍は、貧弱な武器を手に負傷した者も陣地からさがらず、さらに爆薬をいだいて敵戦車に突入する将兵が相ついだ。そして、アメリカ上陸軍三万三千名を死傷させ戦車二百七十台を破壊し、死物狂いに戦いつづけた。

しかし、全く孤立無援な日本軍守備隊にも最後の時がやってきた。すでに残された陣地もあとかたもなく粉砕され、火砲も砲弾も尽き、将兵の大部分が戦死していった。

師団長栗林忠道中将は、三月十七日、

「今夜半ヲ期シ、小官自ラ陣頭ニ立チ、皇国ノ必勝ト安泰トヲ祈念シツツ全員壮烈ナル総攻撃ヲ敢行ス」

旨《むね》の訣別《けつべつ》の辞を大本営に打電し、残された将兵約八百名とともに銃砲火を浴びながらアメリカ軍陣地に斬込《きりこ》み突撃をおこない全員戦死した。

硫黄島の失陥は、そのままB29による空襲規模の大きさとなってあらわれ、三月中の来襲機数は延べ一千機以上に達し、編隊の構成も百機以下であったのが、百七十機の大編隊を形成するまでになっていた。そして、三月九日夜の東京大空襲をはじめとして、大編隊による夜間空襲もはじめられた。それは、完全な無差別爆撃で、一般人の殺戮《さつりく》とその生活を破壊することを目的としたものであった。

その爆撃方法は、まず爆撃目標地域の周辺に焼夷弾《しょういだん》を投下し、逃げ道を封じてしまう。そうしてから町々に大量の焼夷弾をばらまいてゆく。都市は、たちまち炎の海となり、右往左往する市民たちは、周囲からの炎につつまれて焼死していった。

さらに二月二十六日には艦載機延べ千二百機が初来襲し、艦載機や硫黄島基地からの戦闘機も飛来するようになり、日本本土は、自由なアメリカ機群の銃爆撃にさらされるようになった。

そうした中で四月一日からはじまった沖縄《おきなわ》戦は、日米戦争にとって最後の壮絶な戦闘となった。

その日の朝、日本領土の沖縄島周辺の海上には、一千余隻のアメリカ艦船群が巨大な鉄の環《わ》のようにすき間なくひしめいた。そして午前八時、輸送船団から放たれた無数の上陸用舟艇群が、島の中部嘉手納《かでな》海岸におびただしい航跡をひいて殺到した。その上陸兵力は十八万三千名、それに対する沖縄守備隊は約六万で、牛島満中将を指揮官に必死の抵抗が開始された。

上陸したアメリカ軍は、大した抵抗もうけずに南下したが、日本軍司令部のおかれている首里《しゅり》から北方五キロの線で堅固な日本軍主力陣地に接触した。そしてそれからの戦闘は、寸土をうばい合うすさまじい激闘となった。

島をとりまくアメリカの大艦艇群は、日本軍陣地に対し連日数万発の大型砲弾をそそぎ、上空からは一千機以上の艦載機によって執拗《しつよう》な銃爆撃をつづけさせた。それに対して日本軍は、洞穴壕《どうけつごう》や墓の中に身をひそませ、主として大規模な夜間斬込みを反復して陣地を死守してはなさない。

これら日本軍を勇気づけさせたのは、郷土を守ろうとねがう沖縄全県民の身を挺《てい》した協力だった。満十七歳以上四十五歳までの男子は防衛隊を組織していたし、男子中等学校生徒は鉄血勤皇隊を編成し陸軍二等兵として軍に投じ、また女子中等学校生徒や一般の少女も特別看護婦として軍の組織下に入っていた。そして、日本軍将兵も防衛隊員も、急造爆雷をいだいてアメリカ軍戦車のキャタピラの下にとび込み、男子中学生たちは、竹槍《たけやり》を手に喚声をあげてアメリカ軍陣地に将兵とともに突っこんでいった。

しかしアメリカ軍は、艦砲射撃と銃爆撃の掩護《えんご》をうけて、戦車群を楯《たて》にわずかずつ前進しつづけた。そして洞穴壕にはガソリンを流しこんで発火させ、火焔《かえん》放射器の炎を吹きつけ、それでも抵抗がつづくと鑿岩機《さくがんき》で穴をうがち、そこから多量の爆薬を投げ入れた。

やがて首里の陥落する時がやってきた。が、第一線陣地から首里までの五キロの距離を進撃するのに、結局アメリカ軍は、圧倒的に優勢な兵力をもちながらも八十日間をついやさなければならなかったのだ。

首里を手に入れたアメリカ軍は、日本軍を島の南部に追いつめたが、それと行をともにした一般県民も、海に面した南端のせまい地域に押しこめられてしまった。

アメリカ軍はさらに勢いを得て容赦ない攻撃をつづけ、投降勧告もおこなったが、将兵や中学生らの斬込みはつづき、一般県民も、投降をきらって老幼婦女子までが集団的な自殺をとげた。そして、六月二十三日、軍司令官牛島満中将をはじめ守備隊首脳者たちは、切腹又はピストル自殺をとげ、沖縄戦は終了した。

日本軍は防衛隊員、鉄血勤皇隊員をふくめて約七万五千名が戦死し、さらに一般県民八万五千五百名も戦火にまきこまれて痛ましい死をとげた。またアメリカ軍の損害も四万九千名（内戦死一万一千四百名）に達し、アメリカ軍司令官バックナー中将も、戦闘指揮中に戦死した。

この戦闘では、アメリカ軍将兵中に稀《まれ》にみる多くの発狂者が出た。それは、おびただしい数の特別攻撃機が、日本守備隊の激闘に呼応して、沖縄周辺のアメリカ艦船に息つく間もあたえぬような突入をくり返したからであった。

それは菊水作戦と呼称される特攻作戦で、四月六、七日の両日に陸海軍機六百九十九機（特別攻撃機三百五十五機）の突入によって開始され、九州、台湾から大量の特別攻撃機の壮絶な突入がつづいたのだ。

その攻撃は、アメリカ艦船に相当の損害をあたえると同時にアメリカ軍を大恐慌《きょうこう》におとしいれた。第五艦隊司令長官スプールアンス大将は、特別攻撃機の自殺的攻撃に脅威を感じ、ニミッツ太平洋艦隊司令長官に、台湾、九州の特攻機基地を徹底的に破壊する航空攻撃をおこなうよう懇請した。

沖縄本島近くの慶良間《けらま》錨地《びょうち》は、傷ついた艦船で埋まり、特攻機来襲の報はアメリカ軍将兵を戦慄《せんりつ》させ、艦船の上空に、すき間のないような防禦《ぼうぎょ》砲火をふき上げる。その中をくぐりぬけるように特別攻撃機は、艦艇に船舶に体当りし飛散していった。

その恐るべき特別攻撃に苦慮したアメリカ軍は、それを阻止するさまざまな対策を実行した。

まず、スプールアンス大将の要請にこたえて九州特攻機基地にB29延べ三百機、艦載機延べ千六百五十機を投入してその破壊につとめ、占領した沖縄島陸上飛行場を整備して飛行機を発着させ、空母艦隊を特攻機の攻撃圏外に避退させた。そして、大量の戦闘機によって特別攻撃機の迎撃にあたらせた。

すでに日本軍の暗号は解読され、しかも優秀なレーダー装備によって日本機の接近は確実にとらえられる。それだけでも特別攻撃機にとって脅威であったのに、それに使用される機は、すでに優秀な飛行機はほとんどつきていた。

日本の航空兵力は完全に弱体化していた。そして、特別攻撃に参加する機も戦闘能力のない機までがすべて狩り出され、多数の改修練習機までが爆弾を装着して離陸していった。その上、それに乗る操縦士たちも、祖国の危機を救いたいとねがう強い意志はもってはいるもののその操縦技術は低く、到底おびただしいアメリカ戦闘機群の迎撃を排することは困難だった。そして当然の結果として、攻撃の回を重ねるごとにアメリカ艦船上空に到達できる確率は少なくなっていった。

未熟な若い操縦士をのせた日本の雑多な飛行機が、おぼつかない動きで洋上を沖縄へと爆弾をいだいて果てしなく突入してゆく。それは、太平洋戦争下の日本人の象徴的な姿でもあった。

六月二十五日、大本営は沖縄作戦の終焉《しゅうえん》を公表した。

その悲惨な戦闘に米艦船攻撃に出撃した日本陸海軍機は延べ七千八百五十二機に及び、そのうち特別攻撃機は、海軍機千四百三十九機、陸軍機九百五十四機計二千三百九十三機に及び、多くの操縦士の生命が機とともに散った。そして、アメリカ艦船四百四隻が、それによって撃沈破され、多くのアメリカ軍将兵が死亡した。

この沖縄戦は、日本側の敗北に終ったが、アメリカ軍がこの島の占領に三カ月もの月日を要したことは、日本本土上陸作戦をそれだけ延期させる結果を生んだ。そして沖縄守備隊と県民のすさまじい戦闘力は、アメリカ側を戦慄《せんりつ》させ、日本本土進攻を一層慎重なものとさせた。

しかし、アメリカ軍の来攻を目前とした日本本土は、B29と艦載機等による銃爆撃で無残な惨状を呈していた。

六月には、B29の来襲機数は三千二百七十機に達し、その他艦載機等の来襲を合わせると四千三百十二機の多きに達している。そして、焼夷弾を主とした無差別爆撃は、地方の中小都市にまで及び、一般市民の死者は急増し、その日常生活は破壊されていった。

すでに食料は、乏しい配給量もとどこおりがちで飢餓《きが》が人々を不安におとしいれ、まして生活必需品などはその影すらみせなくなっていた。人々は、空襲におびえ、破れた衣服を身につけて焼跡の防空壕跡で夜露《よつゆ》をしのぐようになっていた。が、それでもほとんどの者たちは、日本の勝利を念じ、衰えきった体を鞭《むち》うって軍需工場で働きつづけていた。

すでに、日本の国力は、ほとんど無に近いものであった。人々は、全くその実態を知らされてはいなかったが、諸工業の生産能力は、戦慄すべき枯渇《こかつ》状態にまでおちこんでいた。

軍部の施策によって日本の国力はすべてが軍需工業に強力に集中されていたが、その部門ですら戦時中の最高生産期に比較すると、鉄鋼三五パーセント、非鉄金属三五パーセント、液体燃料二四パーセント、造船二七パーセント等と急減していた。さらにそれら軍需産業の犠牲となった生活必需品の生産量は、慄然とするような数字となってあらわれていた。それらは、人々の日常生活を根本的に不可能とさせるもので、昭和十二年の生産量に比較すると、綿織物二パーセント、毛織物一パーセント、石鹸《せっけん》四パーセント、革靴《かわぐつ》○パーセントとつづき、食油、砂糖などは皆無といった状態であった。

そうした中で名古屋航空機製作所関係で生産された零式《れいしき》戦闘機は、昭和十九年十月の百四十五機にくらべて昭和二十年二月五十九機、三月四十機、四月三十七機、五月三十八機、六月二十三機と急激に低下していた。また一式陸上攻撃機も四月十一機、五月五機、六月三機、七月○機といった寒々としたもので、「雷電」ですら四月十六機、五月○機、六月八機の生産しかおこなわれていなかった。

それは、他の機種、発動機を生産する疎開《そかい》工場でも事情は同じで、しかもその上、地方小都市への空襲が激化するにつれて、さらに疎開工場の再疎開までおこなわなければならなくなっていた。絶えず上空にはアメリカ機が飛来し偵察《ていさつ》も入念におこなわれているので、工場の疎開先は、上空から眼にすることのできない場所をえらばねばならなかった。つまり、半地下工場、地下工場が要求されたのだ。

そうした必要性から、カマボコ型の建物の上に土をおおう半地下工場の建設がはじまると同時に、各地のトンネルが物色された。滋賀県観音坂では国道のトンネルを利用することになり、国道の通行は迂回路《うかいろ》によっておこなわせ、トンネルの両側の出入口をふさいで中へ工作機械を搬入させた。その他磨《みが》き砂を採取していた坑道を機械工場に採用したり、各地にトンネル工場の建設が急がれた。

しかし、工場の分散は、部品その他の補給をほとんど絶望的なものにさせてしまっていた。交通は、杜絶《とぜつ》されがちだし、トラックもガソリンがなくて走ることができない。連絡をするのにも、電話網は寸断され、郵便も思うようにはとどかない。

やむなく部品の引取りは、リュックサックをかついだ人力にたよらねばならなくなった。それらは、徴用工、学徒が主として担当し、登山用のリュックサックをかついで集団で出発する。列車にのるのも面倒な手続きを要したが、漸《ようや》く乗りこんだかれらは、部品をもとめて遠隔の地まで満員列車にゆられて行く。目的の地につくと、必死になって部品を探し出しリュックサックにつめこみ、再び夜を日についで自分の工場にもどってくる。それらはリュックサック部隊と称され、各工場では、絶えずリュックサックをかつぐ者たちが往《ゆ》き交っていた。

そうした中で零式戦闘機等の最終整備をおこなう鈴鹿《すずか》整備工場は、奇跡的にも空襲の被害はまぬがれていた。

従業員は、八千名近くいたが、その半数は、徴用工、学徒、女子挺身隊員《ていしんたいいん》たちで、かれらは、工員たちと真剣になって作業にとりくんでいた。リュックサックによる苛《か》酷《こく》な部品運搬もすすんでやるし、夜遅くなって、帰れと責任者に言われても帰ろうとはしない。

モンペ姿の女子中学校の生徒も髪をふりみだして働き、工場泊りこみの残業に加わる。そして、成人の男子工員のおこなうリベット打ちを志願して、重い鋲打機《びょううちき》をかかえて黙々と鋲を打ちつづけていた。そうした必死の努力にもかかわらず、七月中に三《みつ》菱《びし》で生産された零式戦闘機の機数はわずかに十五機にすぎなかった。

そして、完成した零式戦闘機は工場の外へ出ると、女子挺身隊員や女子学生もまじえた者たちの手で千メートルほどの通路を鈴鹿飛行場の方へ押されてゆく。鈴鹿山脈が遠くつらなり、左手の田圃《たんぼ》からは、蛙《かえる》の声が一斉《いっせい》に湧《わ》いている。工員も少女たちも、手で押しながら時折 掌《てのひら》で機体を愛撫《あいぶ》する。

田圃の中を少女たちに押されて動いてゆくただ一機の零式戦闘機——。それは、進軍ラッパの合図で多くの機体が前進した流れ作業のおこなわれていた頃《ころ》の活況とは、対照的なわびしい光景だった。が、それだけに工員や少女たちにとっては、漸く完成した零式戦闘機が、一層いとおしいものに思われるのだ。

すでにアメリカ軍の日本本土上陸作戦の開始は、時間の問題と思われていた。しかし、全く無力化した日本陸海軍は、それでも徹底抗戦を決意していて、その作戦準備に全力を傾注していた。その作戦の主体となるものは、全機特別攻撃戦法であった。

陸海軍は、国内に残された過半数をしめる練習機をはじめ偵察機、爆撃機等すべての機種を特別攻撃機用に整備し、来攻するアメリカ艦船に全機突入させようとくわだてていた。さらに、「桜花《おうか》」「神竜《しんりゅう》」「剣《つるぎ》」などの特殊機も製作していたが、「桜花」は親飛行機から、「神竜」は地上から発進する滑空爆弾であり、「剣」は離陸後脚を離脱する特攻専用機であった。つまりそれらは、帰還することを全く考慮しない人間爆弾で、それらに搭乗《とうじょう》する兵の訓練もしきりとくり返されていた。すでに軍部にとって、操縦士は人間ではなく、爆弾を推進する装置でしかなくなっていたのだ。

また海上部隊でも、わずかに残された駆逐艦、潜水艦を主力に「海竜」「蛟竜《こうりゅう》」「回《かい》天《てん》」「震洋《しんよう》」「伏竜《ふくりゅう》」の五種の特別攻撃用舟艇を整備してその訓練に没頭していた。それらはすべて帰還を期しがたい特殊艇で、殊《こと》に「伏竜」は、きわめて原始的な人間機雷であった。それは、アメリカ軍の上陸用舟艇を破壊しようとするもので、まず簡易潜水器を身につけた特攻兵が棒つき地雷を手に海中に身をひそめている。そして、上陸用舟艇が頭上を通過した時、棒つき地雷で舟艇を突き上げる。つまり、上陸用舟艇とともにその兵の肉体も飛散するのだ。

それらの特攻機、特攻艇は、九州方面を主体に太平洋沿岸の各地にばらまかれ、日本本土は、一般老幼婦女子の犠牲をも辞さぬ決戦場と化そうとしていた。

すでに軍人、軍属の死者は、二百六十万人を越え、その他にも多くの不具者があふれていた。

さらに日本本土の上空は、完全にアメリカ機によっておおわれていた。B29爆撃機の来襲機数は、延べ三万三千余機という恐るべき数にのぼり、それ以外にもそれに倍する艦載機その他が銃爆撃をつづけ、さらに艦砲射撃も加わって二十万トン近い砲爆弾がたたきこまれた。

焼失した都市は九十六都市に及び、その中《うち》七十二都市は重要な軍事施設をもたない都市で、それは、アメリカ空軍機の来襲が一般市民の殺戮《さつりく》を目的としたものであることをしめしている。一般市民の死者は四十万名に達し、焦土と化した都市には戦慄すべき飢餓がおそっていた。

それらの徹底した無差別爆撃は、八月六日の広島、九日の長崎に対する原子爆弾投下によって戦争のもつ恐るべき姿を一層むき出しにした。たちまち両市の二十六万名の市民が、一瞬の間に死者と化した。

アメリカ大統領トルーマンは、広島に原子爆弾を投下後、

「六日広島に投下した原子爆弾は、戦争に革命をあたえるものである。日本が降伏に応じない限り、さらに他の場所にも投下する」

という趣旨のラジオ放送による警告を日本にあたえた。そしてその言葉通り、再び長崎に第二弾が投下されたのだ。

こうした事態におちいっても、軍部の首脳者たちは頑《かたく》なに徹底抗戦を主張した。しかし、その非戦闘員の大量殺戮のみを目的とした兵器の出現と行使は、それら狂人にも等しい者の声を圧してそのまま戦争の終焉《しゅうえん》につながっていった。

八月十五日――

空は、うつろに晴れていた。その下で鈴鹿工場の工員、徴用工、学徒、女子挺身隊員たちは、整列したまま粛然と顔を伏せて、雑音のまじったラジオから流れ出る天皇の声をきいていた。

やがて放送は、終った。

列をくずさずに立ちつくすかれらの顔には、深い虚脱感と疲労感がにじみ出ていた。その列の中から少女たちの静かな嗚咽《おえつ》がもれはじめると、それはまたたく間に工員や男子学徒たちの間にひろがっていった。

かれらは、自分たちの作業の結果が全く無に帰したことを知った。それは想像もしていなかったことだが、ただ一つの慰めは、体力のかぎりをつくして働いたのだという感慨だけであった。

終戦日までの八月中に三菱で生産された零式戦闘機の機数は、わずかに六機であった。

列をといたかれらは、うつろな目で組立工場の中をながめた。そこには、十二台の組立途中の胴体と翼がわびしげに横たわっていた。

その日の夕刻、沖縄への特別攻撃作戦を指揮した第五航空艦隊司令長官宇垣纏《うがきまとめ》中将は、多くの若者たちを死に追いやった責任をとって、大分《おおいた》の航空基地から艦上爆撃機「彗星《すいせい》」に乗り沖縄本島沖のアメリカ艦船に突入するため出発した。出発直前「彗星」の後部座席にのっていた遠藤秋章飛曹長《ひそうちょう》は、宇垣中将にひきずり下ろされたが、遠藤は同行を懇願して再びもぐりこむと、宇垣と同じ席に窮屈そうに体をまるめて出発した。また中津留達雄大尉以下九機もそれを追い、戦果確認の目的をもった金子甚六大尉も「彩雲」に魚雷を装着して突入を期して飛び立った。しかし、沖縄へ達するまでに宇垣を乗せた一番機はアメリカ迎撃機にまず撃墜され、その他の機も突入地点に達したものはなかった。

また翌十六日朝、レイテ戦で特別攻撃隊の初出撃を企て実行に移させた軍令部次長大西滝治郎中将も自刃《じじん》して果てた。

残暑も過ぎ、秋風が立つようになった。

或《あ》る日の午後大江本工場の焼跡に、運輸課長の田村誠一郎が、大西組をはじめとした仲仕《なかし》の組の者数人とたたずんでいた。

かれらの前には、長い毛におおわれたペルシュロン馬が身を寄せ合って、それぞれかいば桶《おけ》の中に首を突っこんでいた。

すでに牛は、餌《えさ》の欠乏と過酷な労働で一頭残らず死に絶えていた。そして、ペルシュロン馬八十九頭もつぎつぎと倒れて、十五頭が辛うじて生きているだけとなっていた。

田村がかき集めてきた飼料をせわしなく食べている馬の姿は、豪快に車をひいていた折の逞《たくま》しさを想像することもできない変り方をしめしていた。それらは、驚くほど痩《や》せこけ、色艶《いろつや》の白けた毛につつまれた皮膚には、すっかり骨格が浮び出ていた。

所長の岡野保次郎は、田村にそれらの馬を大西組その他に分けあたえるようにと言った。工場の仕事は全くなく、馬に運搬させる物もない。辛うじて車をひくだけの体力しか残されてはいないが、それらを搬送で苦労した組にあたえてやれというのだ。

田村は、馬が餌を食べ終ると、集まった各組の者たちに一頭ずつペルシュロン馬の手綱をわたした。

「大事にしてやってくれ」

田村は、かすれた声でかれらに言った。

馬が、組の者にひかれて焼けくずれた工場の門を出てゆく。田村は、道路に出て、それらを見送った。馬は、歩くにつれて皮膚に骨の動きをあらわにしながら、荒涼とした焼跡の道を大儀そうな足どりで遠ざかってゆく。

立ちつくす田村は、嗚咽《おえつ》のこみ上げてくるのを必死に堪《こら》えていた。風が走って、あたりには焼けトタンの鳴る音だけがあった。

あとがき

中国大陸での戦争から太平洋戦争の終結まで代表的兵器の一つであった零式《れいしき》戦闘機（正確には零式艦上戦闘機）の誕生からその末路までの経過をたどることは、日本の行なった戦争の姿そのものをたどることになるという確信が私に筆をとらせた。

航空機に対する知識など全くない私にとって、それはきわめて困難な作業であったが、書きすすめながら私は、やはり自分の確信がまちがってはいなかったことを知った。敗北が充分に予想されながらも戦争にふみきった軍人と為政者たち、そしてその要請にもとづいて最大限の力をしぼり出した軍需会社の社員、勤労学徒たち、そして戦争は、多くの将兵やそれらの人々を捲《ま》きこみながら敗戦の日にむかって残酷な傾斜をつづけていった。それを私は、小さな一戦闘機に託して書きとめたいとねがった。しかし、その意図が果して表現できたかどうか私の不安は大きい。

内容が内容であるだけに当然航空技術にも触れなければならなかったが、その点について無知な私は、技術面での表現に大きな苦痛を味わわされ、それは書き終えた後にも心の重たさとなって残っている。

参考にさせていただいた著書としては、専門的技術書ともいうべき堀越二郎・奥宮正武共著「零戦」、巌谷《いわや》英一著「航空技術の全貌《ぜんぼう》（上）・飛行機篇」等があるが、殊《こと》に堀越氏にはその著書の根底となった当時の文書類を多量に提供していただき、航空技術上の懇切な指示を受けた。さらに戦争の推移については、防衛庁戦史研修所発行の戦史叢書《そうしょ》に依《よ》った。

また三菱《みつびし》重工業株式会社名古屋航空機製作所では、私の依頼に応じて疋田《ひきた》徹郎所長、若杉礼三氏等の御好意で、戦後埋もれていた当時の資料が数多く所内から発見され、曾根《そね》嘉年、田村誠一郎両氏からも資料を借用させていただいた。その他、宮津隆氏、横山保氏、諏訪《すわ》三郎氏、猪口《いのぐち》力平氏等数多くの人々の御協力を得たことを心から感謝したい。

（昭和四十三年七月）

解説

鶴《つる》岡《おか》冬一

まずこの小説を吉村氏が書くに至った動機などを知るために氏の「零式《れいしき》戦闘機取材ノート」（講談社刊『精神的季節』所収）を取りあげてみよう。それによれば、氏が昭和四十二年春名古屋航空機製作所を訪れたのは、昭和十九年十二月七日名古屋を襲った大地震と、その後十一日目の米軍機による空襲とで中学上級生くらいの男女の勤労学徒が多数死亡したことを小説に書きたかったからだという。ところが所長の話を聞くうちに、同製作所で作られ、戦争に主導的な働きをした世界的な零式艦上戦闘機のことを、勤労学徒たちの死をも含めて小説に書こうというふうに考えがふくらんだともしるしている。

ところで丁度昭和十九年頃中学五年生だった吉村氏も東京下町の工場へ勤労動員でかり出され、東京大空襲で逃げまどっていたのである。それゆえ同じ年代で同じ境遇にあった学生たちが名古屋で多数惨死《ざんし》したことが氏の胸を傷《いた》ませていたに違いない。

この小説でみると、名古屋におけるこの時の中・女学生の死傷者の数は、沖縄《おきなわ》戦のそれに比べると数において比較にならぬ程であるが、そのことがいま問題なのではない。大切なのは、彼らが日本の戦争の成りゆきを大きく左右した零式戦闘機の生産に直接関《かか》わっていたということから、その部分の叙述がこの小説全体の中で不可欠のものになっているという点である。したがって、氏の胸中においても、小説の叙述の面でも、その小さな核は生きた核として存在しなければならなかったことをまず知らされるのである。

＊

戦争文学や戦記ものは戦後おびただしく出版されてきたが、ひとつの兵器を通して戦争の全体的姿を描いたものは少ないのではなかろうか。その数少ない中でも出色とされているのは吉村氏の『戦艦武蔵《むさし》』や本書であろう。

本書の中で描かれているように、零式戦闘機は太平洋戦争半ば頃までは、世界のどの国でも作り得なかった最優秀戦闘機であり、比肩《ひけん》し得るものはなかった。その点からすると、堀越技師をリーダーとする設計者の才能は世界のトップレベルといえるし、その製作を要請した海軍側の頭脳についても同じようにいえるであろう。このことからも、戦争というのっぴきならない現実が先進諸国において科学の高度の発達をもたらすものだという現象を否定できないのである。ただそうした発達が人間の生命の死傷やぼう大な物の破壊にのみ利用されるという点に暗澹《あんたん》たらざるを得ないのである。堀越技師らの俊秀な才能が作りあげた零式戦闘機についても、戦争に用いられ、しかも日本が敗れたことで悲劇の主人公になったことを惜しむのはあながち筆者だけではなかろう。否《いな》、負けたからそうだというだけではない。勝った国の兵器についても同断であろう。

勝負は賭《か》けであるとよくいわれる。同様に戦争も賭けといっていい。そして今度の戦争の場合、賭け得るだけの素材が海軍にあった。航空機の生産量を含めあらゆる部門における工業力の点でアメリカとは格段の劣勢が予測されていたにも拘《かかわ》らず、ただひとつ頼れるもの、それが世界のいかなる戦闘機にもまさる零式戦闘機だったことは本書で十分に描かれている通りである。

それゆえにこそ、海軍側は零式戦闘機の製作途中においてすら、幾多の改良案を堀越技師らに要請し、一再ならず彼らを戸惑わせた。とすればそれはいわば戦勝へのあせりであり、もし言い得るとすれば、戦争遂行への疑心暗鬼かもしれなかった。しかしその疑心を窮極において強引に払いのけたのが、零式戦闘機への絶対的な自信だったという複雑な心理状況がうかがわれるのである。

＊

しかし賭けの要因は別のところにもあった。それは、攻撃は最大の防禦《ぼうぎょ》という日本軍の信念であり、小説の中で、海軍側が堀越技師に対し、零式戦闘機の重量の軽減と過大な航続力とを要請したことから主翼に燃料タンクを作りつけにせざるを得なかった事情を描いた個所にそれは現われている。すなわちそうした設計では防弾装置ができないということ、攻撃力のみを重視したということ、この辺のことは読者も読まれた通りである。

攻撃は最大の防禦という箴言《しんげん》は誰《だれ》がいつ言って伝えられてきたのだろう。それはともかく、勝負や戦争において攻撃は盾の半面に過ぎないことは自明の理である。短兵急な大和魂《やまとだましい》のおちいる短所ともいえる。そして盾の他の半面は防御なのである。米軍は日本軍のように防弾装置を二の次にしなかったようである。

ハワイ奇襲攻撃が成功したのは、奇襲という戦術の効果もさることながら、大半の理由は零式戦闘機以上の優秀な戦闘機がアメリカで開発されていなかったことによるようだ。そして奇襲とか先制とかいう言葉には、どこかしら攻撃を最大の防禦とする戦術のみを優位にみる考え方の匂《にお》いがする。それはともかく、防弾装置を二の次にしたことは、攻撃のみの戦術への偏重だったといえるし、そのことに関する叙述は小説の起伏を通じてのひとつのポイントと思われるのである。

＊

この小説の叙述内容のいまひとつのポイントは、東京および名古屋方面の上空へ初めて米軍機が侵入した本土空襲をキッカケに、山本五十六《いそろく》大将が企画実行したミッドウェイ島とアリューシャン列島とを結ぶ哨戒線《しょうかいせん》決定にまつわる作戦活動であろう。

この作戦は、小説の描くところでは、海軍上層部に激しく反対されたというが、山本大将としては、米軍機の本土侵入を許したことに対する自身の面子《メンツ》まるつぶれにこだわったようである。作戦範囲がかくも一挙に広域にわたったこの活動は、アメリカの基地作戦とは対照をなすものだった。ただ山本大将のこだわりは、米軍による暗号解読などでもろくも敗北をもたらしたわけだが、基本的には、巨艦巨砲主義よりも航空主兵主義を信奉していただけに、開戦以来奇襲攻撃に成功してきた零式戦闘機を軸とする戦闘力への賭け以外のものではなかったのであろう。また作戦範囲をぼう大に広げたことは、防禦よりも攻撃に偏重した作戦とも解されよう。

＊

この小説は第一回重慶《じゅうけい》爆撃から太平洋戦争における日本の緒戦の勝利、そして敗北までの消長が零式戦闘機のそれであるとするテーマのもとに、右に述べたようなポイント等を実戦ならびに作戦活動の描写の行間にしっかりと抑え整理して書かれている。またいささかの感傷も論評性もさしはさまないのみか、戦闘描写のあたりでは戦闘さながらのスピードさえそなえて書き進められたかのような筆致はこころよい。

ところで「取材ノート」には「さらに私は（製作所の）各氏の話の中に牛と馬という思いがけぬものがその戦闘機に関連をもっていることを知って、執筆の決意をかためた。今思い返してみても、牛と馬という要素がなかったら、私は『零式戦闘機』という小説を書き上げることができたかどうか疑わしい。おそらく書くことはなかったのではないのか、とさえ思っている」と述べている。

全編ほとんどが零式戦闘機の製作とその戦闘ぶりを描くなかで、奇異と思われる牛と馬の登場は、たんに素材の意外性と面白味《おもしろみ》のためであろうはずはない。その描くところでは、たとえば、太平洋全域での激戦をよそに内地勤務の兵隊がノラリクラリ畑を耕し、壕掘《ごうほ》りをしているのと全く同じに、都市や飛行場への道路が舗装されずに深くぬかるみ、民家の庇《ひさし》が狭い道路に出張っているといった農村部落的な道を牛・馬車が遅々と最新鋭機をひいて行くのである。

こうした原始性が現代の戦争を勝利に導くとは到底思えない。それゆえ吉村氏はまずそのことに着眼し牛と馬の意想外な姿を描くことを選んだが、それが作品にいっそうの面白味とふくらみを帯びさせ、まことに趣深いといわざるを得ないのである。

筆者は二度召集をうけ、二度目はアッツ島要員だった。幸いなことに何かのハズミでアッツ島へ行かなくてすんだが、中学校の同級生たち五、六名は同島で玉砕し果てたのである。いま思えば内地勤務はまことにのびやかなもので、戦局が退勢に向った頃などは、所定の演習をよそに、ひたすらモッコをかつぎながら不細工な防空壕掘りに余念がなかったのである。この風景のイメージは、苛烈《かれつ》な戦況をよそにぬかるみの道をゆっくり機体運搬をする無心な牛や馬のイメージとさして径庭《けいてい》はなさそうである。

＊

吉村氏は同じノートで「特攻隊員の死は純粋さから発したものであることはあきらかで、死者にむち打つような批判は避けるべきだ」とも書く。多くの知識人たちは敗戦後流行した附《つ》け焼刃《やきば》的な言論で戦争批判を行い、特攻隊員の死を犬死に呼ばわりする者すらいた。しかしそれは大半の日本人にとって一種の自己欺瞞《ぎまん》になりかねないだろう。それゆえにこそ吉村氏の考えるように、過去の現実を素材に自己告白する必要があるのだ。精神の断層を埋める作業なのである。氏が『戦艦武蔵』（昭四一）を書き、ひき続いて本書のような小説を書くのも意図はそこにあったのだと思う。零式戦闘機はじつは日本人自身なのである。

戦後三十三年目の今日、戦争中と戦後ほどではなくとも、いぜんとして過去の現実との精神的断層を埋めることなく附け焼刃的言論や思想が流行していることを思えば、氏の「告白」的作品とそれを書く内的姿勢の意義は失われていないというべきであろう。

（昭和五十三年一月、詩人）

この作品は昭和四十三年七月新潮社より刊行された。

吉村昭著
戦艦武蔵
菊池寛賞受賞
帝国海軍の夢と野望を賭けた不沈の巨艦「武蔵」――その極秘の建造から壮絶な終焉まで、壮大なドラマの全貌を描いた記録文学の力作。

吉村昭著
星への旅
太宰治賞受賞
少年達の無動機の集団自殺を冷徹かつ即物的に描き詩的美にまで昇華させた表題作。ロマンチシズムと現実との出会いに結実した6編。

吉村昭著
高熱隧道
トンネル貫通の情熱に憑かれた男たちの執念と、予測もつかぬ大自然の猛威との対決――綿密な取材と調査による黒三ダム建設秘史。

吉村昭著
冬の鷹
「解体新書」をめぐって、世間の名声を博す杉田玄白とは対照的に、終始地道な訳業に専心、孤高の晩年を貫いた前野良沢の姿を描く。

吉村昭著
陸奥爆沈
昭和十八年六月、戦艦「陸奥」は突然の大音響と共に、海底に沈んだ。堅牢な軍艦の内部にうごめく人間たちのドラマを掘り起す長編。

吉村昭著
漂流
水もわかず、生活の手段とてない絶海の火山島に漂着後十二年、ついに生還した海の男がいた。その壮絶な生きざまを描いた長編小説。

吉村昭著
空白の戦記
闇に葬られた軍艦事故の真相、沖縄決戦の秘話……。正史にのらない戦争記録を発掘し、戦争の陰に生きた人々のドラマを追求する。

吉村昭著
海の史劇
《日本海海戦》の劇的な全貌。七カ月に及ぶ大回航の苦心と、迎え撃つ日本側の態度、海戦の詳細などを克明に描いた空前の記録文学。

吉村昭著
大本営が震えた日
開戦を指令した極秘命令書の敵中紛失、南下輸送船団の隠密作戦。太平洋戦争開戦前夜に大本営を震撼させた恐るべき事件の全容――。

吉村昭著
背中の勲章
太平洋上に張られた哨戒線で捕虜となり、アメリカ本土で転々と抑留生活を送った海の兵士の知られざる生。小説太平洋戦争裏面史。

吉村昭著
羆（くまあらし）嵐
北海道の開拓村を突然恐怖のドン底に陥れた巨大な羆の出現。大正四年の事件を素材に自然の威容の前でなす術のない人間の姿を描く。

吉村昭著
ポーツマスの旗
近代日本の分水嶺となった日露戦争とポーツマス講和会議。名利を求めず講和に生命を燃焼させた全権・小村寿太郎の姿に光をあてる。

吉村昭著

遠い日の戦争

米兵捕虜を処刑した一中尉の、戦後の暗く怯えに満ちた逃亡の日々——。戦争犯罪とは何かを問い、敗戦日本の歪みを抉る力作長編。

吉村昭著

光る壁画

胃潰瘍や早期癌の発見に威力を発揮する胃カメラ——戦後まもない日本で世界に先駆け、その研究、開発にかけた男たちの情熱。

吉村昭著

破船

嵐の夜、浜で火を焚いて沖行く船をおびき寄せ、坐礁した船から積荷を奪う——サバイバルのための苛酷な風習が招いた海辺の悲劇！

吉村昭著

破獄

読売文学賞受賞

犯罪史上未曽有の四度の脱獄を敢行した無期刑囚佐久間清太郎。その超人的な手口と、あくなき執念を追跡した著者渾身の力作長編。

吉村昭著

雪の花

江戸末期、天然痘の大流行をおさえるべく、異国から伝わったばかりの種痘を広めようと苦闘した福井の町医・笠原良策の感動の生涯。

吉村昭著

脱出

昭和20年夏、敗戦へと雪崩れおちる日本の、辺境ともいうべき地に生きる人々の生き様を通して、〈昭和〉の転換点を見つめた作品集。

吉村昭著
長英逃亡（上・下）
幕府の鎖国政策を批判して終身禁固となった当代一の蘭学者・高野長英は獄舎に放火させて脱獄。六年半にわたって全国を逃げのびる。

吉村昭著
冷い夏、熱い夏
毎日芸術賞受賞

肺癌に侵され激痛との格闘のすえに逝った弟。強い信念のもとに癌であることを隠し通し、ゆるぎない眼で死をみつめた感動の長編小説。

吉村昭著
仮釈放
浮気をした妻と相手の母親を殺して無期刑に処せられた男が、16年後に仮釈放された。彼は与えられた自由を享受することができるか？

吉村昭著
ふぉん・しいほるとの娘
吉川英治文学賞受賞（上・下）

幕末の日本に最新の西洋医学を伝え神のごとく敬われたシーボルトと遊女・其扇の間に生まれたお稲の、波瀾の生涯を描く歴史大作。

吉村昭著
桜田門外ノ変（上・下）
幕政改革から倒幕へ——。尊王攘夷運動の一大転機となった井伊大老暗殺事件を、水戸薩摩両藩十八人の襲撃者の側から描く歴史大作。

吉村昭著
ニコライ遭難
〝ロシア皇太子、襲わる〟——近代国家への道を歩む明治日本を震撼させた未曾有の国難・大津事件に揺れる世相を活写する歴史長編。

吉村昭著

天狗争乱

大佛次郎賞受賞

幕末日本を震撼させた「天狗党の乱」。水戸尊攘派の挙兵から中山道中の行軍、そして越前での非情な末路までを克明に描いた雄編。

吉村昭著

プリズンの満月

東京裁判がもたらした異様な空間……巣鴨プリズン。そこに生きた戦犯と刑務官たちの懊悩。綿密な取材が光る吉村文学の新境地。

吉村昭著

わたしの流儀

作家冥利に尽きる貴重な体験、日常の小さな発見、ユーモアに富んだ日々の暮し、そしてあの小説の執筆秘話を綴る芳醇な随筆集。

吉村昭著

アメリカ彦蔵

破船漂流のはてに渡米、帰国後日米外交の先駆となり、日本初の新聞を創刊した男――アメリカ彦蔵の生涯と激動の幕末期を描く。

吉村昭著

生麦事件（上・下）

薩摩の大名行列に乱入した英国人が斬殺された――攘夷の潮流を変えた生麦事件を軸に激動の五年を圧倒的なダイナミズムで活写する。

吉村昭著

島抜け

種子島に流された大坂の講釈師瑞龍は、流人仲間と脱島を決行。漂流の末、流れついた先は何と中国だった……。表題作ほか二編収録。

吉村昭著
天に遊ぶ
日常生活の劇的な一瞬を切り取ることで、言葉には出来ない微妙な人間心理を浮き彫りにしてゆく、まさに名人芸の掌編小説21編。

吉村昭著
敵（かたきうち）討
江戸時代に美風として賞賛された敵討は、明治に入り一転して殺人罪に……時代の流れに抗しながら意志を貫く人びとの心情を描く。

吉村昭著
大黒屋光太夫（上・下）
鎖国日本からロシア北辺の地に漂着し、帝都ペテルブルグまで漂泊した光太夫の不屈の生涯。新史料も駆使した漂流記小説の金字塔。

吉村昭著
わたしの普段着
人と触れあい、旅に遊び、平穏な日々の愉しみを衒いなく綴る――。静かなる気骨の人、吉村昭の穏やかな声が聞こえるエッセイ集。

吉村昭著
彰義隊
皇族でありながら朝敵となった上野寛永寺山主の輪王寺宮能久親王。その数奇なる人生を通して江戸時代の終焉を描く畢生の歴史文学。

新田次郎著
八甲田山死の彷徨
全行程を踏破した弘前三十一聯隊と、一九九名の死者を出した青森五聯隊――日露戦争前夜、厳寒の八甲田山中での自然と人間の闘い。

城山三郎著

雄気堂々（上・下）

一農夫の出身でありながら、近代日本最大の経済人となった渋沢栄一のダイナミックな人間形成のドラマを、維新の激動の中に描く。

城山三郎著

官僚たちの夏

国家の経済政策を決定する高級官僚たち――通産省を舞台に、政策や人事をめぐる政府・財界そして官僚内部のドラマを捉えた意欲作。

城山三郎著

硫黄島に死す

〈硫黄島玉砕〉の四日後、ロサンゼルス・オリンピック馬術優勝の西中佐はなお戦い続けていた。文藝春秋読者賞受賞の表題作など7編。

城山三郎著

落日燃ゆ

毎日出版文化賞・吉川英治文学賞受賞

戦争防止に努めながら、A級戦犯として処刑された只一人の文官、元総理広田弘毅の生涯を、激動の昭和史と重ねつつ克明にたどる。

城山三郎著

打たれ強く生きる

常にパーフェクトを求め他人を押しのけることで人生の真の強者となりうるのか？　著者が日々接した事柄をもとに静かに語りかける。

城山三郎著

よみがえる力は、どこに

「負けない人間」の姿を語り、人がよみがえる力を語る。困難な時代を生きてきた著者が語る「人生の真実」とは。感銘の講演録他。

新潮文庫最新刊

芦沢央著
神の悪手
棋士を目指し奨励会で足掻く啓一を、翌日の対局相手・村尾が訪ねてくる。彼の目的は一体。切ないどんでん返しを放つミステリ五編。

望月諒子著
フェルメールの憂鬱
フェルメールの絵をめぐり、天才詐欺師らによる空前絶後の騙し合いが始まった！　華麗なる罠を仕掛けて最後に絵を手にしたのは!?

午鳥志季・朝比奈秋
春日武彦・中山祐次郎
佐竹アキノリ・久坂部羊著
遠野九重・南杏子
藤ノ木優
夜明けのカルテ
―医師作家アンソロジー―
その眼で患者と病を見てきた者にしか描けないことがある。9名の医師作家が臨場感あふれる筆致で描く医学エンターテインメント集。

霜月透子著
祈願成就
創作大賞（ｎｏｔｅ主催）受賞
幼なじみの凄惨な事故死。それを境に仲間たちに原因不明の災厄が次々襲い掛かる――日常を暗転させる絶望に満ちたオカルトホラー。

大神晃著
天狗屋敷の殺人
遺産争い、棺から消えた遺体、天狗の毒矢。山奥の屋敷で巻き起こる謎に満ちた怪事件。物議を呼んだ新潮ミステリー大賞最終候補作。

カフカ
頭木弘樹編訳
カフカ断片集
―海辺の貝殻のようにうつろで、ひと足でふみつぶされそうだ―
断片こそカフカ！　ノートやメモに記した短く、未完成な、小説のかけら。そこに詰まった絶望的でユーモラスなカフカの言葉たち。

新潮文庫最新刊

西加奈子著
夜が明ける
親友同士の俺とアキ。夢を持った俺たちは希望に満ち溢れていたはずだった。苛烈な今を生きる男二人の友情と再生を描く渾身の長編。

江國香織著
ひとりでカラカサさしてゆく
大晦日の夜に集った八十代三人。思い出話に耽り、それから、猟銃で命を絶った——。人生に訪れる喪失と、前進を描く胸に迫る物語。

結城真一郎著
#真相をお話しします
日本推理作家協会賞受賞
でも、何かがおかしい。マッチングアプリ・ユーチューバー・リモート飲み会……。現代日本の裏に潜む「罠」を描くミステリ短編集。

森絵都著
あしたのことば
小学校国語教科書に掲載された「帰り道」や、書き下ろし「%」など、言葉をテーマにした9編。すべての人の心に響く珠玉の短編集。

作刈湯葉著
幽霊を信じない理系大学生、霊媒師のバイトをする
理系大学生・豊は謎の霊媒師と出会い、奇妙な〝慰霊〟のアルバイトの日々が始まった。気鋭のSF作家による少し不思議な青春物語。

緒乃ワサビ著
天才少女は重力場で踊る
未来からのメールのせいで、世界の存在が不安定に。解決する唯一の方法は不機嫌な少女と恋をすること?! 世界を揺るがす青春小説。

新潮文庫最新刊

ブレイディみかこ著

ぼくはイエローでホワイトで、ちょっとブルー2

ぼくの日常は今日も世界の縮図のよう。変わり続ける現代を生きる少年は、大人の階段を昇っていく。親子の成長物語、ついに完結。

矢部太郎著

大家さんと僕

手塚治虫文化賞短編賞受賞

1階に大家のおばあさん、2階には芸人の僕。ちょっと変わった〝二人暮らし〟を描く、ほっこり泣き笑いの大ヒット日常漫画。

岩崎夏海著

もし高校野球の女子マネージャーがドラッカーの『イノベーションと企業家精神』を読んだら

累計300万部の大ベストセラー『もしドラ』ふたたび。「競争しないイノベーション」の秘密は〝居場所〟——今すぐ役立つ青春物語。

永井隆著

キリンを作った男

―マーケティングの天才・前田仁の生涯―

不滅のヒット商品、「一番搾り」を生んだ男、前田仁。彼の嗅覚、ビジネス哲学、栄光、挫折、復活を描く、本格企業ノンフィクション。

ガルシア=マルケス
鼓直訳

百年の孤独

蜃気楼の村マコンドを開墾して生きる孤独な一族、その百年の物語。四十六言語に翻訳され、二十世紀文学を塗り替えた著者の最高傑作。

M・ラフ
浜野アキオ訳

魂に秩序を

〝26歳で生まれたぼく〟は、はたして自分を虐待していた継父を殺したのだろうか？　多重人格障害を題材に描かれた物語の万華鏡！

零《れい》式《しき》戦《せん》闘《とう》機《き》

新潮文庫　よ - 5 - 6

昭和五十三年三月三十日　発　行
平成二十三年九月十日　四十九刷改版
令和六年七月二十五日　五十五刷

著者　吉《よし》村《むら》昭《あきら》

発行者　佐藤隆信

発行所　株式会社新潮社

郵便番号　一六二―八七一一
東京都新宿区矢来町七一
電話　編集部(〇三)三二六六―五四四〇
　　　読者係(〇三)三二六六―五一一一
https://www.shinchosha.co.jp

価格はカバーに表示してあります。

乱丁・落丁本は、ご面倒ですが小社読者係宛ご送付ください。送料小社負担にてお取替えいたします。

印刷・三晃印刷株式会社　製本・株式会社植木製本所
© Setsuko Yoshimura 1968 Printed in Japan

ISBN978-4-10-111706-5 C0193